Rendez-vous
à Samarra

JOHN O'HARA

Rendez-vous à Samarra

Traduit de l'anglais (États-Unis)
par Marcelle Sibon

ÉDITIONS DE L'OLIVIER

TITRE ORIGINAL
Appointment in Samarra

ISBN 978.2.8236.1947.8

La Mort parle :

À Bagdad, un jour, un marchand envoya son serviteur acheter des provisions au marché, mais il vit bientôt revenir, blême et tremblant de peur, le serviteur qui lui dit : « Maître, il y a un moment, je me trouvais sur la place du marché et une femme m'a bousculé dans la foule ; or, en me retournant, j'ai vu que c'était la Mort qui venait de me bousculer. Elle a fait vers moi un geste de menace. S'il vous plaît, prêtez-moi votre cheval, afin que je fuie cette cité pour échapper à mon destin. Je galoperai jusqu'à Samarra et la Mort ne m'y trouvera pas. » Le marchand lui prêta son cheval et le serviteur le monta, lui enfonça ses éperons dans les flancs et s'éloigna au grand galop. Alors, le marchand descendit jusqu'à la place du marché et, lorsqu'il me vit, debout dans la foule, il vint à moi et me demanda : « Pourquoi as-tu fait à mon serviteur un geste de menace en le rencontrant ce matin ? – Ce n'était pas un geste de menace, répondis-je, ce n'était qu'un sursaut de surprise. J'étais très étonnée de le voir à Bagdad, car j'ai rendez-vous avec lui, ce soir, à Samarra. »

W. Somerset Maugham

I

I

Les pensées de Luther L. (L. pour LeRoy) Fliegler marquent le début de cette histoire. Allongé sur son lit, concentré sur sa respiration, il rêvasse, dans la pure conscience des bruits qui l'entourent et des battements de son cœur. À côté de lui est allongée sa femme, couchée sur le côté droit, dormant profondément. Elle dort du sommeil du juste car c'est précisement le matin de Noël et, la veille, elle a travaillé comme un chien toute la journée, préparé la dinde et des gâteaux, et cela fait très peu de temps qu'elle a fini de décorer le sapin. La proximité terrible de ses propres battements de cœur suscite chez Luther un désir léger pour sa femme, mais Irma est tout à fait capable de dire non quand elle est fatiguée. C'est trop d'embarras, dit-elle quand elle est fatiguée, et puis, elle ne veut prendre aucun risque. Trois enfants, c'est bien assez, trois enfants en dix ans. Alors Luther ne tend pas la main vers elle. C'est le matin de Noël et il lui fera une faveur, une faveur dont elle ignorera toujours qu'il lui a accordée : il va la laisser profiter de son sommeil. Et c'est une faveur, une vraie, car Irma elle aussi aime Noël, et ce matin en particulier, peut-être que cela ne la dérangerait pas, et peut-être qu'elle ne se sentirait pas trop dérangée, peut-être qu'elle serait prête à prendre un risque. Luther Fliegler réprima plus rudement cette petite tentation, puis se dit qu'après tout, tant pis, et se retourna pour entourer de ses mains la taille de sa femme, caressa le petit bourrelet de chair qu'elle avait au-dessus de l'abdomen. Elle commença à remuer un peu, ouvrit les yeux et dit :

« Mon Dieu, Lute, qu'est-ce que tu fabriques ?

– Joyeux Noël ! dit-il.

– Arrête s'il te plaît. Laisse-moi, voyons ! » lui dit-elle, mais elle souriait de bonheur et elle passa son bras sous le large dos de Luther. « Mon Dieu, tu es fou, dit-elle,... oh ! mais, comme je t'aime ! »

Et, l'espace d'un moment, Gibbsville ne connut pas deux êtres plus heureux que Luther Fliegler et sa femme Irma. Ensuite, Luther s'endormit et Irma se leva ; puis elle revint dans la chambre et s'arrêta pour regarder par la fenêtre, avant de se remettre au lit.

Il régnait une sorte de silence cotonneux dans Lantenengo Street. La neige s'empilait haut dans les caniveaux, on avait déblayé la rue pour assurer seulement le passage de deux voitures de front. Il faisait trop noir pour que la rue ait l'air elle aussi cotonneuse, et le silence même était irréel. Irma pensa qu'au milieu d'un silence aussi touffu, elle pourrait hurler de toutes ses forces sans se faire entendre, mais elle savait aussi que, s'il lui en prenait l'envie (ce n'était pas le cas), elle pourrait faire la conversation avec Mrs. Bromberg de l'autre côté de la rue, sans que l'une ou l'autre eût besoin d'élever la voix. Irma se reprocha de penser en termes désagréables à Mrs. Bromberg, un matin de Noël, mais aussitôt elle se trouva une excuse : les Juifs ne célèbrent pas Noël, sauf pour se faire encore plus d'argent sur le dos des Chrétiens, alors ce n'est pas parce que c'est Noël qu'il faut traiter les Juifs différemment. En plus, l'arrivée des Bromberg à Lantenengo Street avait faussé complètement la valeur du lotissement. Tout le monde le disait. Lute avait appris de source sûre que les Bromberg avaient payé trente mille dollars la propriété des Price, ce qui faisait douze mille cinq cents de plus que le prix demandé par Will Price. Mais si les Bromberg avaient envie d'habiter dans Lantenengo Street, ils pouvaient y mettre le prix. Irma se demanda s'il était vrai que la sœur et le beau-frère de Sylvia Bromberg étaient en train de marchander la propriété McAdams, la porte à côté. Ça ne l'étonnerait pas du tout. Dans quelque temps, toute une colonie juive se serait installée dans la rue et les enfants Fliegler, comme tous les enfants bien élevés du quartier, attraperaient l'accent juif.

Irma Fliegler haïssait Sylvia Bromberg depuis l'été précédent où Sylvia avait eu un bébé et avait hurlé pendant toute une soirée d'été. Elle aurait pu aller à l'hôpital catholique, elle savait bien qu'elle attendait un bébé, et entendre ces hurlements était horrible, tout comme avoir à inventer des histoires pour expliquer aux enfants sages pourquoi Mrs. Bromberg criait si fort. C'était dégoûtant.

Irma s'écarta de la fenêtre et retourna se coucher, en espérant que personne ne l'ait vue, et en détestant les Bromberg de s'être installés dans le quartier. Lute dormait paisiblement et Irma fut ravie par la chaleur de son grand corps, cette odeur lourde qu'il exhalait. Elle allongea la main et passa les doigts sur son épaule, sur les quatre cicatrices en forme de petits nombrils, des cicatrices d'éclats de shrapnel. Lute était un habitant de

Lantenengo Street et, parce qu'elle était sa femme, elle appartenait, elle aussi, à Lantenengo Street. Mais pas seulement parce qu'elle était sa femme. Sa famille était installée à Gibbsville depuis bien plus longtemps que la plupart des habitants de Lantenengo Street. Irma était une Doane, et le grand-père Doane avait été petit tambour aux armées pendant la guerre du Mexique ; sa participation à la guerre de Sécession lui avait valu la médaille d'honneur. Le grand-père Doane avait été administrateur des écoles durant presque trente ans et, dans cette partie de l'État, il était le seul homme à avoir jamais reçu une médaille d'honneur. Lute, lui, avait la croix de guerre française avec palmes, pour un exploit accompli, prétendait-il, alors qu'il était soûl ; deux types aussi avaient été décorés du Distinguished Service (croix ou médaille) pendant la Grande Guerre, mais la médaille d'honneur du Congrès, seul le grand-père Doane l'avait obtenue. Irma avait toujours pensé que cette médaille aurait dû lui être léguée car elle était la chouchoute du grand-père Doane, tout le monde le savait. Mais c'était son frère Willard et sa femme qui l'avaient prise, parce que Willard assurait la survivance du nom. Eh bien, qu'ils la gardent ! C'était Noël, et Irma ne leur en voulait pas tant qu'ils en prendraient soin et qu'ils l'apprécieraient à sa juste valeur.

Couchée là, sans dormir, Irma entendit un bruit, clac, toc, clac, toc, clac, toc... Une voiture, sa traverse de chaîne brinquebalante cognant contre le garde-boue, montait ou descendait (impossible de le savoir) Lantenengo Street. Puis, la voiture accéléra et le bruit se transforma : clac, clac, clac, clac, clac... Elle passa devant la maison. Irma comprit que c'était une voiture ouverte, car elle entendait battre la capote sur les côtés.

Ça devait être une voiture de fonction, une Dodge. Un accident dans la mine sans doute, et l'on était allé chercher un des patrons au beau milieu de la nuit, la nuit de Noël, pour s'occuper de l'incident. Terrible. Elle était bien contente que Lute ne travaille pas pour la compagnie des Fers et Charbons. Pour y avoir une situation un peu convenable, il fallait être diplômé de Penn State ou de Lehigh, ce que Lute n'était pas, et, une fois nommé, il fallait attendre la mort de quelqu'un avant d'obtenir un avancement digne de ce nom. Et l'on est forcé de se déplacer à n'importe quelle heure du jour ou de la nuit comme un médecin, parce que les pompes ne fonctionnent pas ou autre problème du même genre. Et, même dans le travail courant des ingénieurs, on rentre sale, on ressemble à un mineur parmi tant d'autres, avec une casquette, des petites bottes de caoutchouc et une gamelle pour le casse-croûte. Diplômé de l'université et forcé de se déshabiller dans le cellier en rentrant chez soi. Lute n'avait pas tort quand il calculait qu'en vendant deux Cadillac par mois, on assure ses dépenses, et tout le reste, c'est du beurre dans les épinards ; et au moins on a l'air d'un être humain respectable sans risquer de mourir écrasé par un éboulement ou éparpillé par un coup de grisou. Lute disait toujours qu'un homme marié n'a rien à faire au fond d'une mine, sauf s'il en a marre de sa femme et de ses enfants.

Et Lute était un vrai et bon père de famille. Irma se faufila dans le lit jusqu'à ce que son dos soit collé contre celui de Lute. Elle tenait sa main derrière elle pour serrer doucement l'avant-bras de Lute. L'année prochaine, c'est Hoover qui l'avait dit, tout irait beaucoup mieux, et ils seraient en mesure de réaliser un tas de projets que la Dépression avait remis à plus tard. Irma entendit le bruit d'une autre chaîne détachée, d'abord rapide, puis le bruit ralentit et s'arrêta. La voiture repartit en prise. Irma la reconnut : c'était le cabriolet Buick du docteur Newton. Newton, le dentiste, et sa femme Lilian, qui habitaient deux portes plus bas. Ils revenaient sûrement du bal au Country Club. Ted Newton devait être un peu gris, et Lilian, que sa grossesse forçait à rentrer de bonne heure, devait en avoir plein le dos. Elle était enceinte de trois mois, peut-être plus. Irma se demanda quelle heure il était. Elle allongea la main et trouva la montre de Lute. Trois heures vingt seulement. Seigneur ! Elle croyait qu'il était bien plus tard que ça.

Trois heures vingt. L'ambiance au bal du Country Club devait tout juste commencer à prendre, imagina Irma. Les étudiants rentrés chez eux pour les vacances, les couples de jeunes mariés qu'elle connaissait presque tous par leur prénom, et puis le groupe des aînés. L'année prochaine, elle et Lute se rendraient à ces bals et ils s'amuseraient bien. Elle aurait pu se rendre à celui-ci, mais ils avaient décidé que, même si on connaît les gens par leur prénom, se présenter aux bals sans faire partie du club n'est pas correct. Toutes les fois où cela arrivait, le membre qui vous invitait devait payer un dollar et, même dans ces conditions, il n'était pas permis d'y aller plus de deux fois par trimestre. C'était le règlement. L'année prochaine, elle et Lute seraient membres, et ce serait très bien parce que Lute y nouerait beaucoup de relations et vendrait des tas de Cadillac aux membres du club. Mais comme disait Lute : « Nous nous inscrirons quand nous en aurons les moyens. Je n'aime pas du tout l'idée de mêler la vie des affaires à la vie sociale. Dans ce genre de club, on prend l'habitude de signer des chèques d'avance et on finit par se faire blackbouler. Nous nous y inscrirons quand nous en aurons les moyens. » Lute était un type bien. Honnête et sûr comme le jour est long. Il n'aurait jamais posé les yeux sur une autre femme, même pour rire. Pour cette raison, entre autres, ça ne la dérangeait pas d'attendre qu'ils aient les moyens de se faire inscrire au club. Si elle avait épousé... disons Julian English, elle serait membre du club, mais elle n'échangerait sa place avec Caroline English pour rien au monde, même si on la payait. Elle se demandait si, en ce moment, Julian et Caroline étaient en train de se livrer à une de leurs grandes bagarres maison.

2

Le fumoir du Country Club Lantenengo était tellement bondé qu'y faire entrer une personne de plus paraissait impossible ; cependant, on ne savait comment, les gens entraient et sortaient. Le fumoir était devenu mixte ; au tout début, après la construction du club en 1920, il était réservé aux hommes, mais, lors de nombreuses réceptions de mariages, les femmes avaient enfreint le règlement qui leur en défendait l'entrée. Les mariages sont des réceptions privées et les règlements du club n'ont plus cours quand le club est loué entièrement pour une réception privée. Voilà comment les membres féminins s'imposèrent au fumoir par la force des muscles, et, à cet instant précis, les femmes étaient aussi nombreuses que les hommes. Il était à peine plus de trois heures, mais la soirée durait depuis toujours, et presque personne ne songeait au moment où elle prendrait fin. Ceux qui voulaient qu'elle finisse n'avaient qu'à rentrer chez eux. On ne les regretterait pas. Les gens restants faisaient partie du groupe des premiers arrivés. Tous les membres du club pouvaient venir au bal, mais tous ceux qui venaient au bal n'étaient pas forcément les bienvenus dans le fumoir.

La foule du fumoir commençait toujours par le même petit groupe. Les Whit Hofman, les Julian English, les Froggy Ogden et ainsi de suite. C'était eux les buveurs, les dépensiers, des individus socialement solides qui pouvaient se permettre de faire des pieds de nez aux autres et qui n'avaient de compte à rendre qu'à leur propre famille. Ce groupe était composé d'à peu près vingt personnes, et, parmi la jeunesse de Gibbsville, on pouvait juger du standing de quelqu'un à l'assurance avec laquelle il s'introduisait dans le cercle étroit des gens du fumoir. Vers trois heures du matin, tous ceux qui en avaient eu envie étaient passés par le fumoir ; on en ouvrait les barrières fictives à une heure et demie environ, heure qui coïncidait avec le moment où les Hofman, les English et les autres étaient assez ivres pour accueillir n'importe qui – plus il était indésirable, mieux il était reçu.

Jusque-là, rien de terrible ne s'était produit. On avait surpris le jeune Johnny Dibble à faucher de l'alcool dans le casier d'un membre du club et on lui avait botté le derrière. L'épaulette d'Elinor Holloway avait glissé (ou bien quelqu'un la lui avait tirée), révélant momentanément son sein gauche, que la plupart des jeunes gens présents avaient déjà vu et palpé à un moment ou à un autre. Frank Gorman, de Georgetown, et Dwight Ross, de Yale, s'étaient battus, ils avaient pleuré et s'étaient embrassés après avoir énuméré toutes les choses que l'équipe que Gorman n'avait pas formée aurait pu faire à l'équipe dont Ross était le remplaçant demi-arrière. Au milieu d'un de ces silences inexplicables, on avait entendu Ted Newton dire à sa femme : « Je boirai autant que j'en ai envie, nom de Dieu. » Harry Reilly, dont l'arrivisme était un spectacle qui valait le détour, avait été couvert de honte par sa nièce, la grosse Elizabeth Gorman, laquelle avait roté bruyamment et sans la moindre vergogne ; Lorimer Gould III, de New York, en visite chez quelqu'un de la ville avait entendu dire vingt fois que Gibbsville était ennuyeux comme la pluie tout au long de l'année, mais que tout le monde s'accordait pour dire qu'à Noël, c'était l'endroit le plus amusant qu'on pouvait trouver en province. Bobby Herrmann, qui était affiché au tableau parce qu'il devait des cotisations et des notes de restaurant, était là, dans son complet de ville, ivre comme un dieu et *persona grata* dans le sanctuaire (il était célèbre pour avoir dit un jour, en voyant le terrain de golf absolument vide de joueurs : « Les links sont un peu délinquants aujourd'hui »), et il expliquait aux fiancées de ses amis qu'il voudrait bien danser avec elles, mais qu'il ne pouvait pas parce que son nom était affiché au tableau. Tout le monde buvait, venait de boire ou s'apprêtait à boire. Les consommations étaient presque toujours du whisky de seigle à l'eau de seltz, sauf quelques highballs faits à l'eau-de-vie de pomme et au Ginger ale. Seuls quelques membres du sanctuaire buvaient du *vrai* scotch. L'alcool, c'est-à-dire le *rye*, l'eau-de-vie de seigle, était à peu près partout le même. Tout le monde, ou presque, achetait du *rye* sur ordonnance chez le pharmacien (les membres du club qui étaient médecins gardaient les « bons » pour leurs clients) et on le coupait avec de l'alcool à 90° et de l'eau colorée. Ce n'était pas un poison, ça vous donnait une bonne cuite, c'était tout ce qu'on lui demandait et tout ce qu'on pouvait en dire.

Les vibrations de l'orchestre (les Tommy Lake's Royal Comedians, un groupe de Gibbsville) parvenaient jusqu'au fumoir. Les plus jeunes des hommes qui s'y trouvaient se mirent à fredonner *Something to Remember You by*. Les garçons disaient aux filles : « On danse ? » et les filles répondaient : « Et comment ! », ou bien : « Voui-i », ou : « Euh… » Peu à peu, la pièce se vida. Quelques personnes restèrent dans un coin autour d'une assez grande table qui, par consentement mutuel, droit souverain ou autre, était considérée comme la propriété privée du groupe de Whit Hofman. Harry Reilly racontait une histoire salace avec un accent irlandais, dont le réalisme et le comique étaient rehaussés par le fait que son râtelier, relique de l'époque où les Reilly n'étaient pas encore riches, n'était pas très bien fixé ; aussi Reilly zézayait-il toujours un peu. Reilly avait une grosse figure blême et joviale, des cheveux gris et une grande bouche aux lèvres minces. Ses petits yeux étaient pleins d'astuce, et il commençait à avoir du ventre. Il était en jaquette et sa cravate blanche était joliment sale, parce qu'il avait l'habitude de la tripoter entre deux gestes ponctuant son récit. Ses vêtements étaient bien coupés, mais il était né dans une toute petite ville de charbonnage, et Reilly était le premier à dire : « On peut faire sortir le garçon de la mine, mais on ne peut pas faire sortir la mine du garçon. »

Reilly racontait ses histoires par paragraphes. Il avançait le corps en parlant, un bras sur le genou, comme dans les images de cow-boys qu'on a tous vues. Quand il arrivait au bout du paragraphe, il jetait un coup d'œil rapide par-dessus son épaule, comme s'il s'attendait à être arrêté par la police avant d'avoir terminé l'histoire ; il tripotait sa cravate, serrait les lèvres, puis se retournait vers son auditoire et passait au paragraphe suivant… « Alors, Pat a dit… » Voir les gens écouter

Harry raconter une histoire était un spectacle comique. S'ils avalaient une gorgée de leur boisson au milieu d'un paragraphe, ils le faisaient lentement, presque subrepticement. Et ils savaient toujours quand il fallait rire, même quand c'était une blague de catholique, parce que Reilly signalait toujours l'imminence de la chute en se claquant fortement la cuisse. Quand tout le monde avait ri (Reilly regardait chaque personne pour s'assurer qu'il ou elle avait bien pigé), il se lançait dans un bref historique de sa blague, l'endroit où il l'avait entendue, et dans quelles circonstances ; alors, cet historique l'entraînait vers une autre histoire. En général, on disait : « Harry, je ne sais pas comment vous faites pour les retenir. J'entends un tas d'anecdotes, mais je ne peux jamais me les rappeler. » Harry avait une grande réputation d'homme spirituel, d'Irlandais spirituel.

Julian English restait là à le regarder, donnant à ses yeux un air plus endormis qu'ils ne l'étaient réellement. D'où venait, se demandait- il, sa haine pour Harry Reilly ? Pourquoi ne pouvait-il pas le supporter ? Qu'est-ce qui, chez Reilly, lui faisait se dire intérieurement : « S'il recommence à raconter une de ses anecdotes moisies, je lui balance le contenu de mon verre à la figure » ? Mais il savait bien qu'il n'enverrait pas ce verre à la figure de Harry, ni aucun autre verre d'ailleurs. Il n'empêche, c'était amusant d'y penser. (La blague consistait en ceci : une vieille fille va à confesse ; raconte au prêtre qu'elle a commis un péché d'immoralité. Le prêtre veut savoir combien de fois. La vieille fille dit une fois, il y a trente ans… « Mais, mon père, j'y repense avec plaisir ! » [le tout avec l'accent irlandais].) Oui, ce serait rudement amusant. Tout le contenu du le verre, y compris les trois glaçons aux angles arrondis. Un des glaçons au moins lui atterrirait dans l'œil et le liquide éclabousserait complètement sa chemise, laquelle s'imbiberait et se ramollirait lentement à mesure que le whisky-soda dégoulinerait sur le plastron jusque dans le creux du gilet. Les spectateurs se lèveraient, tout surpris. « Eh bien, Ju », diraient-ils, et Caroline lui crierait : « Julian ! » Froggy Ogden aurait très peur, mais il éclaterait de rire. Elizabeth Gorman aussi poufferait bruyamment, en faisant : « Hou, hou, hou !... », pas parce qu'elle serait contente de voir insulter son oncle, ni parce qu'elle voudrait prendre parti pour Julian, mais parce que ce serait un événement, une chose sensationnelle à laquelle elle se trouverait mêlée.

« Vous ne l'avez jamais entendu, vraiment ? disait Reilly. Mère de Dieu ! c'est une des plus vieilles histoires catholiques qui soient. C'est un prêtre qui me l'a racontée, celle-là, oh ! il y a bien quinze, vingt ans de ça ! Le vieux père Burke, il était pasteur là-bas à Saint Mary Star of The Sea, près de Collieryville. Oui, je l'ai entendue y a bien longtemps. C'était un brave vieux bonhomme, je me rappelle... »

Le liquide, réfléchissait Julian, ruissellerait sous le gilet et continuerait de couler jusque dans le pantalon de Reilly, de sorte que, même si la glace ne lui atterrissait pas dans l'œil, il se retrouverait avec des taches tellement suspectes sur sa braguette qu'il serait forcé de s'en aller. Et il y avait une chose que Reilly ne pouvait pas supporter ; il ne pouvait pas supporter de perdre contenance. C'est ça qui rendrait la chose sensationnelle. Julian voyait déjà Reilly ne sachant où se fourrer après avoir reçu l'eau dans la figure.

Socialement, Reilly était monté assez haut à force d'acrobaties, à force d'être « un bon garçon » et de se montrer « lui-même », et par la simple puissance de l'argent des Reilly (tout le monde savait qu'ils en avaient beaucoup). Reilly appartenait au comité des Golf-Links, et au comité des fêtes, parce qu'en tant que joueur de golf il voulait veiller à ce que les choses marchent ; il avait payé de sa poche l'installation de nouveaux links, et il pouvait faire durer un bal jusqu'à six heures du matin en donnant de gros pourboires aux musiciens. Mais ce n'était pas encore un notable de l'Assemblée de Gibbsville. Il était membre de l'Assemblée mais n'appartenait pas au groupe des gouverneurs, et n'était appelé ni à tenir office, ni à siéger dans des comités importants. De sorte qu'il n'était pas absolument sûr de la solidité de sa position sociale, et ça, bon Dieu, Julian le savait. Aussi, lorsque le liquide le frapperait, il garderait tout juste ce qu'il faut de contrôle sur lui-même, c'est probable, pour se rappeler qui le lui avait lancé et sans doute ne prononcerait-il pas les choses qu'il aurait envie de dire. Ce salopard au sang de navet sortirait probablement son mouchoir et essaierait de tourner l'événement en dérision, ou, s'il voyait que personne d'autre ne trouvait ça drôle, il jouerait le rôle du monsieur impassible et froidement indigné et dirait : « Quelle saloperie d'avoir fait ça ! À quoi ça rime ?... Hein ? »

« Et moi, se disait Julian, j'aimerais pouvoir lui dire qu'à mon avis, il était grand temps que quelqu'un s'avise de la lui boucler. »

Mais, en même temps, il savait qu'il ne lancerait pas ce verre, déjà presque bu, ni le suivant qu'il était sur le point de se préparer. Pas sur Harry Reilly. Il n'avait pas peur de lui physiquement. Reilly avait la quarantaine passée. C'était un bon joueur de golf, mais il était gras et poussif, il ferait n'importe quoi pour éviter une bagarre à coups de poing. Mais, d'abord, Harry Reilly était propriétaire, ou tout comme, de la Compagnie des automobiles Cadillac de Gibbsville dont Julian était président. D'autre part, s'il lançait son whisky sur Harry Reilly, les gens diraient qu'il était aigri parce que Reilly dansait toujours beaucoup avec Caroline English et lui faisait pas mal d'avances peu dissimulées.

Ses pensées furent interrompues par Ted Newton, le dentiste, qui s'arrêta à leur table pour s'en envoyer un petit au passage. Ted portait un manteau de castor, dont c'était le premier hiver même si ce n'était pas la première fois qu'il le mettait.

« Vous partez ? » dit Julian.

C'était tout l'effort qu'il avait envie de faire pour Newton et bien plus qu'il n'en aurait fait si Newton n'avait pas représenté une vente de Cadillac potentielle. Il conduisait une Buick pour le moment.

« Oui… Lilian est fatiguée et sa famille arrive demain matin de Harrysburg. En voiture, ils seront ici vers une heure, une heure et quart. »

« Ce que j'm'en fous, de ce qu'ils feront ! » pensa Julian.

« Vraiment ? demanda-t-il tout haut. Alors, joyeux Noël !

– Merci, Ju. Joyeux Noël aussi ! On se voit chez les Bachelor ?

– Oui ! » dit Julian.

Et il ajouta à voix basse pendant que les autres disaient au revoir à Newton :

« Et ne m'appelez pas Ju. »

L'orchestre jouait *Body and Soul*, et le chœur du milieu lui donnait du fil à retordre ; les musiciens prenaient un air concentré et fronçaient tous les sourcils, sauf le tambour à timbre qui adressait aux danseuses de grands sourires en frappant avec ses balais métalliques. Wilhelmina Hall, sortie depuis six ans de Westover, était encore la meilleure danseuse du club, et c'est elle qui récoltait le plus de cavaliers. Elle parcourait deux fois la piste de danse avec le même danseur, et puis quelqu'un sortait du groupe des hommes et la prenait. Tout le monde voulait être son cavalier, parce qu'elle dansait si bien et que tout le monde disait qu'elle n'était pas amoureuse. La seule personne dont elle aurait pu l'être, c'était Jimmy Malloy, et elle n'était certainement pas amoureuse de lui. Du moins, c'est ce que tout le monde disait. Les hommes qui la faisaient danser étaient de tous les âges, tandis que Kay Verner, qui était encore à Westover et de loin la plus jolie fille, récoltait tous les siens ou presque parmi les élèves de l'école supérieure et de l'université. Et elle était amoureuse de Henry Lewis. Du moins, c'est ce que tout le monde disait. Constance Walker, la petite dinde, ne portait pas ses lunettes comme si tous les gens du club ignoraient que, sans cet accessoire, elle était incapable de voir l'autre côté de la table. Dans le groupe des danseurs, on la considérait comme la fille qui *vous accorde une danse*. Elle était à Smith College, c'était une étudiante sérieuse. Elle était très bien faite, surtout des seins ; c'était une petite bonne femme sensuelle qui n'était pas laide mais quelconque et (si seulement elle s'en était rendu compte) plutôt moche sans ses lunettes ! Elle avait tellement envie de plaire que, si un garçon l'invitait, il pouvait profiter entièrement de sa poitrine et de tout son corps. Souvent, le type qui allait l'inviter disait : « Je vais m'en payer une tranche. » D'ailleurs, la chose curieuse chez cette fille, c'est que quatre de ses danseurs s'étaient payé tellement de tranches avec elle en dehors de la piste de danse que Constance n'était plus du tout vierge ; et pourtant ils avaient tellement honte d'avoir cédé à une séduction qu'ils n'arrivaient pas à comprendre, chez une fille qui, de l'avis de tous, manquait de charme, qu'ils n'évoquaient jamais aucun détail de la vie sexuelle de Constance Walker, si bien que celle-ci passait toujours pour chaste. Le pire qu'on disait d'elle, c'était : « Oui, évidemment, vous pourriez croire qu'elle n'a absolument rien d'excitant, et je suis tout à fait de votre avis. Mais l'avez-vous déjà vue en maillot de bain ? Oh ! la, la ! »

L'orchestre jouait *Something to Remember You by*.

Le groupe des danseurs s'était dispersé sur la piste, au moment où la musique attaquait le deuxième couplet de la chanson, quand Johnny Dibble apparut tout à coup, hors d'haleine, à l'endroit où se tenaient généralement ses copains et où il ne restait plus que deux jeunes gens.

« Oh ! dites donc, leur cria-t-il. Oh la, la ! la catastrophe ! Savez-vous ce qui vient d'arriver ?

– Non, non…

– Vous ne devinerez jamais. Julian English…

– Qu'est-ce qu'il a fait ?

– Julian English ! Il vient de lancer un whisky-soda sur Harry Reilly, en pleine figure. Rien que ça ! »

3

Al Grecco connaissait la route de Philadelphie à Gibbsville un peu comme le mécanicien d'une locomotive connaît son rail. Sur un parcours régulier, un mécanicien expérimenté peut regarder sa montre et vous dire que, dans quatre minutes et demie, son train va dépasser une école sur le côté de la voie. À moins qu'il ne jette un coup d'œil sur une meule de foin, sur une grange, ou n'importe quel repère du même genre, et qu'il ne vous indique l'heure à trente secondes près – Al Grecco pouvait faire presque la même chose. Il connaissait les quatre-vingt-quatorze milles et demi qui séparaient Philadelphie de Gibbsville. Il les connaissait par cœur. Ce soir, il faisait un froid de canard. Il s'en rendait compte aux rafales du vent. Dans la voiture, avec le chauffage, il faisait très chaud. Il conduisait un cabriolet V-6I Cadillac et il avait descendu la vitre passager d'environ trois pouces. C'était un conducteur hors-pair. Plusieurs fois, il avait fait le trajet jusqu'à Philadelphie en moins de deux heures ; au moment où il dépassa les panneaux marquant l'entrée du Lantenengo Country Club, il vérifia par réflexe son horaire : deux heures et un peu plus de quarante-cinq minutes depuis son départ de l'hôtel. Pas mal, si l'on tenait compte des congères et de l'état des routes à l'entrée de Reading, là où les voitures sont éparpillées sur les deux côtés de la voie. Il allait aussi vite que la prudence le permettait. C'était un voyage d'affaires.

Bien qu'il n'en ait jamais vu que le toit, Al savait que le Country Club était construit sur un plateau. Depuis la route nationale, on apercevait à peine l'édifice. Les voitures qui quittaient le club ne devenaient visibles qu'au tiers de la longue allée rattachée à la route, et passant entre les poteaux de l'entrée. Al Grecco remarqua qu'une autre Cadillac, une grande conduite intérieure, venait d'apparaître. Dès qu'il aperçut la voiture, il la reconnut. Il mettait plus ou moins un point d'honneur à reconnaître toutes les voitures importantes, et cette conduite intérieure avait l'air importante. C'était une voiture de démonstration et elle devait être conduite par Julian English, l'agent de Cadillac.

« La vache ! » dit Al.

En réalité, il n'en voulait pas du tout à Julian, mais c'était à cause d'une commande de Julian qu'il avait été forcé de se rendre à Philadelphie. Apparemment, Julian allait donner une grande fête entre Noël et la Saint-Sylvestre, parce qu'il avait demandé à Ed Charney, le fameux *bootlegger*, s'il pouvait lui procurer une caisse de champagne, du bon, et la lui livrer le lendemain de Noël. Naturellement, Ed avait répondu qu'il serait trop heureux de lui dégoter du bon champagne et s'en était chargé personnellement. Ed avait téléphoné à Philadelphie et s'était assuré que c'était du bon champagne. Ed aimait bien Julian English. Julian English appartenait à la société de Lantenengo Street, et c'était le genre de type de grande classe, peu importe le milieu auquel il appartenait. Un seul regard suffisait pour le comprendre. Et il vous parlait toujours quand il vous croisait dans la rue. Contrairement à d'autres (la plupart plus vieux que lui) qui faisaient des affaires avec Ed, disons des affaires de banque ou d'assurances ou des choses de ce genre, mais qui ne voyaient même pas Ed quand ils tombaient sur lui dans la rue ; ou d'autres types qui ne connaissaient pas Ed, mais qui lui téléphonaient pour dire : « Ici Mr. Untel ou Untel, président de telle ou telle société », et est-ce qu'Ed pouvait leur rendre le service de leur faire avoir une caisse de vrai whisky, du scotch, à un prix avantageux ? Au début, Ed avait essayé de se mettre en quatre pour les gens respectables, ceux qui se prennent pour le gratin, mais il s'aperçut vite que ça ne payait pas. Quand il leur rendait un service, ils ne l'appréciaient pas à sa juste valeur, et après, quand ils le croisaient, ils ne lui disaient même pas bonjour. De sorte que, de la clique de Lantenengo Street, seuls quelques clients restaient qui pouvaient encore obtenir de lui un service sans avoir à y mettre le prix, et comptant. Julian English, lui, était de ceux-là, ça ne faisait aucun doute. Et pas seulement parce qu'il vous disait bonjour, mais aussi parce qu'il le faisait d'une certaine manière. Il vous parlait comme à un être humain et, de temps en temps, il prenait même une tasse de café avec Ed. « Cet English, voilà un gars qui me plaît », avait dit une fois Ed, et tout était dit. « Je serais prêt à parier sur cet English. C'est un type régulier. » C'était plus que suffisant. Dans la situation d'Ed, il faut savoir juger correctement le caractère d'un homme, et cet English était sympathique à bloc. Al était du même avis qu'Ed. D'ailleurs, ça n'aurait pas changé grand-chose s'il n'avait pas été d'accord avec Ed. Entre Reading et Wilkes-Barre, soit vous étiez d'accord avec Ed, soit vous cherchiez du travail dans la mine. C'était le minimum qui pouvait vous arriver ; si vous n'étiez pas d'accord avec Ed, vous n'apparteniez plus à sa bande et voilà tout. Le pire qui pouvait vous arriver, c'était de vous faire empoigner par deux gars, vous faire rouer de coups de pied par deux autres jusqu'à ce que, lassés, ils vous filent une ou deux beignes et puis adieu ! Mais Ed avait très rarement l'occasion de faire ce genre de choses. Au début, oui. Plusieurs affaires continuaient de préoccuper la police d'État et Al en savait plus long à ce sujet qu'il ne l'aurait souhaité. C'était à l'époque où Ed commençait à organiser le trafic de la gnole et celui des filles en même temps que le racket des numéros de voitures. Il avait été forcé de mettre la pression à quelques types par-ci par-là pour les empêcher de devenir empoisonnants. Dans ce genre de business, il fallait avoir de la poigne, sans ça vous n'existiez pas. Vous n'arriviez à rien. Et aussi, il fallait être réglo, il ne fallait pas laisser tomber ceux qui vous traitaient bien. Al Grecco remonta le col de son pardessus. Il venait d'avoir un frisson même s'il était seul dans la voiture et il en avait honte, parce qu'il avait conscience de ce que c'était une réaction de môme : l'émotion qu'on ressent quand on a été très bon pour quelqu'un, ou encore les sentiments qu'on a pour sa mère. Voilà ce qu'il ressentait envers Ed Charney. Il se sentait fidèle et dévoué.

L'ayant constaté, il voulut faire quelque chose pour prouver l'étendue de sa loyauté, et ce qu'il pouvait faire de plus immédiat pour Ed, c'était cette histoire de champagne. Il se retourna pour voir si le champagne était encore bien sous ses couvertures et à l'abri des chocs. Ed serait content que la marchandise soit livrée dans le meilleur état possible. Puis il se rappela English et la conduite intérieure. Il réduisit sa vitesse à cinquante et se laissa rejoindre par la voiture.

Elle mit quelques minutes à le dépasser et, à la façon dont English conduisait, Al Grecco comprit que quelque chose l'avait mis en rogne. En général, English conduisait artistement et prenait autant de soin de sa voiture que les hommes d'autrefois en prenaient de leurs chevaux. Et justement, la caisse qu'English conduisait ce soir était une voiture de démonstration qu'il entretenait à merveille. Mais lorsqu'il dépassa Grecco, English fit sauter la voiture sur une ornière et fonça dans une congère de six pieds. Ce n'était pourtant pas la place qui manquait ; sans compter qu'Al Grecco se serait rangé, ou même arrêté, si English avait klaxonné. Non, English ne toucha même pas à son klaxon. Il appuya sur le champignon et brutalisa drôlement sa machine. La voiture heurta la congère durement, oscilla d'un côté et de l'autre, et, presque aussitôt après avoir télescopé le tas de neige et y avoir creusé un bon trou, English tourna son volant et revint sur la partie déblayée de la route. Si on pouvait appeler ça déblayé.

« Conduite d'ivrogne », décréta Al Grecco.

Pendant les quelques secondes durant lesquelles English l'avait doublé, Al Grecco avait remarqué qu'il portait son chapeau sur le derrière de la tête, ce qui ne lui ressemblait pas. English n'était pas ce qu'on pouvait appeler une gravure une gravure de mode, mais il était toujours apprêté. Al aperçut une femme dans la voiture, avachie sur le siège passager, aussi rencognée et aussi loin d'English que possible. Ça devait être Mrs. English. L'idée que ce fût quelqu'un d'autre ne lui traversa même pas l'esprit, parce qu'Al n'avait jamais entendu dire qu'English fréquentait d'autres femmes, et si English avait été un coureur, Al l'aurait su. Du côté de Gibbsville, être coureur signifiait fréquenter les maisons du bord de la route, et tous les types qui fréquentaient ces boîtes-là, Al les connaissait. Il y avait une bande de gros malins de Gibbsville qui croyaient s'en tirer en emmenant leurs petites poules dans des auberges rustiques au fin fond du comté, là où s'étaient installées les communautés religieuses d'origine allemande. Ces gros malins s'imaginaient avoir inventé la poudre parce qu'ils allaient dans des trous perdus et qu'ils ne se montraient pas au Stage Coach, la grande boîte en bordure de la route où la consommation était à soixante-quinze cents, où l'on dansait, où il y avait une dame au vestiaire, des garçons en livrée et tout le tintouin. Mais comme ils se trompaient, et s'ils l'avaient su ! Al veillait particulièrement à se renseigner sur ces types-là, parce qu'on ne sait jamais, il est toujours utile de savoir qu'Untel trompe sa femme, surtout si Untel se trouve être un gros ponte du patelin et qu'il peut donner un coup de main à Ed au palais de justice, en politique, ou même à la banque. Al se rappela une fois où ce genre d'information lui avait bien servi. C'était un conseiller municipal qui refusait les pots-de-vin. Pour une raison ou pour une autre, Ed n'avait jamais pu l'avoir avec du fric, même en y mettant le prix. Un soir, on vint avertir Ed que ce conseiller commençait à l'ouvrir un peu trop à propos de deux bars clandestins sur lesquels Ed avait des vues. Ce conseiller faisait des pieds et des mains pour obtenir l'investiture républicaine lors des municipales. Al se trouvait là par hasard au moment où Ed reçut le tuyau et il lui dit :

« Comment s'appelle-t-il, le gars qui va faire ça ?

– Hagemann, répondit Ed.

– Oh ! Je t'assure qu'il n'en fera rien », dit Al.

Et il raconta à Ed pourquoi Hagemann allait sûrement la boucler. Ed était tellement content ! Il s'en alla trouver Hagemann dans son bureau et lui dit quelque chose du genre : « Monsieur Hagemann, vous fréquentez régulièrement l'église, vous êtes la caution vertueuse de cette ville et tout, et tout, de sorte que, si le bruit commençait à courir que vous êtes allé dans certains endroits, avec une certaine dame d'une trentaine d'années qui porte des lunettes... » Ed n'avait pas eu besoin d'en dire plus. Hagemann s'était levé, il était allé fermer la porte, et, quand Ed était reparti, ils étaient les meilleurs amis du monde ; ils l'étaient encore. Ed avait même tout arrangé pour étouffer la petite histoire de Hagemann et sa sa poule à lunettes. Oh ! Dans ce genre d'affaires, il fallait considérer toutes les perspectives.

Al Grecco accéléra pour se maintenir à la hauteur d'English, lequel appuyait sur le champignon sans le laisser remonter. Cela se voyait : lorsque les roues de la voiture sortaient des ornières, la voiture bondissait sur le côté de la route en raclant les longs talus de neige. Al remarqua que Mrs. English, son col de fourrure remonté plus haut que ses oreilles, ne tournait pas la tête vers English. Ça ne pouvait signifier qu'une chose : elle était furieuse. Dans cette situation, n'importe quelle femme serait penchée vers l'avant, toute raide, et abrutirait son mari de reproches. Mais, pour autant qu'il puisse en juger, Al était persuadé qu'elle ne disait pas un mot. Il commença à s'interroger sur cette Mrs. English.

C'était une impression vague, pas plus, mais il fouilla dans sa mémoire à la recherche d'un souvenir, si ténu soit-il, qui puisse s'accorder avec l'idée qu'il commençait à se faire d'elle, à savoir que cette petite-là n'était peut-être pas tout à fait réglo. Mais il ne se rappelait de rien. Il savait qu'elle ne s'était jamais rendue dans les hôtels des environs. De temps en temps, elle chahutait un peu au Stage Coach, mais pas plus que beaucoup d'autres, et elle était toujours accompagnée par son mari. Non, c'était une de ces idées qu'on se fait sur quelqu'un et qui nous viennent sans raison. Mais, s'il y avait bien une chose qu'Al Grecco avait appris en vingt-six ans d'existence, c'est que, lorsqu'on a un soupçon sur quelqu'un, un vrai soupçon qui ne vous lâche pas, généralement quelque chose arrive pour vous prouver que vous aviez ou tout à fait raison ou tout à fait tort.

Un peu plus de sept milles séparaient le Country Club de Gibbsville Bank et du Trust Building, et la presque totalité des trois derniers milles était un morceau de route flambant neuf quasiment en ligne droite, facile à couvrir. Sur un de ses côtés, la chaussée était protégée du vent par un remblais. Al Grecco dut accélérer un peu plus quand English attaqua ce bout de route, parce qu'English faisait rendre à sa voiture tout ce qu'elle pouvait. Al se concentra entièrement sur sa conduite. Il ne voulait pas mettre English en colère en le serrant de trop près, mais ne voulait pas non plus le perdre ; il voulait être dans les parages s'il se mettait dans le pétrin. Mais English était en bonne forme. Un de ces types qui maîtrisent le volant, qu'ils soient ivres ou à jeun, la seule différence étant que, quand ils ont bu, ils n'ont aucune considération pour ce qu'ils peuvent faire endurer à leur voiture.

Quand les deux voitures arrivèrent à Gibbsville, Al Grecco se dit que ce qui ferait le plus de plaisir à Ed Charney serait qu'il suive English jusque chez lui, alors il remonta Lantenengo Street derrière la conduite intérieure. Il la suivit à un pâté de maisons de distance, jusqu'à la 20e Rue. Les English habitaient Twin Oaks Road, mais de la 20e Rue, comme de Lantenengo, on pouvait voir tout Twin Oaks Road. Al s'arrêta. English était passé en seconde pour la montée et à cause de la neige. Il prit parfaitement le tournant et, quelques secondes après, stoppait devant sa maison. Les phares de la voiture s'éteignirent, la lumière du vestibule s'alluma et Al put voir Mrs. English sur le perron ouvrir la porte d'entrée, puis la lumière apparaître dans une des pièces du rez-de-chaussée. Ensuite English, lui-même sur le perron, la lumière du rez-de-chaussée coupée au moment précis où l'on allumait une lampe dans une chambre du premier. English laissait la voiture dehors toute la nuit. Il était cinglé. Enfin, ça le regardait.

Al Grecco se mit en marche arrière et recula dans la 20e Rue, puis fit demi-tour et descendit Lantenengo Street. Il alla directement à l'Apollo, un restaurant ouvert toute la nuit où l'on pouvait en temps normal trouver Ed Charney. Mais, tout à coup, il se rappela qu'il n'y trouverait pas Ed. C'était l'unique nuit de l'année où on ne le trouvait pas là.

« Nom de Dieu, dit Al Grecco, j'avais oublié que c'était Noël. »

Il fit descendre une des vitres de la voiture et cria vers les fenêtres sombres des maisons de Lantenengo Street devant lesquelles il passait :

« Joyeux Noël, espèces de bâtards et de poseurs ! Al Grecco vous souhaite un joyeux Noël ! »

II

I

Julian English fût brusquement tiré du sommeil et il sut qu'il avait un coup d'avance sur l'entrée de Mary, la femme de chambre. Son calcul était bon. Mary parut sur le seuil et dit :

« Mrs. English vous fait dire qu'il est onze heures, monsieur. »

Et elle baissa la voix d'un ton pour ajouter :

« Joyeux Noël, Mr. English !

– Joyeux Noël, Mary ! Avez-vous trouvé votre enveloppe ?

– Oui, monsieur. Madame me l'a donnée. Merci beaucoup. Et ma mère vous fait dire qu'elle a commencé une neuvaine pour vous et Mrs. English. Dois-je fermer les fenêtres ?

– Oui, s'il vous plaît. »

Il resta allongé jusqu'au départ de Mary. Quelle belle journée ! Éblouissante. Et il y avait des stalactites, de vraies stalactites, pendant au milieu des fenêtres. Avec la guirlande de houx et les rideaux, c'était la carte de vœux parfaite. Tout était paisible au-dehors. Gibbsville et le monde entier se reposaient après la chute de la neige. Il entendit un son qui ne pouvait signifier qu'une chose : un des enfants Harley, les voisins, avait reçu une nouvelle luge en cadeau de Noël et dévalait à plat ventre le chemin carrossable des Harley, lequel n'était séparé de celui des English que par une haie de deux pieds de haut. La chambre n'allait pas mettre longtemps à se réchauffer. Julian décida de rester au lit quelques minutes.

Des jours comme celui-là devraient être plus nombreux, pensa-t-il. Lentement, sans tourner la tête, il se tira hors des couvertures jusqu'à être à moitié assis, et chercha à atteindre le paquet de Lucky Strike posé sur la table séparant son lit de celui de Caroline. Puis il se rappela qu'il ferait aussi bien de ne pas regarder en direction du lit de Caroline – et il regarda. Une fois de plus, il ne s'était pas trompé : Caroline n'avait pas couché dans son lit. La mémoire lui revint et le frappa comme la répercussion d'un bruit terrible ; comme lorsqu'on se tient trop près d'une énorme cloche et qu'elle se met à sonner inopinément. Ses doigts et sa bouche allumèrent une cigarette : ils en avaient l'habitude. Il ne pensait pas à sa cigarette, car, accompagnant le son de cette cloche, la sensation de gueule de bois et le remords avaient fait leur apparition. Cela lui prit un petit moment, mais il finit par se rappeler la pire des choses qu'il avait faites, et ce n'était pas du joli. Il se rappela avoir balancé son verre à la figure de Harry Reilly, l'avoir balancé dans sa sale poire plate, moche et bouffie d'Irlandais. Ainsi donc, Noël ce matin et paix sur la terre…

Il sortit du lit sans se donner la peine d'attendre l'arrivée de la chaleur et du bien-être. Ses pieds touchèrent le plancher froid, et, fourrant ses orteils dans ses pantoufles, il se dirigea vers la salle de bains. Il avait beau souvent s'être senti plus mal, c'était tout de même une bonne gueule de bois. Quand vous vous regardez dans la glace et que vous ne pouvez rien voir au-dessus de l'arête de votre nez, c'est une assez bonne gueule de bois. Vous ne voyez pas vos yeux, ni l'état de vos cheveux. Vous voyez votre barbe, presque poil par poil ; les poils de votre poitrine et les os saillants à la base du cou. Vous voyez votre pyjama et les plis de votre cou et ce petit truc sur votre lèvre inférieure qui a toujours l'air d'être du sang, mais qui n'en est pas. D'abord, vous vous brossez les dents ; c'est une amélioration, mais ça laisse encore à désirer. Puis vous essayez du Lavoris et ensuite des sels d'Enos. Quand vous finissez par sortir de la salle de bains, vous êtes bon pour une deuxième cigarette et vous éprouvez un besoin urgent de café ou d'alcool, et si seulement, mon Dieu !, si seulement vous aviez les moyens de vous payer un domestique qui vous mette vos chaussures ! Vous avez beaucoup de mal à faire entrer vos pieds dans votre pantalon, mais vous y arrivez enfin, après avoir pris un pantalon au hasard, le premier que vos mains ont rencontré dans l'armoire. Mais vous réfléchissez très, très longtemps, avant de choisir une cravate. Vous regardez fixement les cravates ; fixement, fixement, et votre regard s'abaisse vers vos cuisses pour voir la couleur du costume que vous portez. Gris foncé. N'importe quelle cravate ou presque s'accordera avec un costume gris foncé.

À la fin, Julian choisit une cravate Spitalfields à petits dessins blancs et noirs, parce qu'il allait mettre un col empesé. Il allait mettre un col empesé parce que c'était Noël et qu'il allait se rendre à un repas de Noël chez son père et sa mère. Enfin, il fut habillé et quand il se vit en pied dans la glace, il était toujours incapable de se regarder dans les yeux, mais pour le reste, il savait que ça allait. Ses chaussures de veau noir luisaient comme du cuir verni. Il mit les choses qu'il fallait dans les poches qu'il fallait : portefeuille, montre et chaîne avec une breloque d'or en forme de ballon de basket miniature, une clef Kappa-Bêta-Phi, deux dollars en petite monnaie, un stylo, des mouchoirs, un porte-cigarettes, un porte-clefs en cuir. Il se regarda une fois de plus. Mon Dieu, s'il pouvait seulement retourner dans son lit ! Mais, s'il se recouchait, il n'aurait rien à faire qu'à réfléchir, et il refusait de réfléchir avant d'avoir bu un peu de café. Il descendit l'escalier, cramponné à la rampe.

En passant devant le salon, il vit un amoncellement très ordonné de paquets – des cadeaux de Noël évidemment – sur la table, au milieu de la pièce. Mais Caroline ne s'y trouvait pas, alors il continua son chemin. Il alla vers la salle à manger et ouvrit d'un coup sec la porte va-et-vient de l'office.

« Mary, s'il vous plaît, jus d'orange et café, c'est tout, dit-il.

– Le jus d'orange est sur la table, Mr. English », dit-elle.

Il le but. Dedans, il y avait de la glace, merveilleuse glace ! Mary apporta le café et, une fois qu'elle fut partie, il en respira le fumet. C'était aussi bon que de le boire. Il commença par en boire un peu, sans sucre, sans lait. Il ajouta un morceau de sucre et en but un peu plus. Puis mit de la crème et alluma une cigarette. « Ça m'irait très bien, pensa-t-il, de rester ici. Si seulement je pouvais rester ici le reste de ma vie, et ne jamais plus voir qui que ce soit. Sauf Caroline. Il me faut Caroline. »

Il termina son café, avala une gorgée d'eau glacée et quitta la salle à manger. Il était debout devant la table où s'empilaient les cadeaux lorsqu'il entendit des pas sur le perron : presque immédiatement la porte s'ouvrit et c'était Caroline.

« Bonjour ! dit-elle.

– Bonjour ! Joyeux Noël !

– Ouais... dit-elle.

– Je suis désolé. Où étais-tu ?

– J'apportais des bricoles aux gosses Harley », dit-elle.

Elle rangea son manteau en poil de chameau dans le placard sous l'escalier.

« Bubbie m'a chargée de te souhaiter un joyeux Noël, et de te demander si tu voulais faire un tour avec lui dans son Flexie tout neuf. Je lui ai dit que tu n'aurais sûrement pas le temps. »

Elle s'assit et se mit à déboucler ses bottes. Elle avait des jambes ravissantes que même les lourds bas de laine écossais n'arrivaient pas à déformer.

« Vois-tu... dit-elle.

– Je regarde, répondit-il.

– Ne plaisante pas, dit-elle en descendant sa jupe. Je veux que tu m'écoutes. Voici ce que j'ai à te dire : je pense que tu devrais rapporter ce bracelet chez Caldwell.

– Pourquoi ? Il ne te plaît pas ?

– Si, il me plaît beaucoup. C'est une des plus belles choses que j'aie jamais vues, mais tu n'as pas les moyens de l'acheter. Je sais combien ça coûte.

– Et après ?

– Et après ?... Voici : je pense qu'à partir d'aujourd'hui nous aurons besoin du moindre sou que nous pourrons économiser.

– Pourquoi ? »

Elle alluma une cigarette.

« Pourquoi ?... Tu as fait ton choix hier soir. Inutile de discuter *pourquoi* tu as lancé ce verre à la figure de Harry, mais si j'ai quelque chose à te dire, c'est que tu t'es fait un ennemi pour la vie.

– Oh ! Non. Il est furieux, c'est naturel, mais je vais arranger ça. C'est dans mes cordes.

– C'est ce que tu crois. Écoute bien. Sais-tu au moins comment les bruits circulent, dans cette ville ? Tu crois peut-être avoir une idée, mais écoute. Je viens de chez les Harley, les seuls gens que j'aie vus depuis hier soir, mise à part Mary. La première chose, ou presque, que m'a dite Herbert Harley quand je suis entrée dans la maison, ç'a été : "Eh bien, je suis content que quelqu'un ait enfin remis Harry Reilly à sa place." Naturellement, j'ai essayé de faire passer ça en riant, comme si c'était une bonne blague entre toi et Harry, rien d'autre, mais te rends-tu compte de ce que ça signifie, que Herbert Harley l'ait su si vite ? Ça signifie que toute la ville est déjà au courant de cette histoire. Quelqu'un a dû la raconter aux Harley par téléphone, parce que je sais que Herbert n'a pas sorti sa voiture. Il n'y a pas de traces dans leur allée.

– Eh bien, et après ?

– Et après ?... Tu es planté là à me demander : et après ? Te rends-tu compte de ce que cela signifie ou bien es-tu encore saoûl ? Cela signifie simplement que toute la ville sait ce que tu as fait et que, lorsque Harry s'en apercevra, il sera capable de tout. Il ira carrément jusqu'au meurtre pour être quitte avec toi ! »

Elle se leva et lissa les plis de sa jupe.

« Aussi... je crois que tu ferais mieux de rapporter le bracelet chez Caldwell.

– Mais je veux que tu le gardes. Je l'ai payé.

– Ils le reprendront. Ils te connaissent.

– Je peux me permettre cette dépense.

– Non, tu ne peux pas, dit-elle, et en plus, je n'en veux pas.

– Tu veux dire que tu ne veux pas l'accepter de moi ? »

Elle hésita un moment, se mordit la lèvre, puis inclina la tête :

« Oui, je crois que c'est bien ce que je veux dire. »

Il alla vers elle et posa les mains sur ses bras. Elle ne bougea que pour se détourner de lui.

« Qu'est-ce qui se passe ? dit-il. Pour l'amour de Dieu, Reilly ne compte pas pour toi, si ?

– Non, il n'est rien du tout. Mais tu ne le croiras pas si je te le dis.

– Bah ! Quelle bêtise ! Je n'ai jamais pensé qu'il était ton amant.

– Vraiment ? Es-tu sûr de ne jamais l'avoir pensé ? »

Elle se dégagea.

« Peut-être que tu n'as jamais cru vraiment que j'étais sa maîtresse, mais par moments tu te demandais si c'était le cas. Ça ne vaut guère mieux. Et en réalité, c'est pour ça que tu lui as lancé ton whisky à la figure.

– J'ai pu croire que vous vous étiez déjà embrassés, mais je n'ai jamais cru que tu étais sa maîtresse. Et la seule vraie raison pour laquelle je lui ai lancé mon whisky à la figure, c'est qu'il se trouve que je ne peux pas le supporter. Je ne peux pas encaisser sa tête de crétin irlandais, voilà tout. Et ses histoires !

– Sa tête ne te semblait pas si repoussante l'été dernier, quand tu avais besoin d'argent, et voilà bien une chose que tu ferais mieux de ne pas oublier. Tu t'imagines que les gens seront de ton côté si on en arrive au point où ils devront prendre parti ? Tu crois peut-être que tous tes amis t'appuieront, et peut-être que tu t'imagines que ça fera peur à Harry parce qu'il a envie de diriger l'Assemblée. Eh bien, n'y compte pas trop, parce que tes meilleurs amis, à une ou deux exceptions près, doivent tous de l'argent à Harry Reilly.

– Comment le sais-tu ?

– C'est lui qui me l'a dit, répondit-elle. Jack, Carter, Bob et les autres seraient peut-être prêts à être de ton côté, ils te soutiendraient peut-être, si on vivait dans une autre période. Mais je pense que tu es au courant : notre pays est en pleine crise financière, et Harry Reilly est pratiquement le seul homme du coin qui ait encore de l'argent.

– Je parie qu'il viendra à notre soirée.

– S'il y vient, tu pourras me remercier. Je ferai de mon mieux, mais je n'y mettrai pas tout mon cœur. »

Elle le regarda.

« Oh ! Mon Dieu, Ju, qu'est-ce qui t'a pris de faire ça ? Pourquoi fais-tu des choses comme ça ? »

Elle se mit à pleurer, mais quand il s'approcha d'elle, elle s'écarta.

« Tout ça est horrible et je t'aimais tant.

– Je t'aime. Tu le sais bien.

– C'est trop facile. Les insultes que tu m'as lancées en rentrant, garce, pute et pire encore, ce n'était rien comparé à cette humiliation publique. »

Elle accepta le mouchoir qu'il lui tendait.

« Je dois aller m'habiller, dit-elle.

– Crois-tu que mon père et ma mère sont au courant ?

– Non, je ne pense pas. Ton père serait déjà ici si c'était le cas. Oh ! et puis qu'est-ce que j'en sais ? »

Elle sortit, puis revint sur ses pas :

« Mon cadeau est au bas du tas », dit-elle.

Cela le rendit encore plus malheureux. Au-dessous de tous les autres paquets, il y avait un cadeau qu'elle avait acheté depuis des jours, peut-être depuis des semaines, quand la situation se présentait sous un meilleur jour qu'aujourd'hui. Au moment de l'acheter, le seul objet de ses pensées, c'était Julian et ce qui lui ferait plaisir ; elle avait écarté telle idée, puis telle autre, et s'était décidée pour quelque chose dont *il* avait envie ou dont *il* aurait envie. Caroline était une personne qui choisissait un cadeau après beaucoup de réflexion ; elle savait choisir l'objet précis qui convenait. Une fois, elle lui avait acheté des mouchoirs pour Noël ; personne d'autre ne lui avait acheté de mouchoirs, et c'était justement ce qui lui manquait. Et, quelle que fût la chose qui se trouvait dans ce paquet, elle l'avait achetée en ne pensant qu'à lui. Il ne parvenait pas à deviner le contenu de la boîte en se basant sur sa taille. Il l'ouvrit. Il y avait deux cadeaux : un écrin à boutons en peau de porc, assez grand pour renfermer deux jeux de boutons de chemise, avec encore beaucoup de place pour des boutons de col, des épingles, des pinces à cravate – et Caroline avait ajouté environ une douzaine de boutons pour le devant et le dos du col. L'autre cadeau était aussi en peau de porc : un étui à mouchoirs qui s'aplatissait comme un accordéon. Les deux objets portaient les initiales J.McH.E. frappées en petites lettres dorées sur le dessus, et rien que cela était une délicate attention. Elle savait, et était seule au monde à le savoir, qu'il aimait les choses marquées J.McH.E. et pas seulement J.E. ou J.M.E. Peut-être même savait-elle pourquoi il aimait mieux qu'il en fût ainsi ; pour sa part, il n'en était pas sûr.

Il resta planté devant la table, les yeux baissés vers l'étui à mouchoirs et sur la boîte à boutons, et il eut peur. Au premier étage, il y avait une femme qui était quelqu'un. L'amour qu'il ressentait pour elle semblait sans importance en comparaison de ce qu'elle était. Il ne faisait que l'aimer, ce qui, en réalité, faisait de lui moins qu'un ami ou qu'une relation mondaine. Les autres la voyaient et lui parlaient quand elle était elle-même, la version la plus grande, la plus importante d'elle-même. L'idée qu'on connaît mieux une femme parce qu'on a partagé un lit et une salle de bains avec elle, c'est complètement faux. Il savait, et nul autre être humain ne le savait, qu'elle criait « ah ! » ou « aïe ! » dans ses moments de grande extase. Il la connaissait, lui seul la connaissait, lorsqu'elle se laissait aller, quand elle-même ne savait plus très bien si elle était follement gaie ou follement triste ou les deux à la fois. Mais cela ne voulait pas dire qu'il savait tout d'elle. Loin de là. Ça voulait simplement dire qu'il était plus proche d'elle quand il en était proche, mais (et c'était la première fois que cette pensée lui venait) peut-être plus loin que tout le monde quand il s'en éloignait un peu. C'était certainement ce qui se passait aujourd'hui.

« Oh ! Je suis un immonde salopard », dit-il.

2

Au milieu de la une du *Gibbsville Sun*, le journal du matin, il y avait un cadre entourant deux colonnes, décoré de pères Noël et de petites guirlandes de houx, et au milieu du cadre, un long poème.

« À la bonne heure ! Mervyn Schwartz a enfin eu son compte.

– Quoi ? dit Irma.

– Il s'est fait descendre hier soir dans un bordel, dit son mari.

– Quoi ? s'écria Irma. Qu'est-ce que tu racontes ?

– C'est là, dit son mari, là, en une du journal. Mervyn Schwartz, de Gibbsville, trente-cinq ans, victime d'un coup de feu et décédé au Dew Drop…

– Montre un peu », dit Irma.

Elle enleva le journal des mains de son mari.

« Où ça ?… Oh ! toi alors !… » s'écria-t-elle en lui lançant le journal à la tête.

Il se moquait d'elle, avec un gloussement doux, haut perché.

« Tu te crois drôle ! dit-elle. Tu ne devrais pas raconter des choses comme ça, les enfants pourraient t'entendre. »

Sans cesser de rire, il ramassa le journal et se mit à lire le poème de Noël de Mervyn Schwartz. Jadis, Mervyn Schwartz proposait ses poèmes de fêtes (Noël, anniversaire de Washington, Pâques, jour du Mémorial, 4 Juillet, Armistice) au *Standard*, le journal du soir. Mais le *Standard* n'avait pas publié son poème de l'Armistice en une, alors maintenant il les envoyait au *Sun*. Lute Fliegler lut les premiers vers tout haut, d'une voix chantonnante, bêtement efféminée.

« À quelle heure veux-tu déjeuner ? demanda Irma.

– Quand ce sera prêt, répondit Lute.

– Oh ! dis donc, tu as pris ton petit déjeuner il y a une heure. Tu n'auras sûrement pas faim de sitôt. Je pensais vers deux heures…

– Ça me va, dit-il, je n'ai pas très faim.

– Pas étonnant, dit-elle. Après tout ce que tu as mangé pour ton petit déjeuner. Je pensais faire les lits tout de suite, et Mrs. Lynch pourra mettre la dinde à cuire pour que nous mangions vers deux heures, deux heures et demie.

– Ça me va.

– Les gosses n'auront pas très faim. Même Curly s'empiffrait de bonbons tout à l'heure, j'ai été forcée de cacher la boîte.

– Laisse-le faire, dit son mari, ce n'est pas tous les jours Noël.

– Dieu merci ! Très bien. Je leur laisserai les bonbons, mais seulement si tu les soignes quand ils auront une crise de foie en pleine nuit.

– Rien ne pourrait me faire plus plaisir. Vas-y, donne-leur tous les bonbons qu'ils veulent, et à Teddy et Betty, tu leur offres deux whiskies. »

Il fronça le sourcil et se frotta le menton en faisant semblant de réfléchir :

« En revanche, pour Curly, je ne suis pas sûr. Il est encore un peu jeune, mais je crois que ça ira quand même. Ou bien on pourrait lui offrir un cigare.

– Oh ! toi… dit-elle.

– Oui, c'est ça ! Toute réflexion faite, nous devrions lui donner seulement un cigare ; je vais sortir Teddy ce soir pour qu'il s'envoie en l'air. Je…

– Lute, arrête de parler comme ça. Comment sais-tu s'il n'y en a pas un qui est descendu sans que tu l'entendes ? Ils apprendront ces choses-là bien assez tôt. Rappelle-toi ce que Betty a dit l'été dernier.

– Ça n'est rien. Quel âge a Teddy ? Six ans.

– Six ans et demi, dit-elle.

– Eh bien, à son âge, j'avais déjà mis quatre filles en cloque.

– Tais-toi, Lute. Cesse de parler de cette façon. Ils saisissent des choses au passage, tu n'as pas idée, un mot par-ci, un mot par-là. Et les enfants sont plus futés qu'on ne le croit. Tu ne vas nulle part aujourd'hui, Lute ?

– Non. Pourquoi ? »

Il alluma une Camel qu'il sortit d'un paquet enfoncé dans le gousset de son gilet de laine.

« Oh ! Pour rien. L'autre Noël, tu te rappelles, tu avais dû aller à Reading.

– C'était *l'an dernier*. On n'a pas donné beaucoup de Cadillac en cadeaux de Noël cette année. Je me rappelle ce voyage. Quel boulot amusant ! C'était une LaSalle, pas une Caddy. Cet entrepreneur polack en haut de la montagne, Paul Davinis qu'il s'appelait. Il voulait qu'on la lui livre le jour de Noël et il ne voulait pas que son gosse la voie ; alors on a fait en sorte de la garder à Reading. Et puis, quand nous l'avons livrée, le môme savait depuis toujours qu'il allait la recevoir ! Sa mère le lui avait déjà dit. D'ailleurs, il l'a bousillée le jour de la Saint-Sylvestre.

– Tu ne m'avais jamais raconté cette histoire, lui reprocha Irma.

– Tu ne me l'avais jamais demandée. Au fait, est-ce que Mrs. Lynch a accepté de s'occuper des gosses ce soir ?

– Oui.

– Alors, il faut que je téléphone à Willard pour lui dire que nous venons. Je vais prendre la Studebaker. Nous pouvons y tenir à six confortablement. C'est une bagnole pour huit, mais nous pouvons nous mettre trois devant et trois derrière et nous n'aurons pas à nous servir des strapontins. On sera combien ?

– Douze, je crois. Dix ou douze. Ça dépend. Si le père et la mère d'Emily arrivent de Shamokin, elle et Harvey ne pourront pas venir, mais ça ne changera rien. Ils devaient aller dans la voiture de Walter, alors, s'ils ne viennent pas, ça en fera deux de moins pour lui.

– Il vaut mieux que j'appelle le garage pour m'assurer que la Studebaker est disponible. »

Il alla au téléphone.

« Allô ! Ici Lute Fliegler. Joyeux Noël ! Écoutez-moi, cette conduite intérieure Studebaker, la noire. Celle que nous avons reprise au docteur Lurie. Oui, la vieille bagnole du docteur Lurie. Bon, écoutez. Ne laissez personne la sortir, hein ? J'ai demandé au patron si je pouvais m'en servir ce soir et il a répondu OK, vous entendez ? Je veux être sûr que vous ne la faucherez pas, bande de pirates. Si vous voulez vous balader, prenez donc ma Rolls. Sérieusement, Joe : rendez-moi ce service et faites mettre les chaînes à la Stude. OK ?... Parfait ! »

Il raccrocha et, s'adressant à Irma :

« Comme ça, c'est entendu, dit-il.

– Tu pourras appeler Willard plus tard, dit-elle. Je lui ai dit que nous ne l'appellerions que si nous ne pouvions pas y aller.

– Et les alcools ? s'enquit Lute.

– Oh ! Dis, c'est Willard qui invite. Je pense qu'il achète la boisson.

– Ah ! Oui ? Sais-tu ce que coûte l'alcool au Stage Coach ? Soixante-quinze cents le verre, ma chérie, et ils n'en vendent pas à tout le monde. Je ne crois pas que Willard ait l'intention de nous fournir des verres à soixante-quinze cents. Je crois que je ferais bien de fabriquer du gin et d'en emporter un litre, juste au cas où. Ça serait pas chic de compter sur Willard pour payer l'alcool et tout le reste pour douze personnes.

– On ne sera peut-être que dix.

– Et alors ? Même si on n'est que dix ! Ils font payer le couvert un dollar et demi ou deux dollars, et voilà déjà vingt balles de partis, sans compter la bière, le White Rock et les sandwiches. Tu sais ce qu'ils demandent pour un sandwich au poulet tout ce qu'il y a de plus ordinaire au Stage Coach ? Un dollar ! Si Willard s'en tire à moins de quarante dollars, sans payer une goutte d'alcool, il aura de la veine. Non, il vaut mieux que je fabrique du gin. Réflexion faite, il y a ce litre de whisky de seigle que le patron m'a donné. Je voulais le garder, mais nous pourrions aussi bien le boire ce soir.

– Oh ! le gin sera assez bon. Ton gin est très bon, de l'avis général.

– Oui, je le sais, mais le gin reste du gin. Je crois que je vais faire un beau geste une fois dans ma vie et apporter le whisky. Peut-être que les autres en apporteront aussi et que nous ne serons pas forcés de liquider le litre entier.

– Je ne veux pas que tu boives beaucoup, si c'est toi qui conduis, dit Irma.

– Ne t'en fais pas. Pas sur ces routes-là. Je sais ce que je vais faire : je vais mettre ce litre dans deux bouteilles d'un demi-litre et, en arrivant au Stage Coach, j'en laisserai une dans la poche de mon pardessus. Alors les autres croiront que je n'en ai qu'un demi-litre et ils iront doucement. Mais j'espère que chacun apportera le sien, s'ils ont un peu de jugeote.

– Probable, dit-elle. Je monte faire les lits à présent. Je vais voir si le pantalon de ton smoking a besoin d'être repassé.

– Oh ! Bon Dieu. C'est vrai ? Il faut vraiment que je le mette ?

– Allons, allons, ne fais pas d'histoires. Il te va très bien et tu le sais. Tu es très content quand tu l'as, alors ne fais pas semblant du contraire.

– Oh ! ça ne m'ennuie pas de le porter. C'est à toi que je pensais. Tu vas être tellement jalouse quand les autres femmes me verront en smoking et qu'elles essaieront de m'entraîner dehors. Je ne voulais pas gâcher ta soirée, c'est tout.

– N'importe quoi ! dit Irma.

– Pourquoi ne dis-tu jamais ce que tu penses ? Tu ne le penses pas, ce “n'importe quoi”.

– T'occupes pas de ce que je pense, monsieur le Malembouché. »

Et elle sortit.

« Quelle femme », pensa-t-il, et il reprit sa lecture du journal. Hoover recevait une délégation de vendeurs de journaux pour Noël…

3

Il était environ deux heures (heure des États-Unis, observatoire maritime, donnée toutes les soixante minutes par la Western Union Company) quand Al Grecco apparut sur le seuil du restaurant Apollo. L'Apollo faisait à la fois hôtel et restaurant. Durant près d'un siècle, un hôtel avait siégé à l'emplacement de l'Apollo, mais la famille d'Allemands de Pennsylvanie qui tenaient le restaurant avant que George Poppas ne le reprenne, avait cessé de l'exploiter comme hôtel. Puis, quand George Poppas, qui était arrivé à Gibbsville vêtu de la jupe blanche des Grecs, commença à gagner de l'argent avec le restaurant, quelqu'un lui rappela que l'endroit avait été un hôtel pendant presque cent ans. George dépensa alors un argent fou pour refaire de cet établissement un hôtel. Les chambres étaient petites, les lits et autres meubles en métal leur donnaient un air ignifugé. Tout était propre, les chambres modestes, mais bon marché, et l'Apollo avait une grosse clientèle de commis-voyageurs qui truquaient leurs notes de frais. L'hôtel John Gibb, le plus grand de Gibbsville, était cher.

Al Grecco était un des rares locataires permanents de l'Apollo. Il y occupait une chambre qu'il ne payait pas.

Ed Charney avait fait avec George Poppas une sorte d'accord dans lequel l'argent ne changeait pas de mains. Ed avait besoin qu'Al reste à demeure à l'Apollo, entre autres pour y recevoir des messages. Chaque fois que des gens de la pègre étaient de passage en ville pour affaires, ou que des amis s'arrêtaient à Gibbsville, ils allaient toujours chercher Ed Charney à l'Apollo. Et, si Ed n'y était pas, il voulait que quelqu'un soit toujours là ; ce quelqu'un, c'était généralement Al Grecco.

Al avait gardé son chapeau, mais il portait son pardessus bleu foncé sur le bras. Il n'y avait pas un seul client en salle. Smitty, qui était conducteur de taxi et souteneur à la petite semaine, était assis devant le comptoir de marbre et buvait une tasse de café, mais Smitty passait de toute façon son temps à boire du café au comptoir. George Poppas se tenait debout derrière la vitrine des cigares. Il avait l'air d'être assis, mais Al ne s'y trompa pas. George était penché en avant, ses grosses mains jointes appuyées sur la vitrine, avec l'air de souffrir énormément. George avait toujours l'air de souffrir énormément, comme s'il avait mangé une heure plutôt tout ce qui peut vous refiler une grosse indigestion. Une fois, Al l'avait vu faire aux dés quinze passes d'affilée et gagner plus de douze mille dollars, mais même à ce moment-là, il avait eu l'air de souffrir le martyre.

Feuilles-de-Chou était derrière le comptoir et il ne semblait pas y avoir d'autre serveur dans l'établissement. Feuilles-de-Chou devait avoir vingt ans, peut-être moins. Mince, le teint brouillé et l'haleine fétide. Les types le charriaient toujours à cause de ses oreilles, d'où son surnom. Elles étaient décollées et faisaient presque un tiers de la taille de sa tête. On l'avait aussi souvent charrié au sujet de sa vie sexuelle solitaire ; un soir, les copains l'avaient emmené au Dew Drop pour la blague et ils lui avaient offert la totale. Mais, quand il était redescendu, Mimi leur avait dit :

« Espèces de marioles, ce môme, il en a plus que vous. Ça vous en bouche un coin, hein ? C'est le seul mâle de toute votre clique. »

Et Feuilles-de-Chou l'écoutait ravi, une flamme brillante au fond de ses petits yeux vicieux. À partir de ce soir-là, les copains n'asticotèrent plus Feuilles-de-Chou sur sa vie sexuelle solitaire. Ils continuaient à dire Feuilles-de-Chou pour parler de lui, et ils l'appelaient Bertha, mais ils lui témoignaient un certain respect.

Al et George Poppas ne s'adressaient pas la parole. Ils se méprisaient mutuellement : George méprisait Al parce qu'Al était un membre insignifiant de la pègre, et Al méprisait George parce que George n'appartenait pas du tout à la pègre. Ils ne se parlaient qu'au moment de jouer aux dés, et leurs remarques se bornaient à « Tu es mort » et à d'autres phrases classiques qu'on emploie dans le jeu. Al plaça son pardessus sur un cintre et enleva son chapeau des deux mains pour en soulever les bords sans se décoiffer.

Il prit le *Philadelphia Public Ledger* posé sur le comptoir face à George. Il s'assit à la table réservée à la pègre, juste à l'entrée du restaurant, dans un coin qui touchait presque la vitrine où des crustacés variés se tortillaient dans un aquarium. Al regarda la première page et vit que Hoover allait recevoir une délégation de petits vendeurs de journaux pour Noël. Il chercha la page des sports.

« Hé ! » dit une voix.

C'était Feuilles-de-Chou.

« Oh ! Hé ! Feuilles-de-Chou, dit Al.
– Deux œufs au plat ? Bacon bien frit ? Café ? s'enquit Feuilles- de-Chou.
– Non, dit Al. Passe-moi le menu.
– Pourquoi ça ? dit Feuilles-de-Chou. Tu peux lire ton journal.
– Nom de Dieu, va me chercher ce menu avant que je te casse la gueule.
– Oh ! ça va, ça va ! » dit Feuilles-de-Chou en prenant la fuite.
Il revint avec un menu qu'il posa à côté du bras droit d'Al :
« Voilà !
– T'es juif ou quoi ? On ne t'a pas appris qu'aujourd'hui c'est Noël ? Ou bien est-ce que Noël n'existe pas là d'où tu viens ? D'ailleurs, au fait, d'où viens-tu, joli cœur ?
– Ça, c'est mes affaires, dit Feuilles-de-Chou. Je recommande la dinde. Tu en veux ? Moi, je croyais que tu allais prendre ton petit déjeuner.
– C'est Noël, abruti, dit Al.
– Ouais, je le sais, dit Feuilles-de-Chou. Alors tu commandes, ou faut-y que je reste à attendre toute la journée que tu te décides à cracher le morceau ?
– Très drôle, Bertha, donne-moi le repas à un dollar et demi.
– Quel genre de soupe veux-tu ?
– Pas de soupe, dit Al.
– C'est compris dans le déjeuner, sans supplément. Je vais t'apporter la crème de tomate. Je viens de voir le chef cracher dedans. »
Il échappa d'un bond au coup que voulait lui donner Al et, hilare, s'enfuit dans la cuisine.

Al lut le journal. Il y avait toujours un pugiliste à la noix pour venir de Fargo se battre à Indianapolis. Dans n'importe quelle gazette, si vous regardez les résultats des championnats, il y a immanquablement un type de Fargo qui fait un tour de valse quelque part. De deux choses l'une : soit la ville n'était peuplée que de graines de boxeurs, soit ils se servaient du nom « Fargo » sans y avoir jamais mis les pieds. Comme les « Mineurs de Gibbsville », l'équipe de football : tous les types de l'équipe ou presque étaient *All American*[1], mais ils n'avaient jamais entendu parler de Gibbsville avant d'y être venus jouer au football. Ils avaient tous le même accent qu'O'Neill, dit Œil-de-Serpent, qui était de Jersey City et appartenait à la pègre. Œil-de-Serpent ne prononçait pas les *r* : dolla', Fo'd, t'oisième, spo'tif, tehain, apéhitif..., jamais d'*r*. Al se demanda où se situait Fargo. Après Chicago, c'est tout ce qu'il savait. Il y avait un bon gars qui venait de là : Petrolle. Billy Petrolle. Messager à Fargo. Mais, les autres, malheur ! Quelle pauvre bande de toquards ! Il se demandait tout de même les raisons de cette surreprésentation de pugilistes originaires de Fargo. Ed le saurait peut-être. Ed était généralement capable de le renseigner quand quelque chose lui paraissait obscur.

Ed avait prévenu qu'il n'arriverait que vers quatre heures. Il devait passer Noël avec sa femme et son gosse, Dieu sait pourquoi ! Al n'aimait pas penser à Annie Charney. Le gosse était épatant : six ans, potelé, l'air bien portant. Pour l'instant, il ressemblait moins

1. *All American :* membre d'une équipe athlétique représentant les États-Unis et choisi dans n'importe quel État du pays. *(Toutes les notes sont de l'éditeur.)*

à Ed qu'à Annie. Elle aussi était potelée, l'air bien portante, blonde comme la plupart des Polonaises. Ed n'était plus intéressé par elle. Al le savait. Ed aimait Helen Holman, une chanteuse réaliste dans le genre de Libby Holman, qui chantait au Stage Coach. Ed aimait vraiment Helen. Il avait des aventures à droite à gauche, mais Al savait qu'Helen était la seule à laquelle Ed tenait réellement, et qu'Helen lui était réellement attachée. Sa situation à elle était un peu différente, car personne ne se serait risqué à faire de l'œil à Helen tant qu'Ed était amoureux d'elle, mais, même en tenant compte de ça, Al savait qu'Helen était vraiment attachée à Ed. Et elle avait bonne influence sur lui. Ed et Helen s'entendaient bien, ça sautait aux yeux : à ces moments-là il était plus facile de s'entendre avec Ed. Ce soir ou demain, quand Ed s'amènerait à l'Apollo, il serait probablement de mauvaise humeur. C'était l'effet que lui faisait Annie. Tandis que, s'il avait passé la journée avec Helen, il aurait été de bonne humeur. Mais Al savait que jamais Ed n'aurait songé à passer Noël avec Helen. Ed était un bon père de famille, à tout prendre, c'était le seul et unique jour de l'année qu'il passait chez lui auprès de son gosse.

« Et voilà ! » dit Feuilles-de-Chou.

Al regarda l'assiette bleue.

« Pour un dollar et demi, je n'appelle pas ça un beau morceau de dinde, dit-il.

– Où est le problème, Mr. Grecco ? Vous le trouvez trop petit ? demanda Feuilles-de-Chou.

– Petit ? Tu parles ! Sans compter que tu pourrais me donner un peu de blanc ! S'y faut que je crache un dollar et demi pour de la dinde, c'est du blanc que je veux, et pas cette sale viande cramée.

– Je le retourne ?

– Et comment que tu le retournes ! dit Al. Non, attends un peu. Oh ! Et puis tant pis, j'en ai marre, et j'en ai marre de toi aussi. Ça te prendrait deux heures de le rapporter.

– Bravo ! Mr. Grecco. C'est Noël, vous l'avez dit vous-même il y a une minute !

– Vas te faire foutre, abruti ! » dit Al.

Feuilles-de-Chou fit semblant de ne pas faire attention à lui et brossa les miettes de la nappe, mais, il surveillait Al du coin de l'œil, et quand Al allongea brusquement la main pour lui saisir le poignet, Feuilles-de-Chou s'écarta d'un seul bond. Et il regagna le comptoir en ricanant.

D'habitude, c'était l'heure à laquelle Al prenait son petit déjeuner, s'il était levé. Il mangeait du bacon et des œufs, un petit steak ou quelque chose du genre à sept heures du soir, et puis, après minuit, c'était son « grand repas », comme il l'appelait : un épais châteaubriand aux pommes vapeur, un morceau de tarte et plusieurs tasses de café. Al mesurait à peu près un mètre soixante-huit avec ses talonnettes et pesait environ cinquante-neuf kilos tout habillé. Cela faisait quatre ans qu'il travaillait pour Ed et qu'il mangeait régulièrement, mais il n'avait pas pris beaucoup de poids. Il n'avait guère changé. Ses os n'étaient pas épais, c'était un petit homme mince de partout. Il était né à Gibbsville de parents italiens. Son père travaillait comme manœuvre et faisait vivre six enfants, dont Al, le troisième. Le nom d'Al n'était pas Al, et ce n'était pas non plus Grecco. Son vrai nom, jusqu'à dix-huit ans, avait été Anthony Joseph Murascho, ou Tony Murascho. À quatorze ans, il avait été viré de l'école paroissiale pour avoir frappé une religieuse ; il avait livré des journaux, volé, fait le chien de garde dans des salles de billard, écopé d'un an de prison pour avoir fracturé le tronc des pauvres dans une église catholique irlandaise, et été arrêté plusieurs autres fois : une fois c'était une fausse alerte (il avait un alibi respectable) ; une fois pour tentative de viol (la jeune fille ne put identifier avec certitude que deux suspects sur les six) ; une fois pour avoir brisé les scellés d'un wagon de marchandises (les détectives de la compagnie de chemins de fer furent touchés par les arguments de son père, et comme ils avaient de bonnes preuves contre quatre autres gamins, par bonté pour le vieillard, ils renoncèrent à inculper Tony) ; une fois pour avoir frappé d'un coup de couteau un de ses collègues lors d'une querelle dans l'un des tripots de billard (personne, pas même la victime, ne put affirmer sous serment que Tony était coupable ; et, de toute façon, la blessure était légère).

C'est à dix-huit ans, l'année même où il connut la prison du comté, que Tony fut baptisé du nom d'Al Grecco. À cette époque, il avait décidé de devenir boxeur, et, même s'il souffrait d'une légère blennorragie, il commença son entraînement et étudia le noble art avec Packy McGovern, le principal et unique organisateur de combats de boxe à Gibbsville. Packy lui affirma qu'il était un boxeur-né, qu'il avait vraiment ça dans le sang et que la chaude-pisse n'était pas plus grave qu'un mauvais rhume. Il obligea Tony à renoncer aux femmes, à l'alcool et aux cigarettes, et il lui fit travailler le sac de manière intensive. Il lui apprit à bien tenir ses coudes et à garder le pied droit en place pour pouvoir reculer le corps sans faire un pas en arrière, ce qu'on appelle le jeu de pieds. Il montra à Tony comment on racle l'œil de l'adversaire avec la paume de son gant et aussi comment on se sert de son pouce et comment on donne de la tête. Naturellement, il lui enseigna qu'on ne monte jamais sur le ring sans avoir légèrement cabossé la coquille d'aluminium destinée à vous protéger des coups bas. On ne sait jamais si, à un moment, on ne devra pas plaider la déloyauté pour se sortir de la panade. Et si l'aluminium n'est pas cabossé, aucun médecin du ring ne se risque à certifier que le coup était bas. Tony Muraschо, dont la réputation jusque-là avait été celle d'un coriace macaroni, fut désigné pour prendre part à un combat préliminaire au McGovern's Hall.

Il se trouva que Lydia Faunce Browne avait été envoyée par son journal pour écrire un article sur ce combat de boxe. Lydia F. Browne n'était pas originaire de Gibbsville. Elle était venue de Columbus (Ohio) et habitait Gibbsville depuis cinq ans quand son mari l'avait abandonnée. Il était plus jeune que Mrs. Browne, âgée de quarante-neuf ans au moment de l'abandon, et il avait laissé derrière lui, outre Lydia, une addition conséquente au Country Club de Lantenengo, une autre au Gibbsville Club et pas mal d'autres dettes. Pendant quelque temps, Mrs. Browne gagna sa vie tant bien que mal et arriva même à rembourser une partie des dettes, en enseignant le bridge aux enchères aux femmes des commerçants juifs de la ville, mais ensuite, à force de flatteries, elle convainquit Bob Hooker, le rédacteur en chef du *Standard*, de la prendre dans l'équipe de son journal. Elle lui dit que l'éditorial qu'il avait fait sur la mort de son propre chien était l'œuvre d'un grand homme. Elle devint par ses propres moyens le poison de la salle de rédaction du *Standard*, et elle était portée aux nues par Bob Hooker, lequel se considérait comme le William Allen White, l'Ed Howe, le Joseph Pulitzer de Gibbsville. Il se mit à voir en Lydia une Sophie Irène Loeb locale et la paya trente-cinq dollars par semaine, ce qui était, à trois exceptions près, le salaire de journaliste le plus élevé de la ville.

On envoyait tout le temps Lydia au fond des mines, au grand dam des mineurs qui croient qu'une femme descendue dans la mine porte malheur ; ou bien il la faisait voyager dans la cabine du conducteur d'un train, passer une nuit en prison, interviewer des célébrités de passage, telles que George Luks (qui demanda ensuite où diable ils étaient allés chercher cette femme), le rabbin Stephen S. Wise et Gifford Pinchot (à cinq reprises). L'épithète que secrètement Lydia s'appliquait à elle-même était : « intense », et, quand elle ne dormait pas, elle traversait la vie avec intensité. Elle compatissait au sort des prostituées pour un oui ou pour un non ; elle jugeait que le lait destiné aux bébés doit être pur ; elle ne tenait pas l'Allemagne pour complètement responsable de la guerre mondiale ; elle ne croyait pas aux pouvoirs de la prohibition (« Ça ne prohibe absolument rien », disait-elle souvent). Elle enchaînait les cigarettes et se souciait peu qu'on le sache ; et elle n'était pas cinq minutes hors du bureau du *Standard* qu'elle se mettait à parler dans un argot de journaliste pas toujours tout à fait exact. L'orthographe des mots lui faisait passer de sales quarts d'heure.

Elle couvrit les championnats de boxe avec Dong Campbell, chroniqueur des sports au *Standard*. À Gibbsville, aucune femme convenable ne mettait les pieds aux matches de boxe ; on laissait ça aux femmes de New York. Aussi le papier de Lydia, le lendemain, commençait-il ainsi :

« Je suis allée au championnat de boxe hier soir.

« Je suis allée au championnat de boxe et, pour être tout à fait sincère et honnête, j'y ai passé une excellente soirée. Pourquoi un tabou, fabriqué par les hommes, entoure-t-il les femmes qui assistent aux combats de boxe ? Se pourrait-il que les hommes mettent un petit égoïsme à priver ainsi les femmes du divertissement et de la beauté d'un tel combat ? Et j'emploie à dessein le mot beauté après de longues et mûres réflexions. Car hier soir, dans l'enceinte de McGovern's Hall, la beauté était au rendez-vous. Laissez-moi vous en parler.

« Vous, femmes qui ne pouvez assister aux combats de boxe en raison du tabou masculin mentionné plus haut, je vais vous donner quelques mots d'explication. Comme toutes les bonnes choses, on garde le principal duel de la soirée pour la fin – on l'appelle le "wind-up". Il est précédé des matches préliminaires ou "prelims", comme les appelle, il me semble, mon ami Mr. Dong Campbell, notre populaire chroniqueur des sports du *Standard.* C'est lui qui m'a escortée au McGovern's Hall et m'a dévoilé les moindres ficelles de ce milieu. Lors des "prelims" concourent les étoiles les moins connues de la grande famille de la boxe, et y être relégué est considéré comme rester dans l'ombre. Pourtant, c'est dans un "prelim" que j'ai vu de la beauté pure.

« C'était un grand échalas, à peine sorti de l'adolescence ; son nom est Tony Murascho. Dong Campbell m'a appris que Tony Murascho faisait ses débuts, mais j'ai la conviction profonde que ce ne sera pas la fin de sa carrière, car, dans chacun des frémissements de son svelte et jeune corps, il y avait de la grâce, de la beauté incarnée, de la symétrie, du rythme, la souple rapidité du cobra qui s'élance sur un lapin sans défense. De la beauté ! Connaissez-vous El Greco, le célèbre peintre espagnol ? Oui, sûrement. Eh bien, j'ai vu un El Greco en chair et en os... »

C'est ainsi qu'Al Grecco fut baptisé.

Ce nom lui colla à la peau. Les types du tripot et ceux du gymnase l'appelèrent Al Grecco et, pour rire, Packy McGovern l'annonça au programme suivant sous le nom d'Al Grecco. Le nom l'accompagna en prison – en fait, il l'y attendait. La prison locale de Lantenengo avait un directeur qui, bien qu'il n'eût jamais fait d'études sur l'organisation pénitentiaire, croyait bon d'autoriser à ses pensionnaires journaux, cigarettes, whisky, femmes, cartes ; n'importe quoi, du moment qu'ils payaient. Aussi, lorsque Al Grecco fut incarcéré pour cette histoire de tronc des pauvres fracturé, il n'était pas tout à fait inconnu dans la « Cabane aux Ermites », comme on appelait la prison.

Quand Al eut purgé sa peine, il sortit avec la vague intention de se ranger après avoir vu au cinéma beaucoup d'anciens taulards affronter ce choix : ou bien se ranger ou bien régler son compte au type qui vous a balancé. Il ne pouvait pas régler son compte au père Burns, le curé qui l'avait surpris en train de cambrioler le tronc des pauvres, parce que c'est un sacrilège de frapper un prêtre, et puis, de toute façon le père Burns avait été envoyé dans une autre paroisse. Alors, Al décida de se ranger. Pourtant, avant cela, il avait deux choses à faire. Personne ne lui avait donné d'argent pendant son incarcération et c'était comme avoir été privé des deux choses les plus importantes qu'on puisse avoir. Il possédait environ dix dollars, qu'il avait gagnés en prison, pas suffisant pour une soirée de gala. Il en voulait vingt. Alors il se lança dans une partie de billard, pour essayer de retrouver son coup d'œil et son coup de queue personnels. À sa grande surprise, il n'avait pas perdu la main. Il reprit confiance et demanda à participer à une partie pour de l'argent. Il perdit tout ce qu'il avait dans la partie, et Joe Steinmetz, l'estropié à qui appartenait le tripot, refusa de lui faire crédit. Il était prêt à lui donner un emploi, dit-il, mais pas d'argent pour jouer. Alors Al quitta les lieux en regrettant de ne pas avoir insulté Joe. Devant la salle de billard, qui était contiguë à l'hôtel restaurant Apollo, Al aperçut Ed Charney assis dans sa Cadillac. Ed fumait un cigare et semblait attendre quelqu'un. Al fit un signe de la main et dit :

« B'jour, Ed. »

La bande du tripot allait souvent parler à Ed, même si Ed ne répondait pas toujours. Mais à ce moment-là, il fit un signe à Al. En trois bonds, Al franchit la distance qui le séparait de la voiture.

« Salut, Ed !

– Depuis quand ils t'ont laissé sortir ? Quelqu'un t'a fait élargir ? » demanda Ed.

Il enleva son cigare de sa bouche et sourit avec bienveillance. Al fut agréablement surpris qu'Ed Charney soit si bien renseigné sur lui.

« Non, non, j'ai purgé ma peine, dit-il. Je suis sorti aujourd'hui. »

Il s'appuyait d'un bras sur la portière arrière.

« Je ne savais pas que vous me connaissiez.

– Connaître un tas de gens, ça fait partie de mon métier. Ça te plairait de gagner dix dollars ?

– Qui voulez-vous que j'descende ? » demanda Al.

Ed lui lança un regard furieux et replaça le cigare entre ses dents, avant de le sortir de nouveau.

« Joue pas les gros durs, petit, Ça ne te mènera nulle part, seulement en prison ou même… (Il fit claquer ses doigts.) Personne n'a besoin de descendre personne, et le plus tôt tu te sortiras ces idées de la tête, le mieux ce sera.

– Vous avez raison, Ed, dit Al.

– Je sais que j'ai raison. C'est mon métier d'avoir raison. Bref, si tu veux gagner ces dix dollars, tout ce que je te demande de faire… tu sais conduire ?

– Oui. Quel modèle ? Celle-ci ?

– Celle-ci, répondit Ed ; emmène-la chez… c'est quoi le nom ? Gibbsville Motors ? Peu importe… le garage d'English. Dis-leur que je t'ai envoyé pour la faire laver, ensuite tu attends que ce soit fait et puis tu la ramènes. »

Il mit la main dans sa poche et, il tira d'une liasse un billet de dix dollars.

« Tiens.

– Dix dollars pour ça ? Voulez-vous que je paie le lavage ?

– Non. Mets-le sur mon ardoise. Si je te donne le billet, c'est parce que tu viens de sortir de taule. Ne fourre pas ton nez partout. »

Ed Charney sortit de la voiture.

« Clefs au tableau », dit-il.

Il se dirigea vers l'Apollo, mais, au bout de quelques pas, fit demi-tour :

« Au fait, demanda-t-il, qui est le crétin qui t'as dit que tu étais capable de boxer ? »

Al éclata de rire. Ça, c'était un mec : Ed Charney, le plus gros ponte d'ici à Reading et de l'autre côté jusqu'à Wilkes-Barre. Peut-être même de tout l'État. Quel type ! Un vrai démocrate. Capable de donner dix dollars à un gars pour ne rien faire du tout, rien du tout. Qui n'ignorait rien à votre sujet. Par métier, qui savait tout ce qui vous concernait. Ce soir-là, contrairement à ce qu'il avait prévu, Al Grecco ne se soûla pas tant que ça. Il attendit le lendemain soir, après avoir tiré trente dollars d'une partie de dés. *Ce soir-là*, il prit une biture dans les règles et se fit jeter à la porte d'une maison pour avoir battu une des filles. Le lendemain, il commençait à travailler avec Joe Steinmetz.

Pendant trois ans, il travailla pour Joe Steinmetz de manière plus ou moins régulière. Personne ne pouvait le battre au jeu régulier, et il montrait beaucoup d'adresse, sans parler de sa chance aux jeux d'argent.

Il voyait Ed Charney une ou deux fois par semaine et Ed l'appelait Al. Ed jouait rarement au billard parce qu'il n'y avait que six tables dans la boîte de Joe et, même s'il n'aurait eu qu'à en demander une, ou simplement le sous-entendre, pour qu'on lui donne une table, il n'abusait jamais de son pouvoir. Quand il jouait, il jouait avec O'Neill Œil-de-Serpent, ce rigolo plein d'astuces originaire de Jersey City qui ne quittait jamais Ed, et qui était, au dire de tous, son garde du corps. Œil-de-Serpent, ou Serpent tout court comme l'appelait Ed, portait un revolver qui ne ressemblait à rien de ce qu'Al avait vu jusque-là. Il ressemblait à un revolver ordinaire, sauf qu'il n'avait pour ainsi dire pas de barillet. Serpent chantait ou fredonnait en permanence. Il commençait à connaître les paroles d'une chanson seulement quand elle était démodée, et il faisait des bruits : « Néyaa, tita ti tata, léyiha, la di tida ! » au lieu de chanter les mots. Si on l'appelait Œil-de-Serpent, ce n'était pas en raison de ses yeux. Ils étaient loin de ressembler à ceux d'un serpent. Le nom lui venait d'une expression qu'on employait au jeu de dés. Il avait de beaux grands yeux bruns toujours rieurs. O'Neill était grand, maigre et, de l'avis d'Al, le type le mieux habillé qu'il ait jamais vu. Une fois, Al avait fait le calcul et il avait trouvé qu'O'Neill possédait au moins quatorze costumes, tous de la dernière coupe, et qu'il faisait venir de Broadway. Ed Charney, lui, n'était pas très chic. Il avait pas mal de costumes, mais il en changeait rarement. Son pantalon avait souvent besoin d'un coup de fer, et il lui arrivait parfois de mettre son chapeau de telle manière que le nœud du ruban était du mauvais côté de sa tête. Des cendres de cigares constellaient toujours ses revers de veston. Mais il y avait une chose que savait Al : Ed portait des sous-vêtements en soie. Il l'avait vu.

Durant l'année qui avait précédé sa collaboration avec Ed, Al venait fréquemment s'asseoir à sa table à l'Apollo. À cette époque, Al jouait si bien au billard que Joe l'avait associé aux bénéfices hebdomadaires du tripot et qu'il avait la permission de prendre son enjeu dans la caisse de la maison lorsqu'il voulait parier de l'argent sur une partie. Il n'avait que vingt et un ans et pensait déjà à racheter la moitié de l'affaire. Il dépensait un paquet, mais il gagnait un paquet : entre cinquante à deux cents dollars par semaine. Il avait sa voiture : un coupé Chevrolet. Il acheta un smoking. Il alla à Philadelphie quand on y donnait une comédie musicale, et, là, il fit la connaissance d'une fille qui travaillait dans les boîtes de nuit et dans les music-halls, et qui accepta de coucher avec lui chaque fois qu'il viendrait en ville à condition qu'il la prévienne à l'avance. Il aimait ce nom d'Al Grecco et il ne se reconnaissait plus en Tony Murascho. Dans le cas où on leur aurait mentionné quelqu'un du nom de Tony Murascho, les gars qui venaient s'asseoir à la table d'Ed Charney n'auraient jamais su de qui il s'agissait. Mais ils connaissaient Al Grecco, ce bon gars qu'Ed Charney estimait assez pour l'inviter à manger à sa table de temps en temps. Al Grecco n'était pas collant, il ne s'asseyait à cette table que lorsqu'on l'y invitait. Il ne demandait pas de traitement de faveur. De ceux qui venaient s'y asseoir, il était le seul qui n'eût pas d'intérêts en Bourse et c'était un grand soulagement. Tous les autres, d'Ed Charney jusqu'au dernier, s'occupaient de Bourse ou avaient cessé de s'en occuper temporairement.

Al habitait alors l'hôtel Gorney, qui n'était pas tout à fait le plus mauvais hôtel de Gibbsville. Il évitait le quartier où vivaient ses parents et il ne déviait pas de son chemin pour parler à l'un de ses frères ou à l'une de ses sœurs lorsqu'il les apercevait dans la rue. Eux-mêmes n'essayaient pas non plus de le faire revenir à la maison. Quand ils avaient grand besoin d'argent, ils envoyaient un des petits gosses jusqu'à la salle de billard ; alors, Al donnait cinq ou dix dollars au gamin, mais Al n'aimait pas ça. Ça le déroutait. Après avoir donné un billet de cinq ou de dix, il était troublé par le désir de les regagner, et le résultat, c'est qu'il perdait. Il aurait bien voulu que le paternel fasse vivre sa famille sans aide extérieure. Et qu'est-ce qu'ils fabriquaient, Angelo, et Joe, et Tom ? Ils étaient tous plus vieux que Tony – que Al ; et Marie, elle était en âge de se marier, et les autres gosses n'étaient pas obligés de rester à l'école toute leur vie. Il n'y était jamais allé, lui. Le paternel devrait s'estimer heureux de ne pas avoir à travailler au fond de la mine. Al savait que le vieux aurait préféré travailler au fond de la mine et gagner un salaire plus élevé, mais il n'était bon qu'à une chose : faire manœuvre. Tout de même, le vieux devrait être content de travailler en plein air au lieu de patauger dans une galerie de mine, ou de poser des traverses, ou de trimer avec une équipe de perforateurs au milieu du tunnel. Ça, c'était un boulot vraiment pénible. Du moins, c'est ce qu'en pensait Al. Il n'était jamais descendu dans la mine, lui, et n'y descendrait jamais s'il pouvait l'éviter.

Un après-midi, Joe Steinmetz ne vint pas travailler, et, le lendemain, même chose. Joe n'aimait pas le téléphone, parce que ça bouscule votre intimité, alors le troisième jour, comme il n'apparaissait toujours pas, Al conduisit la vieille Chevrolet jusqu'à Point Mountain, où Joe habitait avec sa femme. Il y avait une étoffe de crêpe sur la porte. Al n'avait pas la moindre envie d'entrer, mais il pensa que c'était son devoir... Oui, c'était Joe, pas d'erreur. Mrs. Steinmetz était seule, elle n'avait pas pu quitter la maison, sauf pour prier un voisin d'aller chercher le docteur. Joe était mort d'une maladie de cœur et il était mort et tellement mort que le docteur avait fait venir l'entrepreneur des pompes funèbres.

Joe avait tout laissé à sa femme. Elle voulait qu'Al continue à travailler pour elle, qu'il fasse marcher la salle de billard et, sur le moment, il pensa que ce serait une bonne idée. Mais, après avoir porté pendant quelques jours les recettes de la journée, il comprit qu'il n'avait pas envie de travailler pour cette femme. Elle lui proposa de lui vendre le fonds de commerce et l'installation pour cinq mille dollars, mais Al n'avait jamais possédé une telle somme à la fois et il n'avait que deux façons de se la procurer : emprunter à une banque ou à Ed Charney. Il n'aimait pas les banques ni les gens qui y travaillent, et n'avait pas envie de demander à Ed. Il trouvait qu'il ne le connaissait pas assez bien pour lui emprunter de l'argent. En tout cas, pas une telle somme : cinq briques. Du coup la salle de billard revint à Mike Minas, un ami grec de George Poppas, tandis qu'Al se mit à travailler pour Ed Charney. Il alla trouver Ed et lui dit, tout simplement :

« Vous n'auriez pas un boulot pour moi, Ed ? N'importe quoi ? »

Et Ed accepta. Tout compte fait, ça faisait longtemps qu'il pensait à lui offrir du travail. Ils convinrent d'un salaire de cinquante dollars par semaine et Al se mit au travail. Au début, cela consistait simplement à conduire la voiture d'Ed dans des tournées d'affaires ou de plaisir ; puis on lui confia une mission assez importante : le convoi des camions d'alcool. Il suivait les deux ou trois camions rapides qui transportaient la gnole. Si un poulet de la police d'État ou un flic fédéral s'avisait d'arrêter les camions, le travail d'Al était de s'arrêter lui aussi. C'était un boulot sérieux parce qu'il courait le risque d'être renvoyé en taule. Quand il s'arrêtait, son travail consistait à essayer d'acheter les poulets, et il transportait jusqu'à dix mille dollars en espèces, appartenant à Ed, dans le Roadster Nash qui lui servait pour ces voyages ! C'est lui qui devait se creuser la cervelle pour parvenir à ses fins. Un ou deux flics avaient refusé de se laisser rincer, mais la plupart cédaient à la raison, sauf quand ils étaient chargés de mettre l'embargo sur un camion ou deux pour faire un exemple. Avec certains, il fallait qu'il y aille très doucement dans ses propositions, et il y en avait d'autres qui auraient accepté n'importe quoi, depuis une dent en or jusqu'à dix mille dollars, mais qui rouspétaient si on les approchait par le mauvais bout. Dans les rares occasions où les flics refusaient de se laisser graisser la patte, Al devait galoper jusqu'au téléphone le plus proche, avertir Ed et mettre Jérôme M. Montgomery, l'avocat d'Ed, sur l'affaire. Al ne fut jamais arrêté pour tentative de corruption. En fait, il réussissait si bien, en général, qu'Ed l'enleva du service des convois et en fit un ramasseur. Ed avait confiance en lui, il l'aimait bien et il faisait prospérer son argent ou il lui en donnait un paquet. Assis devant son déjeuner, en ce matin de Noël, Al Grecco aurait pu signer un chèque de plus de quatre mille dollars, et il avait trente-deux billets de mille dollars dans son coffre-fort à la banque. Pour un gamin de vingt-six ans, il s'en sortait pas mal.

Tout à coup, Feuilles-de-Chou se dressa à côté de sa table.

« Téléphone, pour vous, dit-il.

– Qui est-ce ? Une poule ? demanda Al.

– Épargnez-moi votre cinéma, dit Feuilles-de-Chou, j'sais que vous êtes de la fanfare. Non, c'est un type, je crois qu'ils ont dit un nom comme Jarney ou Charney. C'est ça, Charney.

– On peut rien te cacher, dit Al en se levant. J'ai envie de te couper les oreilles. Est-ce que c'est Ed ?

– Oui, dit Feuilles-de-Chou, et il a pas l'air très en forme pour un jour de Noël.

– À cran ? »

Al se hâta d'aller au téléphone.

« Joyeux Noël, patron ! dit-il.

– Heu… toi aussi, répondit Ed d'une voix morne. Écoute, Al, mon môme vient de se casser le bras.

– Bon Dieu, quelle poisse !… Comment a-t-il fait ça ?

– Oh ! En tombant d'une putain de camionnette de gosse que je lui avais achetée. En tout cas, il faut que je reste ici jusqu'à ce qu'on lui ait remis son bras en place et je ne pourrai pas venir avant Dieu sait quand. Annie est complètement hystérique, elle braille à s'arracher la tête. *La ferme, bon Dieu, tu vois bien que je téléphone !* Alors je reste ici. Écoute bien, Al. As-tu des projets pour ce soir ?

– Ça peut toujours s'annuler, répondit Al qui n'avait aucun rendez- vous. J'avais une espèce de rendez-vous, mais ça peut attendre si vous avez quelque chose à me confier.

– Bon ! Ça m'empoisonne d'avoir à te le demander, mais voilà ce que je voudrais que tu fasses. Remonte jusqu'au Stage Coach, restes-y jusqu'à la fermeture et surveille un peu ce qui se passe. Tu vois ce que je veux dire ? Et dis à Helen que je rapplique si c'est possible, mais restes-y de toute manière, OK mon poulet ? Y aura cinquante dollars pour te dédommager d'avoir bousillé ton rendez-vous. OK ?

– OK ! dit Al. Trop heureux, Ed.

– OK ! dit Ed. Rôde un peu et garde l'œil sur tout. »

Il raccrocha.

Al savait ce qu'il voulait dire. Helen n'appartenait pas précisément à une société de tempérance. En fait, Ed l'encourageait à boire. Elle était plus amusante quand elle avait bu. Mais, ce soir, il se pourrait bien qu'elle soit soûle justement parce que c'était Noël, et Ed ne tenait pas à ce qu'Helen se laisse entraîner trop loin.

III

I

Tout habitant un peu fortuné de Gibbsville avait tiré son magot du charbon : l'anthracite. Les gens de Gibbsville, lorsqu'ils voyageaient, avaient toujours du mal à décrire l'endroit où ils vivaient. Ils disaient : « J'habite une région minière. » Et les gens répondaient : « Ah ! Oui. Près de Pittsburgh ? » Alors, les Gibbsvilliens étaient forcés d'entrer dans les détails. Hors de Pennsylvanie, personne ne sait qu'il y a une immense différence entre les deux sortes de charbon et quelles conditions président à l'extraction de l'anthracite et des bitumineux. Le pays de l'anthracite couvre, à vue de nez, de Scranton au nord à Gibbsville au sud. En fait, Point Mountain, sur laquelle les premières maisons de Gibbsville furent construites, fait la joie des géologues qui peuvent venir d'Allemagne rien que pour examiner le conglomérat de Gibbsville, une formation rocheuse qu'on ne trouve nulle part ailleurs dans le monde. Quand se produisit le suintement géologique ou le phénomène quelconque qui est à l'origine des filons de charbon, il ne coula pas vers le sud de Point Mountain ; on trouve du charbon sur le versant nord de Point Mountain mais pas sur son versant sud. C'est sur la face orientale de Point Mountain qu'on trouve le conglomérat de Gibbsville. Les filons d'anthracite les plus riches du monde sont situés à moins de trente milles de Gibbsville et, quand ces filons sont exploités, cela fait la prospérité de Gibbsville. Quand les mines sont fermées, Gibbsville fait une sale tête et commence à envisager les soupes populaires.

Au contraire de celle du bitume, la région de l'anthracite est une forteresse du syndicalisme. L'Union ouvrière des mineurs américains est la plus solide des forces isolées du pays du charbon, et le travailleur de l'anthracite qu'elle protège mène une vie civilisée en comparaison des mineurs des contrées de houille grasse qui entourent Pittsburgh, ou de ceux de Virginie et des États de l'Ouest. La police des « Fers et Charbons » de la région de l'anthracite, a eu si peu à faire depuis l'organisation unioniste des mines qu'on en entend à peine parler. Un candidat au poste de gouverneur de Pennsylvanie ne peut être élu sans l'appui de l'UOMA et les agents de la police d'État de Pennsylvanie ne sont jamais surnommés « cosaques noirs » dans le pays de l'anthracite. Il ne viendrait jamais à l'idée d'un candidat à un mandat politique quelconque, dans la région de l'anthracite, de faire imprimer ses cartes et ses affiches sans passer par une entreprise syndiquée. L'Union est responsable des lois minières de Pennsylvanie, les meilleures du monde (bien qu'elles ne soient pas pleinement parfaites), et les conditions de travail, en ce qui concerne les conflits ouvriers, étaient excellentes en 1930 et n'avaient jamais cessé de l'être depuis la grève désastreuse de 1925. Cette année-là, l'Union avait appelé à la grève ; avec ses cent dix jours, ce fut la grève la plus longue de toute l'histoire de l'anthracite.

Il n'y eut aucun acte de violence en dehors de petites bagarres et aucun gréviste ne mourut de faim. Mais les marchés d'anthracite disparurent. Un coup fatal fut porté aux ventes domestiques. Dans des milliers de foyers, on installa le chauffage au pétrole. L'anthracite brûle sans produire de fumée, ce qui donnait satisfaction aux usagers, mais ils ne purent pas s'en procurer pendant la grève, et quand les brûleurs à pétrole eurent été installés, revenir au charbon ne servait à rien. Ainsi, par suite de la grève de 1925, l'industrie de l'anthracite retrouva son activité avec des demandes très inférieures à ce qu'elles avaient été avant la grève, cent dix jours plus tôt. Il y avait déjà eu une longue grève en 1922, et ces deux événements enseignèrent aux consommateurs qu'on ne pouvait compter sur cette source de combustible. Le sentiment général était que l'Union pouvait lancer un appel à la grève d'un moment à l'autre et bloquer ainsi toute la production.

C'est pourquoi ces années, prospères pour le reste du pays, le furent un peu moins pour Gibbsville. L'an de grâce 1929 vit bien des mines, aux alentours de Gibbsville, travailler au régime de trois jours par semaine. Les hurlements des sirènes géantes des houillères, plus puissantes que celles du plus gros paquebot, ne résonnaient plus au fond des vallées comme elles l'avaient fait avant la grève de 1925, chaque matin à cinq heures et à six heures du soir. L'industrie minière, en ce qui concernait l'anthracite, était à peu près liquidée.

Pourtant, en 1930, beaucoup de gens à Gibbsville avaient encore de l'argent. Les très riches, ceux qui en avaient toujours eu, avaient encore beaucoup d'argent. Et les négociants, les banquiers, les médecins, les avocats, les dentistes, qui avaient tout juste assez d'argent pour faire face au cours, continuaient à dépenser leur capital. Mr. Hoover était un ingénieur et, dans les pays miniers, on respecte les ingénieurs. Les hommes et les femmes de Gibbsville qui s'intéressaient au cours de la Bourse se fiaient à sa froide et grasse figure pincée, comme ils s'étaient fiés à la froide et maigre figure pincée de Mr. Coolidge ; et, en 1930, le krach du 29 octobre 1929 continuait d'être considéré comme une forte réaction technique.

2

William Dilworth English (Lafayette College, université de Pennsylvanie), père de Julian McHenry English, travaillait comme chef de service à l'hôpital de Gibbsville pour un salaire de douze mille dollars par an. Il vivait de ses appointements et était presque à un dollar près. Sa clientèle privée lui rapportait environ dix mille dollars, ce qui faisait un total supérieur aux sommes qu'il pouvait dépenser en une année sans faire de folies. En plus de cela, sa femme, Elizabeth McHenry English, avait un revenu personnel s'élevant en 1930 à environ six mille dollars. Certaines années, ça avait même été plus que ça, mais le Dr English, quand il avait placé l'argent de sa femme, n'avait pas été plus malin que beaucoup d'autres hommes dont les femmes avaient de l'argent à placer.

Le Dr English appartenait à l'une des plus anciennes familles de Gibbsville. Il était de souche révolutionnaire. Il portait une chevalière à l'écusson indéchiffrable (il l'ôtait quand il effectuait une opération). Adam English, l'un de ses ancêtres, était arrivé à Gibbsville en 1804, deux ans après la deuxième fondation de la ville. (Gibbsville avait été construite initialement par les Suédois en 1750, pour autant qu'on puisse l'établir ; les Suédois furent massacrés par les Indiens de la tribu Leni Lenape et le nom suédois de la colonie fut perdu.) Le vieil Adam English, comme l'appelait le Dr English, car il eût certainement été très vieux s'il avait vécu jusqu'en 1930, était un Philadelphien. Ce n'était pas le père mais le grand-père du vieil Adam qui s'était battu pendant la révolution.

Les English n'étaient pas, à proprement parler, des gens des mines. Ils étaient plutôt dans les chemins de fer, Philadelphie-Reading. Mais naturellement, le chemin de fer, le charbon et le fer avaient formé jadis une seule et même compagnie. C'était le bon temps, disait le Dr English, parce qu'on pouvait obtenir des laisser-passer dans les trains si l'on avait un parent à la Compagnie des chemins de fer, ou dans celle du charbon. Cependant, le Dr English ne souhaitait pas le retour de cette époque, ces années de collège, celles passées à l'université (lorsqu'un Gibbsvillien parle de l'université, il veut parler de celle de Pennsylvanie, jamais une autre). Il évoquait rarement ces temps-là car, pour employer ses propres termes, un sombre nuage d'amertume recouvrait les jours qui auraient dû rester comme les plus heureux de sa vie. Bien sûr, il faisait allusion au fait que, l'été après qu'il eut obtenu son doctorat, son père, George English, s'était enfoncé un canon de carabine dans la bouche, avait tiré et éclaboussé de cervelle le grenier à foin de l'écurie familiale. Pour le Dr English, son père était un lâche. Deux ou trois fois au cours de leur vie conjugale, le docteur déclara à sa femme : « Si George English n'avait pas été un lâche, il serait allé trouver les directeurs comme un homme et il aurait dit : “Messieurs, j'ai détourné les fonds de la banque pour mon usage personnel. Je suis décidé à travailler d'arrache-pied et à rembourser." Les directeurs auraient admiré cette attitude, je le sais, et ils lui auraient donné une chance de se racheter. Mais... » Et sa femme lui offrait toute sa sympathie et essayait de le réconforter, tout en sachant très bien que son propre père avait tout fait pour envoyer George English en prison. Déjà, il s'était opposé à son mariage avec Billy English. Son père lui avait dit : « Il est peut-être très bien, je n'en sais rien. Mais son éducation a été payée avec de l'argent volé. Je n'ai pas besoin d'en savoir plus. – Mais Billy ne le savait pas ! discutait-elle. – Il le sait maintenant », répondait son père. Oui, il le savait, continuait-elle, et il avait hâte de se faire une clientèle et de rembourser jusqu'au dernier sou. Ce qu'il avait fait. Moins de dix ans après la fin de ses études, Billy English avait remboursé tout l'argent que son père avait détourné. Ça ne s'était pas fait sans lutte en un sens, surtout qu'en plus, le jeune Julian avait fait son entrée dans le monde. Pourtant, grâce aux revenus personnels de sa mère, Julian n'avait jamais manqué de rien. Malgré le sombre nuage d'amertume qui avait voilé la vie d'étudiant du Dr English, Julian, qui voulait intégrer Yale, fut envoyé à Lafayette. Et par dépit probablement, Julian avait rejeté l'invitation qu'on lui avait faite de rejoindre Phi-Delta-Thêta, la fraternité qu'avait fréquentée son père ; il avait adhéré à Delta-Kappa-Epsilon. À ce moment-là, son père avait abandonné l'espoir que Julian étudierait la médecine. Il lui avait bien expliqué : « Quand je mourrai, tu hériteras de cette clientèle que j'ai mis des années à constituer. Je ne te comprends pas. Des tas de garçons dans cette ville seraient prêts à donner un bras rien que pour cette propositon ! » Pauvre Dr English ! disaient les gens. Commencer la vie de cette manière, avec ce handicap, et voir son fils unique refuser de profiter de cette merveilleuse occasion ! Rien d'étonnant à ce que le docteur ait la mine aussi grave. Il avait eu ses ennuis.

Il représentait les meilleurs clubs de la communauté. Il était membre de la Société de médecine du comté, du Cercle médical de Philadelphie, de la chambre de commerce de Gibbsville, de l'Association des donateurs de l'hôpital pour enfants (souscripteur à vie), de la YMCA[1] (administrateur), de la Société de recherches historiques du comté de Lantenengo, du Gibbsville Club (comité de direction), du Country Club Lantenengo (comité de direction), de l'Assemblée de Gibbsville (membre du bureau), de la Ligue des syndicats de Philadelphie, de l'Antique Ordre Arabe des Nobles du Mystique Tabernacle, des francs-maçons du rite écossais (32°) et de la Société liberté Hook & Ladder. Il était en outre administrateur de la Banque nationale de Gibbsville, de la Société de construction sur prêts, de la Compagnie des automobiles Cadillac, de la Compagnie du bois de construction de Lantenengo et de la Compagnie des métallurgistes de Gibbsville. Église épiscopale. Républicain. Passe-temps : golf, tir au pigeon. Tout cela ajouté à son travail à l'hôpital et à sa clientèle privée. Naturellement, il avait maintenant abandonné une grande partie de ses patients. Il les laissait plus ou moins de côté et se spécialisait dans la chirurgie. Les cas les moins graves, c'était pour les

1. Young Men's Christian Association (YMCA) : Union chrétienne des jeunes hommes.

jeunes confrères débutants – accouchements, ablation des amygdales et maladies courantes.

S'il y avait bien une chose qu'il aimait, outre sa femme et son fils, c'était la chirurgie. Il avait pratiqué la chirurgie pendant des années, au temps où les ambulances des mines étaient de hauts chariots noirs ouverts à l'arrière et tirés par deux mules noires. Il fallait presque la journée pour rejoindre certaines des mines et l'hôpital, en ce temps où les d'ambulance étaient traînées par les mules. Quelquefois, le blessé ou les blessés perdaient tant de sang qu'ils mouraient en cours de route, malgré les excellents soins prodigués par les équipes de premiers secours. Quelquefois, les cahots aggravaient les fractures et entraînaient une gangrène avant même que la voiture d'ambulance n'ait pu se dégager de ces épouvantables routes. Quand cela se produisait, le Dr English amputait. Quand ça ne ressemblait pas à une gangrène, le Dr English amputait. Il voulait être sûr. S'il s'agissait d'une fracture du crâne, et que le Dr English s'en apercevait à temps, il disait à l'homme qu'il haïssait le plus au monde : « Dites-moi, docteur Malloy, j'ai retenu la salle d'opération pour cinq heures, un homme qu'on vient d'amener de Collieryville avec une fracture du crâne multiple. Je crois que ça va être intéressant et je voudrais bien que vous veniez jeter un œil, si vous avez le temps. » Et Mike Malloy, au bon vieux temps de l'ambulance à mules, était très poli et disait au Dr English qu'il serait enchanté d'assister à l'opération. Le Dr Malloy enfilait sa blouse et suivait le Dr English dans la salle d'opérations tout en répétant : « Moi, je crois ceci, docteur English », et « Moi, je crois cela, docteur English », et le Dr Malloy donnait des indications au Dr English pour la marche à suivre dans la trépanation de l'homme gisant sur la table. Mais c'était au temps jadis, avant que le Dr English n'ait, un jour, surpris l'une des infirmières du service de chirurgie en train de dire : « Trépanation tantôt. J'espère, mon Dieu, que Malloy sera dans les parages si English a l'intention de la tenter. » Quelques temps plus tard, cette infirmière fut mise à la porte pour avoir été surprise toute nue dans la chambre d'un interne, forfait dont elle s'était maintes fois rendue coupable, mais sur lequel on avait toujours fermé les yeux parce qu'elle connaissait au moins autant de médecine que presque tout le personnel soignant, et plus de chirurgie que plusieurs des chirurgiens. Mais, même sans son aide, le Dr English continua à pratiquer la chirurgie pendant des années et certains des hommes qu'il trépana survécurent. Le renvoi de l'infirmière eut au moins une conséquence : le Dr Malloy n'adressa jamais plus la parole au Dr English. « Ai-je besoin d'en dire plus ? » ajoutait le Dr English, en rapportant à sa femme l'étrange conduite de Malloy.

3

Un seul regard à son père apprit à Julian que le vieil homme n'était pas au courant de la scène du fumoir au Country Club. Son père l'accueillit à peu près comme d'habitude, avec un « Joyeux Noël ! » par-dessus le marché, mais Julian s'y attendait. Il comprit que rien n'allait de travers en voyant que la moustache du vieillard était aplatie et tirée en arrière, tandis que ses pattes-d'oie se ridaient derrière ses lunettes à monture d'écaille en un sourire très particulier qu'il réservait à Caroline.

« Eh bien, Caroline », dit le docteur.

Il prit la main droite de Caroline dans la sienne et mit sa main gauche sur l'épaule de la jeune femme.

« Je vous aide à enlever ce manteau ?

– Merci, père », dit-elle.

Elle déposa ses paquets sur la table du vestibule et il l'aida à sortir de son manteau de vison. Le vieillard emporta la fourrure dans le placard sous l'escalier et la mit sur un cintre.

« Je ne vous ai pas vue depuis… Je crois que ça doit faire deux semaines, dit-il.

– C'est vrai. Préparatifs pour Noël.

– Oui, je sais. Nous, nous n'avons pas fait beaucoup d'emplettes. J'ai bien réfléchi et j'ai communiqué mes réflexions à Mrs. English. Je lui ai dit qu'à mon avis, cette année, les chèques seraient ce qui conviendrait le mieux, partout où nous pouvons le faire...

– Docteur, appela une voix.

– Oh ! la voilà, dit le docteur.

– Joyeux Noël ! dit Caroline.

– Joyeux Noël, mère ! cria Julian.

– Ah ! vous êtes arrivés, répondit-elle en apparaissant en haut de l'escalier. J'étais sur le point de suggérer qu'on vous téléphone. Elle a dû être réussie, la soirée au club. »

Julian vit changer l'expression de son père. Mrs. English descendit l'escalier et vint embrasser Caroline, puis Julian.

« Maintenant, on va tous prendre un bon petit cocktail, dit Mrs. English, et puis nous dirons à Ursula de commencer à servir tant que tout est encore chaud. Vous êtes tellement en retard, vous deux. Qu'est-ce qui vous a retenus ? Vous êtes rentrés vraiment si tard, cette nuit ? Comment était-ce, ce bal ?

– Je n'arrivais pas à faire démarrer la voiture, à cause du froid, dit Julian.

– Comment, dit son père, elle ne démarrait pas ? Je croyais que cette installation que tu as faite dans ton garage, je croyais...

– La voiture n'était pas au garage. Je l'ai laissée dehors toute la nuit.

– Notre allée était bloquée, expliqua Caroline. C'est la pleine campagne, là-bas. La neige faisait des tas aussi hauts que le toit.

– Ah oui ? fit le docteur. J'ignorais que par chez

vous, les congères pouvaient être si grandes. C'est extraordinaire. Allons, je pense qu'un Martini... Martini, Caroline ?

– Parfait pour moi, répondit Caroline. Et toi, Julian ?

– Voyons, Caroline, vous savez bien qu'il boit n'importe quoi.

– Avez-vous vu notre arbre ? demanda la mère de Julian. C'est un petit sapin tout maigrichon, mais rien que ça, c'est déjà toute une histoire. Je préfère les épicéas, mais c'est si encombrant que je trouve que ça ne vaut pas le coup, si il n'y a pas d'enfants dans la maison.

– Nous aussi, nous avons un petit arbre, dit Caroline.

– Quand Julian était petit, vous rappelez-vous ces arbres ? Vous êtes sûrement venue ici pendant les vacances quand nous faisions l'arbre, n'est-ce pas, Caroline ?

– Non, je ne crois pas. Julian me détestait à cette époque, rappelez-vous.

– Que c'est drôle ! mon Dieu, dit la mère de Julian. Heu... quand j'y réfléchis. Vous avez raison. Il n'aimait pas jouer avec vous, mais, tout de même, je ne dirais pas qu'il vous détestait. Vous le terrorisiez. Nous étions tous terrorisés. Nous le sommes encore. »

Caroline prit sa belle-mère dans ses bras.

« Oh ! avouez, mère, Julian me détestait sûrement. Probablement parce que j'étais plus vieille que lui.

– Eh bien ! on ne le dirait pas maintenant, répliqua la vieille dame. Je veux parler des deux choses. On ne dirait pas qu'il vous a détestée autrefois et on ne dirait certainement pas que vous êtes son aînée. Julian, pourquoi n'irais-tu pas au YMCA, ou ailleurs ? Laisse-moi voir. Tourne la figure de ce côté... mais oui. Tu commences à avoir un double menton. Julian, vraiment...

– Trop de travail, dit Julian.

– Et voilà ! Buvez déjà celui-ci, Caroline, et puis vous et moi, nous en prendrons un second avant de passer à table.

– Nous pouvons tous en prendre un second, dit sa femme, mais il faudra que chacun emporte son verre à table. Je ne veux pas obliger les bonnes à sortir trop tard. Ça ne veut tout de même pas dire qu'il faudra engloutir votre déjeuner en vitesse. C'est mauvais pour la digestion.

– C'est mauvais uniquement si vous ne mastiquez pas… dit son mari.

– Docteur, je t'en prie, ne parle pas comme ça, s'écria sa femme. Mâcher sa nourriture est une expression tout aussi correcte. Allons ! si nous trinquions ?

– Bien volontiers », dit le docteur.

Il leva son verre.

« Que Dieu vous bénisse, qu'il nous bénisse tous. »

Et tous, momentanément graves et intimidés, vidèrent leur verre.

4

De la voiture, Caroline et Julian firent des signes d'adieu au docteur et à Mrs. English ; ensuite, Julian enleva lentement son pied du démarreur et la voiture s'ébranla. L'horloge du tableau de bord marquait quatre heures trente-cinq.

Julian enfonça la main dans sa poche et en tira l'enveloppe de Noël qu'il avait trouvée sur son assiette, en tous points semblable à l'enveloppe posée sur l'assiette de Caroline. Il la posa sur les genoux de Caroline :

« Regarde combien il y a », dit-il.

Elle ouvrit, regarda le chèque :

« Deux cent cinquante, dit-elle.

– Combien dans la tienne ? »

Elle ouvrit son enveloppe :

« Même chose, dit-elle. Deux cent cinquante. Vraiment, c'est trop. Ils sont adorables. »

Elle se retint et il la regarda sans tourner la tête.

« Qu'est-ce qui ne va pas ? demanda-t-il.

– Oh ! rien… rien, mais ils sont tellement chics. Ta mère est un amour. Je ne sais pas comment tu… Si elle apprend ce que tu as fait hier soir, le spectacle que tu as donné, est-ce que tu te rends compte à quel point elle va avoir honte ?

– C'est ma mère, dit-il.

– Oui, en effet. C'est assez difficile à croire, parfois.

– Est-ce que je vais me faire engueuler sans discontinuer jusqu'à la maison ? demanda-t-il.

– Oh ! non, répondit-elle, à quoi bon ? Qu'est-ce que tu comptes faire au sujet de Harry ?

– Harry ? Je ne sais pas. Je pourrais lui téléphoner, dit-il.

– Non, ça ne suffit pas. Je crois que ce qui serait le mieux, ce serait que tu me ramènes à la maison et que tu ailles jusque chez lui t'excuser en personne.

– Mon œil ! dit Julian.

– Bon, bon !... Mais, si tu n'y vas pas, moi je ne t'accompagne plus nulle part. Je resterai à la maison chaque fois que nous serons invités ; et puis, la réception que nous avions prévue est annulée. Si tu t'imagines que je vais me donner en spectacle pour leur donner du grain à moudre, ou que je vais aller en soirée uniquement pour me faire plaindre à cause de ton comportement ! Ça, je m'y refuse complètement, Ju, je m'y refuse. Un point, c'est tout.

– S'il y a une chose que je déteste, c'est ce "un point, c'est tout", dit-il. C'est bon, j'irai chez lui. Il a sans doute oublié toute cette histoire, s'il me voit arriver, il va refaire un bordel de malheur.

– Promets-moi que, toi, tu ne vas pas refaire un bordel de malheur. Je t'en prie. Tu peux manœuvrer Harry, Ju, si tu t'y prends bien. Quand j'ai dit que tu ne pouvais pas, je ne disais pas ce que je pensais. Tu peux. Sers-toi de ton charme héréditaire et il y succombera. Mais, je t'en prie, arrange les choses pour que la situation n'empoisonne pas le reste des vacances, je t'en prie, chéri. »

Elle avait complètement changé de ton et la gravité de sa voix le fit frissonner. Elle perdait un peu de sa beauté quand elle plaidait avec tant de sérieux, mais il était tellement rare qu'elle désirât quelque chose au point de plaider sérieusement qu'elle devenait, à ces moments-là, une Caroline nouvelle et très précieuse.

« Une condition, dit-il.

– Laquelle ?

– Tu promets ?

– Je ne promets rien avant de savoir ce que c'est. Quelle condition ?

– Quand je rentrerai, tu seras dans ton lit.

– À cette heure-ci ? En plein après-midi ?

– Je croyais que tu aimais toujours ça, le faire de jour. »

Il avança la main et la posa très haut entre les jambes de sa femme.

Elle inclina lentement la tête.

« Ah ! Voilà ma petite femme, dit-il déjà plein de gratitude. Ma langue ne saurait pas dire combien je t'aime. »

Elle ne prononça plus un mot pendant le reste du trajet, même pas pour lui dire au revoir quand elle sortit de la voiture, mais Julian comprenait. Il en était toujours ainsi lorsqu'ils sortaient et qu'ils se donnaient rendez-vous plus tard, dans leur lit. À partir du moment où Julian lui donnait ce rendez-vous, plus rien n'occupait la pensée de Caroline jusqu'à son retour à la maison. Elle ne désirait rien d'autre, et l'on ne pouvait rien attendre d'elle, pas même l'énergie nécessaire à l'enthousiasme social. Elle avait toujours l'air de plier mais sans jamais se soumettre pour de bon. Mais, chaque fois qu'ils convenaient de le faire, à partir du moment où elle avait dit oui jusqu'au moment ultime, elle ne cessait de se donner. Et, tout en conduisant sa voiture, Julian savait très bien, comme il l'avait su maintes et maintes fois, que, chez Caroline, c'était le seul terrain de leur amour où elle mît de la soumission. Elle était aussi passionnée, aussi curieuse, aussi joyeusement ouverte à de nouvelles expériences que lui-même. Au bout de quatre ans, elle était toujours la seule femme auprès de qui il voulait se réveiller, la seule qu'il désirait – et même la seule, oui, avec laquelle il souhaitait faire l'amour. Les choses qu'elle disait, les mots qu'il lui avait enseignés et les énigmes qu'ils se forçaient l'un et l'autre à résoudre, tout ça leur appartenait à tous les deux. C'était ces choses-là qui donnaient tant d'importance à la fidélité de Caroline, pensait Julian. Et quand il pensait à la grande importance de ces choses, paroles et tout, il en arrivait à comprendre que l'acte physique accompli dans l'infidélité puisse n'avoir aucun poids. Mais il n'était pas sûr que l'infidélité puisse jamais n'avoir aucun poids.

Il arrêta la voiture devant la maison de Harvey Reilly. C'était là qu'il vivait avec sa sœur, veuve, et les deux fils et la fille de cette dernière. C'était une maison basse, en brique et en pierre, avec, sur trois de ses côtés, une grande galerie. Julian pressa le bouton de la sonnette, et Mrs. Gorman, la sœur de Reilly, vint lui ouvrir. C'était une femme corpulente aux cheveux noirs, dont la dignité n'était pas entamée par sa tenue débraillée. Elle était myope et portait des lunettes, mais elle reconnut Julian.

« Oh ! Julian English. Entrez donc », dit-elle.

Et elle lui laissa la porte à fermer. Elle ne s'embarrassait pas de politesse.

« Je suppose que vous voulez voir Harry, dit-elle.

– Oui, est-ce qu'il est là ?

– Oui, dit-elle, passez au salon, je vais monter le prévenir. Il est au lit.

– Oh ! Ne le dérangez pas s'il dort encore. »

Sans répondre, elle monta au premier et, moins de cinq minutes après, elle était de retour.

« Il ne peut pas vous recevoir. »

Julian se leva et la regarda, et elle lui rendit son regard sans un mot, mais son expression signifiait : c'est votre affaire.

« Mrs. Gorman, ce que vous voulez dire, c'est qu'il refuse de me voir ? dit Julian.

– Il m'a dit de vous dire qu'il ne pouvait pas vous recevoir. C'est la même chose.

– Je suis venu m'excuser pour hier soir, dit Julian.

– J'avais bien compris, dit-elle, je lui ai dit qu'il était idiot de faire un scandale pour ça, mais on ne peut pas le changer. Il a le droit de couver sa rancune, si ça lui chante.

– Oui, je sais bien.

– Ce qu'il aurait dû faire, je lui ai dit, c'était de vous allonger une bonne baffe en pleine figure, mais il a répondu qu'il y avait d'autres manières de vous remettre à votre place. »

Elle parlait sans prendre de gants et avec franchise, mais Julian eut la vague impression qu'elle était un peu de son côté.

« Donc vous ne pensez pas que si je montais, ça arrangerait les choses ?

– Ça ne ferait qu'envenimer les choses, si vous voulez mon opinion. Il a un œil au beurre noir.
– Un œil au beurre noir ?
– Oui. Pas un gros, mais un vrai. Le glaçon qui était dans le verre. Vous avez dû le balancer assez fort. Non, je crois que la meilleure chose à faire, c'est de vous en aller. Vous n'arriverez à rien en rôdant dans le coin et il attend là-haut que vous décampiez pour pouvoir vous maudire. »
Julian sourit.
« Croyez-vous que, si je m'en vais et qu'il me maudisse, ça ira mieux après si je reviens ? »
Elle prit un air un peu agacé.
« Écoutez, Mr. English, moi, je n'ai pas envie de parier deux sous ni d'un côté ni de l'autre. C'est pas mes affaires. Mais je peux vous dire ceci. Harry Reilly est un type du genre colérique et il n'est pas drôle du tout quand il est en colère.
– OK ! Je vous remercie.
– Pas de quoi », répondit-elle.
Elle ne l'accompagna même pas à la porte.
Il ne se retourna pas, mais il n'en avait pas besoin pour saisir que Harry Reilly l'observait derrière une des fenêtres du premier étage et que Mrs Gorman l'observait probablement à ses côtés.
Il revint chez lui, gara sa voiture devant la maison et entra. Il prit tout son temps pour enlever son chapeau, son pardessus, son foulard et ses snow-boots. Il monta lentement l'escalier, donnant à chaque pas toute son ampleur sonore. C'était le seul moyen qu'il avait trouvé pour préparer Caroline et ensuite lui annoncer que Reilly avait refusé de le voir, et il avait le sentiment qu'il lui devait bien cela. Entrer

en caracolant, d'un pas qui lui ferait croire que tout était raccommodé, que Reilly ne lui en voulait plus, pour qu'elle ait ensuite une déception, ça ne serait pas juste.

Quelque chose lui fit penser qu'elle avait interprété correctement la lenteur de ses pas. Elle était au lit ; la lumière éblouissante du jour, venue de l'ouest, entrait par les fenêtres. Caroline lisait un magazine. C'était le *New Yorker* et même pas le numéro le plus récent. Il reconnut la couverture : un dessin de Ralph Barton ; des tas de gens qui faisaient des achats, la figure grave ou horriblement furieuse, des gens qui se haïssaient les uns les autres, d'une haine à laquelle eux-mêmes n'échappaient pas, ni leurs paquets-cadeaux, tandis qu'au-dessus d'eux courait une guirlande avec la légende : « Joyeux Noël ! » Caroline avait remonté ses genoux sous les draps, avait calé le magazine contre ses cuisses et, de la main droite, elle en soutenait la moitié et la couverture.

Elle ferma lentement le magazine et le posa sur le plancher.

« Tu t'es battu avec lui ?

– Il a refusé de me voir. »

Julian alluma une cigarette et alla à la fenêtre. Ils se soutenaient tous les deux et il en avait conscience, mais il avait l'impression de vivre un enfer. Elle portait un déshabillé de dentelle noire qu'ils appelaient sa « tenue de pute ». Soudainement, elle fut debout à son côté et, comme toujours, il pensa qu'elle était très petite sans ses chaussures. Elle passa son bras sous le sien et, de ses doigts, lui serra le muscle du bras.

« Tout va bien, dit-elle.

– Non, protesta-t-il doucement. Non, tout va mal.

– Oui, tout va mal, répondit-elle, mais n'y pensons pas pour le moment. »

Elle déplaça son bras pour en entourer le dos de Julian, juste sous les omoplates, puis sa main descendit le long de ses côtes, de ses hanches, de ses fesses. Il la regarda faire précisément tous les gestes qu'il avait envie qu'elle fasse. Ses cheveux d'un brun presque roux étaient toujours coiffés. Elle n'était pas vraiment petite ; son nez venait frotter le menton de Julian qui mesurait un mètre quatre-vingts. Elle laissa ses yeux prendre un air tendre, comme elle seule savait le faire, esquissant un sourire qu'elle semblait remettre à plus tard. Debout face à lui, elle lui donna un baiser. Sans éloigner sa bouche, elle dénoua sa cravate, déboutonna son gilet, puis le lâcha.

« Viens vite », dit-elle.

Et elle enfouit sa figure dans l'oreiller pour ne rien voir jusqu'à ce qu'il soit auprès d'elle. C'était l'acte le plus important de leur vie conjugale. Il le savait et elle le savait. À ce moment-là, il pouvait compter sur elle.

5

Il faisait noir quand Al Grecco prépara son balluchon avant de prendre la route tout seul jusqu'au Stage Coach. Il acheta des cigarettes et des chewing-gums. Il regrettait qu'il n'y ait personne pour le voir monter dans le coupé d'Ed Charney. Il adorait ça, passer seul au volant de cette voiture devant les toquards qui faisaient les cent pas autour de l'Apollo. Ça leur faisait voir un peu dans quels termes il était avec Ed, comparé à eux.

Il avait dix-huit milles à faire, une longue nationale interrompue par une douzaine de petites agglomérations minières. La route n'était pas mauvaise, mais Al pensa que, sauf erreur de sa part, la neige l'aurait envahie de nouveau avant qu'il ne soit de retour. Dans les agglomérations, la neige s'entassait très haut de chaque côté de la rue. Il ne compta que six personnes dans les rues des villages entre Gibbsville et Taqua, la première bourgade un peu importante qui se trouvait à quatorze milles de Gibbsville. Preuve qu'il faisait rudement froid. Les rideaux étaient tirés dans toutes les maisons du village, et les *Hunkeys*, *Schwackies*, *Roundheaders*, *Broleys* – tous les noms locaux s'appliquant aux étrangers qui ne sont pas des Latins – étaient probablement enfermés chez eux à s'enivrer avec du boilo. Le boilo est de l'eau-de-vie de contrebande et Ed ne l'appréciait pas parce que, si les *Schwackies* cessaient d'en boire, ils se mettraient à boire l'alcool qu'il vendait. Mais bon, il n'y pouvait rien. En un sens, les *Schwackies* trichaient, car ils allaient fêter de nouveau Noël le 6 janvier, le « petit Noël ». Dans chaque localité, une fenêtre faisait exception et n'était pas camouflée : celle de la maison du médecin. Il y avait un médecin dans chaque bourgade ; il habitait une maison bien construite devant laquelle stationnait une Buick ou une Franklin, une Ford ou une Chevrolet. Ce détail était une information qui s'était révélée utile à Al. Plus d'une fois, il avait tiré de l'essence dans leur réservoir. Il ne s'était jamais fait pincer.

Il fila sur la grand-route et dévora les quatorze milles qui le séparaient de Taqua en vingt et une minutes. Son meilleur temps était douze minutes, mais il l'avait effectué en été, avec un chargement d'alcool « blanc ». Ce soir, vingt et une minutes, ça n'était pas mal, mais il renonça à battre son propre record entre Taqua et le Stage Coach. Trop de virages sur cette route, et tous en montée. À un moment du trajet, on arrive à une côte assez dure, on la grimpe et on se croit tranquille, et puis on se rend compte que ce n'est que le commencement de la vraie montée. Une fois qu'on est tout en haut, il ne reste plus que quelques centaines de mètres avant le croisement près duquel le Stage Coach est construit. Si ça vous chante, vous pouvez poursuivre et monter quelques collines de plus, parce que le Stage Coach est bâti sur un plateau, l'un des endroits les plus froids de la Pennsylvanie. Depuis qu'une route existe, une auberge s'est toujours trouvée à l'emplacement actuel du Stage Coach. C'était inévitable, comme d'autres choses. Le voyageur d'autrefois, après être monté en haut de la colline, devait nécessairement faire reposer ses chevaux – et s'offrir un grog bien chaud. Et, à présent, les automobilistes y faisaient une halte exactement pour la même raison. C'était le genre d'endroit où interrompre son voyage est tout naturel.

Un coche à quatre chevaux en fer forgé, six pieds d'un bout à l'autre, pendait à un mât devant l'auberge. Le Stage Coach n'avait que deux ans – ce qui, à Gibbsville, est encore récent – et Ed passait son temps à l'embellir ; un type du milieu de New York, avait envoyé à Ed un gros jeune homme aux joues roses pour s'occuper de la décoration. Le jeune homme était reparti pour New York un beau matin, chassé par les sales tours que lui jouaient les copains, mais Ed avait donné l'ordre qu'on le laisse tranquille, alors cette tapette était revenue, et avait fait du bon boulot au Stage Coach. Les gens de la ville ne tarissaient pas d'éloges, c'était surprenant de tomber sur un établissement aussi charmant au milieu d'une région minière si sordide.

Bien sûr, Ed possédait l'auberge mais celui qui la faisait tourner, c'était Foxie Lebrix. Il avait été premier maître d'hôtel dans un palace de New York – lequel, il ne l'a jamais révélé. Foxie était un Français robuste et trapu, d'environ cinquante-cinq ans, les cheveux blancs et la moustache noire. Il pouvait déchirer un paquet de cartes à mains nues et briser une machoire d'un seul coup de poing. Il savait aussi préparer des plats connus d'à peine quelques membres de Lantenengo Street, et dont vraiment très peu pouvaient prononcer le nom.

Il passait pour être un tueur à gages, mais personne n'en était certain. Al Grecco le traitait avec respect.

« Salut, Fox, dit Al, en entrant dans le bureau de Lebrix.

– Salut, dit Lebrix.

– Le patron t'a dit que je venais ?

– Oui », dit Lebrix.

De sa main gauche, il trempait un cigare dans le brandy et il donnait l'impression que sa main droite ignorait ce que faisait l'autre. La main droite, il la gardait pour ses petites gesticulations.

« La dame se repose. (Il désigna le plafond d'un léger basculement de la tête.) Elle se sentait pas dans son assiette quand Ed a téléphoné.

– Elle sait que je viens ?

– Elle le verra bien. À vrai dire, elle était complètement cuite…

– Ah ! Oui. Tu crois que…

– Elle quittera pas sa chambre. J'y ai mis Marie pour la surveiller. »

Marie était, en droit commun, l'épouse de Lebrix. En tout cas, c'est ce qu'elle prétendait.

« Tu veux la voir ? Elle a commencé à boire au réveil, avant le petit déjeuner. Elle devrait pas. Incapable de tenir l'alcool. Mais non. "C'est Noël. Faut que j'boive. Faut que j'me pinte. C'est Noël." Putain de bonne femme à la con. J'aimerais bien qu'Ed la fourre ailleurs. Elle apporte que des problèmes et ça vaut pas le coup.

– Oui, mais voilà… dit Al.

– Ah ! Oui, voilà. Bien sûr. Voilà. Si ma femme faisait ça, elle le ferait pas deux fois, je te le garantis.

– Oui mais tu sais ce qu'il en est, Fox », dit Al.

Lebrix hocha la tête.

« Oh ! *pardon**[1], dit-il. Tu as dîné ? Tu bois quelque chose ?

– Non, tasse de café.

– Café royal ?

– Non, merci, Fox. Rien que du café. Pas d'alcool pour moi ce soir.

– Dommage ! Je vais commander le café. »

Il poussa un bouton sous le bureau et donna l'ordre à un garçon de servir Al.

« Beaucoup de réservations, ce soir. Plusieurs groupes de Gibbsville et un grand banquet de Taqua. Juifs. Et ce politicien, Donovan, il a le toupet de réserver une table pour dix ce soir. Salopard de fils de…

– Il paiera, dit Al.

– Bien sûr qu'il paiera. Il me donnera un grand format, comme un micheton qui sait les cracher, et faudra que je lui dise merci bien poliment, mais, quand je lui rendrai la monnaie, s'il refile un pourboire, les garçons pourront s'estimer chanceux. Voilà comment il est, ce salopard de fils de... J'aimerais bien verser du poison dans son alcool. Je l'ai jamais fait, mais, si ça arrive un jour, le premier sera pour lui.

– Tu peux pas faire ça.

– Je sais bien. Tu vas rester avec Hélène cette nuit ?

– Ça vaut mieux, je pense.

– Oui, moi aussi. Certains clients, ils vont s'emplir le ventre de soi-disant champagne et miss Holman va commencer à se prendre pour Mistinguett.

– Qui ça ?

1. Les mots en italique suivis d'un astérisque sont en français dans le texte.

– Poule de music-hall, en France. Alors, si tu veux l'avoir à l'œil, trouve-toi un coin où elle puisse te voir, histoire qu'elle ne s'oublie pas. C'est Noël, mon vieux. Elle pourrait rendre, et ce serait pas un cadeau.

– Beurk ! C'est exactement ce que je pensais.

– Incroyable ! » dit Lebrix.

IV

I

Ils roulaient vers le sud en direction du club, le long de South Main Street. Caroline fumait une cigarette et tenait la main de Julian. Il retira sa main, donna plusieurs coups de klaxon – tut-tut-tut-tut – pour avertir la Cadillac qui les précédait.

« Qui est-ce ? demanda Caroline.

– Une bonne nouvelle, dit Julian, le jeune Al Grecco.

– Qui est-ce ? Je le connais de nom. Mais qui est-ce ?

– Un sbire d'Ed Charney, plus ou moins », expliqua Julian.

Devant eux, le coupé tourna à gauche pour s'engager sur le pont de Lincoln Street et apparemment, Al Grecco n'avait pas entendu le signal. Il ne se retourna pas et ne répondit pas avec le klaxon de sa voiture.

« Oh ! C'est lui qui est allé chercher le champagne à Philadelphie, dit Caroline. Il en a trouvé ?

– Quand Mr. Charney veut du champagne, la personne chargée d'en trouver en trouve.

– Ça, c'est incroyable. Pourquoi les gens ont-ils si peur de lui ?

– Moi, j'ai peur de lui, dit Julian.

– C'est pas vrai. Tu n'as peur de personne. Mon grand héros. Mon homme.

– Rien à foutre, ma belle.

– Ne m'appelle pas "ma belle" et ne dis pas "rien à foutre".

– Dis : "Mastique", répliqua Julian. Mon Dieu, as-tu jamais rencontré quelqu'un qui ressemble à maman ? Tu l'as entendue prier mon vieux de ne pas dire "mastiquer" ? Tu sais qu'elle n'a pas la moindre idée de la raison pour laquelle elle n'aime pas ce mot.

– Mais si, je suis sûre qu'elle le sait. Les femmes ne sont pas si bêtes.

– Moi, je te répète qu'elle n'en a pas la moindre idée. Au fond de sa tête, je ne sais où, la sonorité de ce mot a quelque chose de scabreux, mais quoi, elle n'en est pas sûre. Alors elle s'imagine qu'elle préfère un langage plus simple. T'es-tu déjà livrée à la mastication ?

– Ça ne te regarde pas.

– Non, mais l'as-tu fait ?

– Je commence à en avoir un peu assez de cette plaisanterie.

– Et moi donc », dit Julian.

Ils roulèrent un moment, puis il reprit :

« Quand allons-nous avoir un enfant ?

– Je ne sais pas. Allons-nous en avoir ?

– Non, sérieusement. Quand ?

– Tu le sais. Les cinq années seront bientôt passées.

– Plan quinquennal, dit-il lentement. Enfin, tu as peut-être raison.

– Je sais que j'ai raison. Regarde ce jeune couple, Jeanie et Chuck. Il n'y a pas deux ans qu'ils sont mariés, à peine plus d'un an, et Jeanie va peut-être devoir se faire mettre des fausses dents. Non, mais tu m'entends, des fausses dents, et te rappelles-tu ses dents ? Elle avait les plus jolies et solides dents blanches que j'aie jamais…

– Sauf les tiennes.

– Admettons, sauf les miennes. Mais les siennes étaient ravissantes et juste comme il faut. Plutôt petites, bien rangées et vraiment étincelantes. Les miennes sont plus grandes et pas du tout étincelantes.

– Moi, elles m'éblouissent », dit-il.

Il éteignit les phares.

« Servons-nous de tes dents pour éclairer la route.

– Rallume tes phares, espèce de crétin, dit-elle. Sans blague, c'est affreux. Elle n'a que vingt et un ans. Vingt et un ans à peine et le type même de la femme mariée. Une femme mariée avec un enfant. Et…

– Et un mari. Et quel mari !

– Exactement, dit Caroline, Chuck. Cette petite chochotte. Même pas bon à…

– À quoi ? Dis-moi tout.

– Non, je ne blague pas. Chuck fricote avec cette fille de chez Kresge et l'autre jour, au club de bridge, Barbara Schultz a pris la parole rien que pour dire : "Moi, je trouve qu'il est grand temps que quelqu'un défende Chuck, pauvre Chuck !" Et elle a ajouté : "Si Jeanie s'était donné la peine de rester désirable, Chuck ne serait pas allé courir après d'autres filles." Bon Dieu, ce que ça m'a énervée ! Elle a dû lire ça je ne sais où. Je n'ai même pas répondu. Personne n'a répondu, mais on voyait bien ce que tout le monde pensait. Barbara est une belle idiote de s'exposer en public pour ça. Elle a fait tout son possible pour forcer Chuck à l'épouser. Tout juste si elle ne lui a pas passé les menottes.

– Ah oui ? Je ne le savais pas. Je savais qu'ils s'étaient fréquentés, mais je n'avais jamais pensé…

– Ah bon ? Eh bien, voici encore autre chose que tu ne savais pas : Mrs. Schultz était tellement persuadée d'harponner Chuck qu'elle avait loué deux places touristes pour un voyage autour du monde…

– Eh bien, elle a fait le tour du monde avec le vieux Schultz.

– Oui, mais maman m'a raconté qu'elle se trouvait dans le bureau de Mr. Schultz quand…

– Nom de Dieu ! s'écria Julian, qui arrêta la voiture. La courroie a sauté. Je ferais mieux de la réparer maintenant, tant que je suis encore sobre. »

Il sortit de la voiture et remit la courroie. Pendant les quelques minutes d'attente, ils ne s'adressèrent pas la parole. Des voitures passaient ; une ou deux, les conducteurs reconnaissant Julian et son auto, s'arrêtèrent pour lui proposer de l'aide, mais il leur fit signe de continuer leur route.

Il remit le moteur en marche.

« Alors, mon bébé chéri, dit-il, de quoi parlions-nous ? Avions- nous épuisé Chuck ?

– Mmm…

– Qu'y a, petit poulet en sucre, qu'y a qui va pas, amou' ché'i ?

– Écoute, Julian, écoute-moi, veux-tu ?

– T'écouter ? Mais que diable ! Mrs. English, une des caractéristiques les plus séduisantes de la Cadillac est son moteur au bruit presque inexistant. Permettez-moi, madame, de vous montrer…

– Non. Arrête de faire le clown.

– Qu'est-ce qu'il y a ? J'ai fait quelque chose de mal ? J'ai encore dit quelque chose ? Mon Dieu, je croyais qu'on s'entendait bien ?

– Moi aussi. Mais tu as dit une chose qui me tracasse

beaucoup. Tu vois, tu ne te rappelles même pas l'avoir dite ?

– Eh bien, vas-y. Répète. Qu'est-ce que j'ai dit, chérie ?

– Quand tu as arrêté la voiture, quand tu es descendu remettre la courroie, tu as dit que tu allais la réparer… tant que tu étais encore sobre.

– Oh !

– Comme si…

– Compris. Pas besoin de me faire un dessin.

– Voilà, tu es fâché. Tu es fâché ?

– Non. Oui, un peu, je ne sais pas. Mais, nom de Dieu… oh ! je ne te reproche rien.

– Je suis navrée, chéri. Je ne voudrais pas faire la rabat-joie ou quoi que ce soit mais je ne pourrais pas revivre une demi-heure comme celle d'hier soir. J'aimerais mieux mourir.

– Je sais. Je suis sincèrement désolé, Callie. Je ne me soûlerai pas.

– Oui, s'il te plaît, dit-elle, je t'en supplie. Et je ferai n'importe quoi. Terminons ces fêtes sans autre accroc, sans catastrophe idiote. Je ne veux pas te sermonner…

– Je sais bien. Je ne te fais pas de reproches.

– Tu es mon amour de Julian et je t'adore. Je n'ai pas voulu dire qu'il ne faut pas que tu boives du tout. Tu comprends ?…

– Oui, oui… Promis.

– Non, ne promets pas ; fais-le. Tu peux très bien ne pas boire comme un trou. Il y a des quantités de soirées où nous nous amusons bien et où tu n'as pas perdu la tête. Fais-le ce soir. Je ferai n'importe quoi, tout ce qui te plaira. Tout. Tu sais ce que je ferai ?

– Quoi ?

– Je viendrai te retrouver dans la voiture pendant l'entracte et je resterai un moment avec toi, comme autrefois.

– Je sais, mais… ça me plairait beaucoup. Ce serait vraiment amusant.

– Nous ne l'avons jamais fait depuis notre mariage.

– Si, une fois, à Lake Placid.

– Oui, mais pas ici, pas chez nous, et j'en ai très envie. Pas toi ?

– Si, mais qu'est-ce que tu feras au sujet de… tu sais quoi ?… » demanda-t-il.

Elle détestait entendre parler de contraception.

« Peu importe. Nous pouvons aussi bien commencer à faire un bébé.

– Tu parles sérieusement ?

– Je n'ai jamais été aussi sérieuse. Et j'ai un moyen de te le prouver.

– Oui, c'est vrai. Rien qu'en étant ici. Rien qu'en venant ici. »

Ils étaient arrivés dans le parking du club.

« Oh ! Ma chérie, mon adorable Caroline, dit-il.

– Pas maintenant, dit-elle. J'ai dit pendant l'entracte. »

Ils sortirent de la voiture. D'ordinaire, Julian arrêtait l'auto devant le perron près du vestibule, là où des femmes descendaient des voitures conduites par leur chauffeur, leur mari, leur amant, mais, ce soir, ni l'un ni l'autre n'y avait pensé. Julian fit passer sa voiture dans des allées enchevêtrées, se lança dans des détours et des manœuvres pour l'amener le plus près possible de la véranda et pour que la marche dans la neige soit aussi courte que possible. Bras dessus, bras dessous, leurs snow-boots faisant un bruit de flaque à chaque pas,

Caroline et lui gravirent le perron et entrèrent dans le vestibule. Caroline annonça qu'elle allait redescendre tout de suite ; Julian retourna sur le perron et fit tout le tour du pavillon pour arriver au vestiaire des hommes.

C'était une nuit splendide pour un bal. Il faisait froid et le terrain de golf couvert de neige semblait ne faire qu'un avec les fermes qui délimitaient les links aux deuxième, quatrième et septième trous. En été, le terrain de golf était si soigneusement tondu qu'on aurait dit un fermier en costume du dimanche, entouré d'autres fermiers en salopettes et chapeaux de paille. Mais, maintenant qu'il faisait nuit, on ne pouvait distinguer, sauf à le savoir, où s'arrêtaient les terrains du club et où commençaient pour de bon les terres agricoles. À perte de vue, le monde était blanc, bleu, violet, glacé. La vie, notre mère, notre père, tout le monde nous apprend qu'il est dangereux de rester longtemps étendu dans la neige mais, quand le monde entier est recouvert de neige et baigné de clair de lune, on aurait presque l'impression qu'on n'y risquerait rien. Pour le moment, ce n'était qu'une image, on ne courait donc aucun risque. Julian inspira profondément et cela lui donna le sentiment d'être une personne saine, une personne à la vie pure. « Je devrais faire ça plus souvent », se dit-il, et il entra dans le vestiaire.

Beaucoup de copains lui dirent : « Salut ! » et « Hello ! », et il répondit par « Hello ! » et « Salut », six ou sept fois. Il n'avait aucun ennemi ici. Puis il entendit quelqu'un dire : « Tiens, voilà le bagarreur ! » Il se retourna pour voir qui c'était, même s'il le savait déjà. C'était Bobby Herrmann.

« Salut, père la Biture, dit Julian.

– Père la Biture, répéta Bobby avec sa façon de parler lente et ardue. Vous en avez du culot de m'appeler la Biture. Non, mais… !

– Rien à foutre ! » dit Julian, tout en ôtant son chapeau et son pardessus qu'il mit dans son casier.

Ils avaient tous l'air de penser que Bobby avait pris à sa charge la tâche de mettre Julian en boîte.

« Nom de Dieu ! s'écria Bobby, j'ai fait pas mal de choses dans ma vie, mais je ne suis jamais tombé si bas au point de lancer des glaçons dans la figure d'un type et lui filer un œil au beurre noir. »

Julian s'assit à la table :

« Cocktail, alcool pur, highball ? Qu'est-ce que tu prends, Ju ? demanda Whit Hofman.

– Cocktail, s'il te plaît.

– C'est du Martini, dans ce shaker.

– Parfait, dit Ju.

– Il fait semblant de ne pas m'entendre, dit Bobby, il me fait le coup classique du mépris. Le vieux procédé du type sourd. Très bien ! Parfait ! Allez-y. Faites comme si je n'étais pas là. Méprisez-moi. Ça m'est égal. Mais le moins que vous puissiez faire, English, vraiment, le moins, c'est de passer par cette porte et de payer une entrée supplémentaire pour le bal.

– Quoi ? grogna Julian.

– Vous m'avez très bien entendu. Si un invité manque ce soir, c'est de votre faute, et le club a besoin d'argent ; alors, n'oubliez pas. Quand vous paierez votre cotisation, crachez cinq dollars de plus.

– Qui est ce monsieur ? » demanda Julian à Whit.

Whit sourit.

« C'est un membre qui l'a amené ce soir ?

– C'est bon, dit Bobby. Ne vous fatiguez pas pour moi.

– Crise économique ou pas, je trouve que le comité qui décide de l'éligibilité des membres devrait établir une limite quelque part. Je n'ai aucun problème à ce qu'on accepte des Juifs, des Nègres, et même quelques lépreux. Ils ont une âme comme vous et moi. Mais, quand un homme rejoint son club, il aime s'attendre à y retrouver des êtres humains, et pas un représentant de la race des reptiles. Ou bien des insectes ? ! Tournez-vous un peu, Herrmann, que je sache exactement ce que vous êtes. Vous avez des ailes ?

– Vous en faites pas pour moi. Je m'débrouille.

– C'est bien ça, le problème, dit Julian. Nous devrions avoir quelques flics postés en permanence à l'entrée du club, histoire d'écarter les gens comme vous.

– Vous pouvez vous estimer heureux qu'il n'y ait pas eu de flics hier soir, en tout cas. Et que personne ne soit allé les chercher, c'est un miracle. Ou qu'on ait pas appelé ces nom de Dieu de fusiliers marins ou autres...

– Et voilà, vous reparlez encore de la guerre, dit Julian. Cette putain de guerre ! Vous ne vous en remettrez jamais, c'est votre maladie. Jamais Whit ou Froggy ne parleraient de...

– Laissez tomber, dit Bobby. Quand y avait une guerre, j'y étais. Je portais un uniforme. Je n'étais pas une de ces lavettes de tire-au-flanc qui faisaient joujou au soldat dans telle ou telle université. Lafayette ou Lehigh, peu importe. Oui, monsieur, quand l'Oncle Sam a eu besoin de moi, j'ai répondu à l'appel et j'ai rendu la paix au monde, pour l'avenir de la démocratie. Et quand la guerre s'est terminée, j'ai cessé de me battre. Contrairement à d'autres, je n'ai pas attendu 1917 pour me mettre en uniforme et mes faits d'armes, ce n'est pas de flanquer ma consommation dans la figure des copains, en présence de types respectables, dans un club sportif, treize ou quatorze ans après l'armistice. Voilà ce que sont certaines gens : des vétérans de 1930. Bataille du Fumoir au Country Club de Lantenengo. Attaque éclair… »

Les autres riaient et Julian savait bien qu'il ne tenait pas le bon bout. Il vida son verre et se leva pour partir.

« Nous ne vous chassons pas, j'espère », dit Bobby.

Julian regarda Whit, en tournant le dos délibérément à Bobby.

« Dis donc, Whit, est-ce que les toilettes sont bouchées ? Tu ne sens pas cette odeur ? »

Whit sourit d'un air neutre.

« Tu vas dans la salle ? demanda-t-il.

– Laisse-le partir, Whit, dit Bobby, tu sais comment il est quand il a un verre à la main. Évidemment, tu ne risques rien avec un cocktail : dans un cocktail, il n'y a pas de glaçons pour venir te coller un œil au beurre…

– Allons, au revoir », dit Julian.

Il sortit du vestiaire, mais, tandis qu'il s'éloignait, il entendit Bobby dire d'une voix très forte, assez forte pour qu'il n'en perde rien :

« Dites donc, Whit, j'ai entendu dire que Harry Reilly songe à acheter une Lincoln neuve. Il n'est pas du tout satisfait de cette Cadillac qu'il a achetée l'été dernier. »

Tout le vestiaire était aux anges.

Julian continua de marcher. Il traversa le fumoir, les niches de la salle à manger, la piste de danse, les vestibules et ne s'arrêta qu'au pied de l'escalier. C'est là qu'on attendait la dame de ses pensées. Julian dit « Bonsoir » et « Comment va ? » à tout un tas de gens et il fit un signe de main particulièrement joyeux à Mildred Ammermann, qui était l'hôtesse ce soir-là. C'était une grande fille aux dents chevalines, capitaine de l'équipe féminine de golf. Son père était un *roué** porté sur la bouteille, gros propriétaire d'immeubles et officiellement fabricant de cigares. Il ne venait au club que pour des soirées de ce genre, où Mr. et Mrs. Ammermann recevaient quelques amis (ses amis à elle) à une petite table à l'écart. Mildred, dominant d'une tête Losch, le maître d'hôtel du club, montrait quelque chose du doigt avec toute la grâce dont elle était capable tout en tenant dans la main gauche un petit paquet de cartons destinés à placer les invités. Elle était probablement la seule femme à n'avoir pas entendu parler du scandale de la veille. Suivant un axiome répandu à Gibbsville, vous pouviez confier n'importe quel secret à Mill Ammermann avec la certitude que rien ne serait répété, car, au moment où vous lui parleriez, Mill serait sûrement en train de penser aux procédés d'approche au *mashy-niblick*, par-dessus les arbres, sur le second parcours. Julian puisa dans son sourire un peu de courage. D'ailleurs, il avait toujours beaucoup apprécié Mill. Il se réjouissait souvent, par intermittence, du fait que Mill n'habite pas New York, car à New York, elle aurait été étiquetée lesbienne au premier coup d'œil. Mais à Gibbsville ce n'était jamais qu'une fille robuste. Brave vieille Mill !

« À quoi penses-tu ? demanda Caroline qui avait surgi brusquement à ses côtés.

– J'aime bien Mill, dit-il.

– Moi aussi, dit Caroline. Pourquoi ? Est-ce qu'elle t'a fait ou dit quelque chose ?

– Non. Je l'aime bien. C'est tout. Je viens d'apprendre à encaisser.

– Comment ?

– Mr. Robert Herrmann est très en forme, et il m'a mis en boîte à propos d'hier soir.

– Ah ! mon Dieu ! Où ça ? Dans le vestiaire ? Est-ce qu'il y avait beaucoup de monde ?

– Oui. Whit, Froggy et les types habituels. Il m'a dit que je devrais cracher cinq dollars pour compenser l'absence de Harry. Et puis il s'est mis à se payer ma tête, en disant que la guerre était finie, etc. Que j'avais attendu 1930 pour me battre, et pas mal d'idioties. Il parlait d'appeler la police…

– Je suppose qu'il faut nous attendre à ce que toute la soirée soit à cette image.

– Pourquoi ? Quelqu'un t'a dit quelque chose ?

– Non, pas exactement. Kitty Hofman est venue au petit coin pendant que je…

– Bon Dieu ! Pourquoi est-ce que les femmes vont toujours aux toilettes ensemble ? Vous ne pourriez pas…

– Est-ce que tu veux savoir ce qu'elle m'a dit, oui ou non ? Ou est-ce que tu vas encore recommencer ?

– Pardon.

– Bon ! Tu connais Kitty. Elle déballe tout ce qu'elle a sur le cœur. Elle m'a dit qu'elle avait appris que Harry avait un œil au beurre noir, et j'ai répondu que, oui, je le savais. Et elle a dit : “Whit est embêté.” Est-ce qu'il t'en a dit quelque chose ?

– Non. Il n'en a pas eu l'occasion, avec Bobby qui jaspinait sans arrêt. Je n'ai pas eu la patience d'attendre pour lui parler.

– Bon. À ce qu'il paraît, Whit sait que Harry a mis de l'argent dans le garage.

– Bien sûr qu'il est au courant. Ce n'est pas un secret. En fait, je crois que c'est moi qui lui ai dit. Oui, oui, c'est moi. J'ai été forcé de le lui dire, parce que, l'été dernier, quand Whit en a entendu parler, il m'a demandé pourquoi je ne m'étais pas adressé à lui et je lui ai répondu que tout le monde s'adressait à lui. Je te l'ai sûrement raconté.

– Non, tu ne m'en as rien dit. Mais, peu importe. Kitty raconte que Whit est embêté parce que c'est très mauvais d'avoir Harry comme ennemi. Ça, je te l'avais dit.

– Je sais que tu me l'as dit. Bref nous ne pouvons pas rester plantés là toute la soirée. Voilà Jane et Froggy. Allons les voir. »

Ils allèrent les voir. Jane était la meilleure amie de Caroline, et Froggy faisait partie des hommes que Julian considérait comme ses meilleurs amis. Il n'avait pas *un* meilleur ami, le dernier remontait à ses années estudiantines. Son meilleur ami de collège se trouvait en Chine pour la Standard Oil et il ne recevait de ses nouvelles qu'une fois par an environ. Dans son groupe d'amis, Julian se sentait à son aise et en sécurité. Froggy, à trente-quatre ans, était de moins de cinq ans son aîné. Il avait perdu un bras à la guerre, et, probablement à cause de cela, Julian se sentait moins proche de lui que des autres hommes de son âge qui avaient combattu en France. La carrière militaire de Julian consistait à avoir fait partie des SATC[1] et il ne s'était jamais débarrassé du sentiment qu'il aurait dû s'engager au lieu d'aller à l'université. Avec les années, ce sentiment s'était atténué au point qu'il pensait ne plus s'en soucier, mais

1. Préparation militaire d'étudiants.

c'était faux. Ça lui faisait toujours quelque chose, les jours où il retrouvait Froggy, le matin de n'importe quel jour ; Froggy qui avait joué au tennis et nagé si merveilleusement bien. Auprès de Jane, Julian était tout à fait à l'aise. Tout ce qui leur était possible d'être l'un pour l'autre, Jane et Julian l'avaient été. Ils s'étaient autrefois aimés passionnément le temps d'un été, une liaison à la *demi-vierge** qui, lorsqu'elle se termina, leur laissa l'un pour l'autre un attachement beaucoup plus innocent que celui de deux enfants, et qui les préparait à aimer quelqu'un d'autre. Julian savait, parce que Jane le lui avait raconté, qu'elle était allée « jusqu'au bout » avec Froggy le premier soir exactement où elle avait eu un rendez-vous en tête-à-tête avec lui ; et Julian pensait en être sincèrement ravi pour elle.

Maintenant, ils parlaient de gens qui rendaient visite aux Untel ; se demandaient si la bande de Reading allait venir au bal ; certaines des femmes étaient vraiment chics, mais il y en avait d'autres… des horreurs ; est-ce que Julian avait crevé ? on l'avait vu arrêter sa voiture sur la route du club ; n'était-ce pas merveilleux, la vitesse avec laquelle les cantonniers déblayaient les routes ? quel corsage adorable ; oh ! prenez une Camel, vous ne verrez pas la différence ; le père de Mill a l'air plus sinistre que jamais ; on peut dire ce qu'on veut, les Ammermann, lorsqu'ils invitent, ils ne regardent pas à la dépense. Puis on vit Mill, sa mère et son père s'installer à leurs places, debout à l'entrée de la salle de bal (qui était un salon quand les meubles s'y trouvaient), et former une petite haie pour recevoir les invités. En moins de trois minutes, une foule compacte s'était massée dans le vestibule, s'apprêtant à souhaiter un bonsoir assez sec à Mrs. et Mr. Ammermann et adresser un salut très cordial à Mill. L'orchestre, Ben Riskin et ses Canadiens Royaux, venu de Harrisburg s'installa, et, après deux coups de grosse caisse, entama *Something to Remember You by*.

« Je t'en prie, ne bois pas trop », chuchota Caroline.

Puis elle s'en alla chercher sa place à la table du banquet.

2

La table du banquet ployait à présent sous le poids de la bombe glacée. Le dîner Ammermann touchait à sa fin. Jusqu'à une heure, le devoir des hommes, jeunes ou vieux, consisterait à s'assurer que Mill ne resterait pas sans partenaire pour danser ; après une heure, les danses qu'elle récolterait, elle les aurait obtenues même si elle n'avait pas donné le dîner. Les journaux du lendemain publieraient la liste des invités et puis la soirée entrerait dans l'histoire. Aux prochaines fêtes, le grand dîner pour le bal de Noël au club serait donné par quelqu'un d'autre. Mill Ammermann n'était pas autorisée à donner un autre grand dîner de gala avant au moins une année.

Le dîner de ce soir, n'importe quel invité pouvait s'en rendre compte au premier coup d'œil, était le menu à deux dollars cinquante du restaurant du club. C'était un dîner de gala et tous les membres étaient invités. Pour une fête comme celle des Ammermann, l'hôtesse pouvait s'entendre avec le maître d'hôtel pour servir le « un dollar cinquante » (poulet rôti), le « deux dollars » (dinde rôtie) ou le « deux cinquante » (filet mignon) et, ce soir, c'était le filet mignon. Les Ammermann étaient tout juste assez riches, et leur situation à Gibbsville était à la fois assez sûre et assez instable pour qu'ils fussent obligés d'offrir ce qu'il y avait de mieux. Suivant la coutume, les Ammermann ne fournissaient pas les boissons ni ne payaient les frais d'admission. En acceptant une invitation, tout homme se voyait attribuer une cavalière, jeune fille ou mariée. Pour les célibataires non fiancés, l'usage était, au moment d'accepter l'invitation à dîner, de téléphoner aussitôt à l'hôtesse pour lui demander si elle désirait qu'il escortât une dame au dîner. Tout cela était combiné d'avance, d'une manière bien plus subtile qu'on ne pourrait l'imaginer. Il y avait parmi les jeunes filles quelques laiderons qu'il fallait inviter à des tas de dîners, et l'hôtesse savait qu'elle trouverait toujours certains hommes disposés à escorter ces laiderons. Mais les hôtesses savaient également qu'un jeune homme prisé et séduisant ne doit pas être choisi pour escorter autre chose qu'une jeune fille prisée et séduisante. En outre, il y avait un autre groupe de jeunes filles auquel appartenait Mill Ammermann elle-même qui venaient au bal comme elles pouvaient, la plupart du temps avec un couple de leurs amis, ou comme jeune fille supplémentaire dans un groupe de quatre ou de six. Mill et les filles de son espèce pouvaient prédire, presque au pas près, le nombre de danses qu'elles feraient et, si d'aventure elles en faisaient une de plus, elles se demandaient où était le problème. Généralement, pour une fille comme Mill, la raison en était qu'un jeune mari était agacé par sa femme et qu'il voulait se confier à Mill. Mill était un si bon copain ! Si compréhensive ! Et elle ne vous comprenait jamais de travers quand vous lui faisiez ce qu'on aurait pu appeler du gringue. Parfois, cela va de soi, il arrivait à Mill et aux filles de son genre qu'un type leur fasse vraiment du gringue – quand le type avait bu plus que de coutume. En dépit de sa cruauté, le système présentait quelques avantages ; par exemple, quand une fille atteignait vingt-cinq ans, elle n'avait pas de surprises, elle savait précisement ce qu'elle pouvait attendre de chacun des bals où elle allait. Seul un petit nombre de filles comme Mill se rendaient au bal avec l'espoir absurde et triste qu'il allait être différent des autres. Et il y existait une autre convention tacite, non écrite, entre les danseurs : si une fille de Gibbsville moyennement appréciée persuadait un garçon étranger à la ville de venir au club la faire danser, les garçons de Gibbsville se donnaient un peu de mal pour que la fille fasse son petit effet. Au cours de la soirée, ils lui proposaient deux danses au lieu d'une, et le résultat, c'est que toutes, sauf les plus minables d'entre les minables, se mariaient avec des types qui venaient d'ailleurs. Bien entendu, une fois qu'elles étaient mariées, leurs années passées à être des laiderons étaient oubliées et pardonnées ; elles côtoyaient alors les jeunes femmes les plus prisées. Mais il fallait aller jusqu'au mariage, de simples fiançailles ne suffisaient pas, et l'homme pouvait être le dernier des voyous, idiot ou mal habillé – n'importe quoi, pourvu qu'il ne fût pas juif. D'ailleurs, aucune fille de Gibbsville membre du Country Club de Lantenengo Street n'aurait épousé un Juif ; elle n'aurait pas osé.

Dès le moment où un garçon commençait sa troisième année de collège, il savait quelle était sa position exacte dans la vie sociale du club. Julian, par exemple, savait depuis des années que ce qu'il vivait ce soir se répèterait encore ; qu'il serait placé à table entre une fille séduisante et une mocheté. Les hommes séduisants, ou ceux que Gibbsville considérait comme tels, devaient s'occuper d'une pauvre fille moche par devoir et d'une fille séduisante en récompense. Les filles charmantes étaient beaucoup plus nombreuses que les déshéritées. À droite de Julian se trouvait Jane Ogden ; à sa gauche, Constance Walker, qui dansait comme si toute sa vie sexuelle en dépendait. Constance était une lointaine cousine de Caroline.

Pendant tout le dîner, les pensées de Julian ne cessèrent de revenir à Caroline. Constance, perpétuant une tradition qui avait depuis longtemps cessé d'être drôle, appelait toujours Julian « mon cousin Julian », ou simplement « cousin ». Il dansa avec elle entre deux plats et, une fois de plus, ne parvint pas à croire combien elle ressemblait à Caroline. Les deux jeunes femmes faisaient presque exactement la même taille et le même poids et Constance avait un corps charmant, c'était indéniable. Et même, elle avait un petit avantage sur Caroline, ou du moins Julian le pensait : elle était – à ses yeux – plus fraîche que Caroline. Il savait qu'en pleine lumière Caroline avait une tache de duvet bien visible au creux du dos. Il savait où se trouvait sur sa cuisse gauche la cicatrice bombée de son vaccin, mais, même après avoir vu plusieurs fois Constance en maillot de bain, il n'était pas certain qu'elle ait été vaccinée. C'est à cela qu'il pensait en dansant avec elle et il était sur le point de lui demander si elle avait été vaccinée, quand il eut brusquement conscience qu'il la serrait très fort et qu'elle le tenait tout aussi serré, et pour cause. Il eut honte et se le reprocha à cause de Constance. C'était dégoûtant d'exciter cette pauvre gosse, c'était dégoûtant d'être lui-même excité. Il desserra lentement son étreinte.

Mais comparer sa partenaire de danse, de dîner, avec la fille qu'il avait épousée, sa cousine, lui fournit une source d'amusement secrète. Chaque fois qu'il était en soirée et qu'il buvait modérément, il avait besoin de se livrer à un jeu secret ou de venir à bout d'une tâche mentale, tout en se livrant extérieurement aux ronds de jambe de la courtoisie mondaine. Caroline avait trente et un ans tandis que Constance était encore à l'université. Elle avait probablement dix ans de moins que Caroline. Les deux cousines étaient d'assez bons spécimens de leurs collèges respectifs : Caroline avait fréquenté Bryn Mawr, Constance étudiait à Smith – exemple typique de la fille banale qui travaille à Smith et se mesure aux étudiantes juives les plus intelligentes pour intégrer Phi-Bêta-Kappa ; l'inverse des jolies filles qui suivent les cours de Smith et entretiennent une correspondance avec Yale. Caroline était par excellence la jeune fille de province venue à Bryn Mawr : école privée de sa petite ville, bonne école secondaire, puis Bryn Mawr et son style si particulier, synonyme de maturité précoce et de tendance durable à l'enthousiasme. Constance savait tout sur tout, tandis que Caroline faisait encore des découvertes – quelle était la capitale du Dakota du Sud, qui était Mike Pingatore, où se situait la Dalhousie, en quoi consistait le handicap au polo, quels étaient les éléments qui composent un side-car. Il se demanda pourquoi il attachait tant d'importance à l'éducation des deux jeunes femmes, puis se heurta brusquement à la vérité : c'était que Caroline était une fille instruite, dont l'éducation serait toujours un acquis et lui servirait de solide arrière-plan, tandis que, pour Constance et les filles comme elle… Oh ! Et puis, quelle différence cela faisait-il ? Constance était une petite bonne femme sans importance. Mais il était content d'avoir découvert cette vérité à propos de Caroline et de son éducation. C'était une vérité à ne pas oublier, et, comme souvent quand il faisait une découverte à son sujet, il voulut en faire part à Caroline, la lui soumettre, et voir si elle était d'accord avec lui. Il savait d'avance ce qu'elle allait répondre. Elle allait dire – et ce serait vrai – qu'elle le lui répétait depuis des lustres.

Les convives se levèrent et il chercha Caroline des yeux. Elle était trop loin pour qu'il essayât même de se rapprocher d'elle. Il sut plus tard qu'il avait commis là une erreur de jugement.

Quand les invités des Ammermann se levèrent, toutes les personnes présentes dans la salle à manger ne se levèrent pas pour autant. Les invités Ammermann formaient le groupe le plus nombreux, donc le plus important, mais il y avait d'autres tables de taille et d'importance variées. À l'une d'elles, c'était un solide petit dîner offert par Mrs. Gorman, la sœur de Harry Reilly. Ils étaient huit à sa table : deux médecins irlandais catholiques et leurs femmes ; Mgr. Creedon, recteur de l'église Saint-Pierre-et-Paul ; Mr. J. Frank Kirkpatrick, l'avocat d'assises de Philadelphie, et sa femme. On leur servait le repas à deux dollars cinquante, et sous la table était placée dans un seau une bouteille de champagne, un signe de défi plus ou moins voilé à l'encontre du paragraphe 7, règlement XI, des statuts intérieurs du Country Club de Lantenengo. Mrs. Gorman participait toujours aux grands bals et, comme ce soir, elle donnait à chaque fois un dîner en petit comité. Après la gêne du premier échange de politesses, ses invités s'acceptèrent les uns les autres sans curiosité. Ils mangèrent en silence, et, arrivés au café qu'on leur servit à table, les messieurs s'enfoncèrent dans leurs chaises pour tirer sur leurs cigares, et hommes et femmes regardèrent très naturellement les convives qui festoyaient à la grande table. Sans pour autant être indiscrets, ils les regardaient comme au spectacle, tous excepté Mgr. Creedon qui restait immobile, en un geste fort ecclésiastique, les mains jointes posées devant lui sur la table, tantôt pliant et repliant le papier d'argent qui avait contenu son cigare, tantôt racontant une anecdote d'une voix douce et musicale, avec un accent irlandais admirablement modulé. Il connaissait Gibbsville et était membre du club ; mais il ne le fréquentait que pour le golf et, dans la salle à manger, il ne parlait jamais à personne à moins qu'on ne lui adresse la parole en premier. C'était une affectation de dignité, mais qui produisait son petit effet nécessaire auprès de ses connaissances non-catholiques comme de ses paroissiens. La vie l'avait rendu vieux et philosophe avant l'heure, parce que la politique de l'Église lui avait refusé – à lui, à sa paroisse, à Gibbsville – l'évêché qu'ils avaient essayé d'obtenir ensemble des années durant. Le cardinal le haïssait au plus haut point, disait-on, et s'opposait de toutes ses forces à ce que Saint-Pierre-et-Paul devînt une cathédrale, et le père Creedon un évêque. Il fut, en compensation, promu au titre de monseigneur, sacré doyen rural, et recteur inamovible de Saint-Pierre-et-Paul. Par là, on l'informait tacitement qu'il lui fallait cesser toute tentative de faire de Saint-Pierre-et-Paul une cathédrale. Ce fut un coup terrible, tant pour lui que pour les riches séculiers de sa paroisse qui l'aimaient beaucoup, et pour les francs-maçons les plus puissants de la compagnie des Fers et Charbons qui respectaient cet homme qu'ils n'avaient jamais pu comprendre. D'aucuns disaient : « Je suis un presbytérien convaincu, mais laissez-moi vous dire que je ne permets à personne, catholique ou pas, de médire du père Creedon en ma présence. »

Certaines de ses ouailles reprochaient secrètement au père Creedon de siéger dans ces comités non confessionnels chargés des activités communales ; mais les auteurs de ce genre de critiques étaient identifiables : c'était des Chevaliers de Colomb[1] mécontents. La compagnie des Fers et Charbons était dirigée par les maçons, qui admiraient Mgr. Creedon mais toléraient les Chevaliers de Colomb. Ces derniers trouvaient que leur pasteur aurait dû se servir plus souvent de son influence pour favoriser les « Chevaliers ». Ce n'était jamais le cas. Son influence, il l'utilisait pour obtenir du conseil d'administration la construction de maisons ouvrières plus confortables pour les familles de mineurs ; ou pour lui extorquer des subsides au bénéfice de paroisses plus pauvres que la sienne. Les syndicats de mineurs et d'ouvriers agricoles détestaient Mgr. Creedon parce qu'il était proche des gros bonnets de la compagnie.

D'autre part, il lui était arrivé d'user de son influence pour aider des protestants. Il leur obtenait des cautionnements, les aidait à trouver du travail. Il avait acheté une Cadillac à Julian, et non une Lincoln au concessionnaire de Ford, qui était catholique. Ensuite, il acheta trois Ford pour ses vicaires pour se faire

1. Les Chevaliers de Colomb (Knights of Columbus) est une organisation catholique de bienfaisance à but non lucratif, crée en 1882 aux États-Unis, et qui compte 1,8 million de membres à travers le monde.

pardonner d'avoir donné sa clientèle à Julian. Trois ans auparavant, il avait conduit sa voiture, une Buick, jusqu'au garage de Julian, puis il était entré dans son bureau et avait dit : « Bonjour, mon fils. Auriez-vous une jolie conduite intérieure noire, une Cadillac, ce matin ? » Il avait acheté la voiture sur place et l'avait payée comptant. On envoyait toujours les voitures de ses vicaires pour réparation et entretien chez Ford, mais lui achetait toujours ses pneus et autres accessoires au garage de Julian.

Quand les invités du banquet se levèrent, Julian alla aux toilettes et, pour gagner le vestiaire des hommes, il dut passer à côté de la table de Mrs. Gorman. Il regarda Mrs. Gorman qui ne lui parla pas, ce qui n'avait rien d'insolite. Mais il sentit, à la réaction des hommes assis à table, qu'il avait jeté un froid. Kirkpatrick lui adressa un petit salut diplomatique de la tête et découvrit ses dents, mais les médecins ne se gênèrent pas pour le snober ; Mgr. Creedon, dont la figure ronde et bleutée se parait habituellement d'un sourire mélancolique surmontant le truc violet qu'il portait sous son col ecclésiastique, hocha une seule fois la tête, sans sourire. Julian mit quelques secondes à comprendre ce qui se passait parce que, dans ses rapports avec les catholiques, il oubliait souvent de tenir compte du point de vue catholique. Mais, lorsqu'il se trouva seul dans le vestiaire des hommes, tout lui apparut clairement : ils se considéraient collectivement insultés par l'injure qu'il avait faite à Harry Reilly. Il n'avait aucune raison de jeter un verre à la figure de Reilly, donc ce devait être parce qu'il était un catholique irlandais patibulaire qu'on peut insulter impunément. Julian pensait qu'ils n'avaient pas tout à fait raison. Mais une chose était sûre : si les catholiques lui avaient déclaré la guerre pour de bon, il était dans de beaux draps. Durant la campagne qui avait opposé Smith à Hoover, deux types, un bijoutier et un marchand de plâtres et ciments, avaient fait savoir qu'ils appartenaient au Ku Klux Klan et qu'ils étaient les adversaires déclarés de Smith, car ce dernier était catholique. Ce furent les deux seuls commerçants de Gibbsville à prendre position publiquement. À présent, tous les deux avaient fermé boutique.

En s'essuyant les mains, Julian pensa que sonder Mgr. Creedon serait peut-être une bonne idée et il s'assit pour attendre le retour du prêtre dans le vestiaire. Il pressa le bouton d'appel et donna l'ordre à William, leur garçon de vestiaire, de sortir une bouteille de whisky de son casier et de la poser sur une petite table à proximité, avec deux verres, de la glace et de l'eau de seltz. Il s'en versa avec beaucoup d'eau et alluma une cigarette.

Des hommes et des jeunes gens entrèrent et sortirent, lui lançant des piques sur son goût du retrait. Bobby Herrmann entra, mais Julian lui conseilla de fermer son clapet avant même qu'il ait pu prononcer un mot. Deux ou trois types, des gamins très jeunes, esquissèrent des grimaces en apercevant le verre vide et la bouteille de whisky ; clairement, ils pensaient qu'on avait posé un lapin à Julian. C'était assez cocasse. Ils voulaient être gentils, Julian le voyait bien, et ils voulaient boire un verre mais ni leur désir d'être gentils ni leur envie de prendre un verre n'étaient assez forts pour les faire s'asseoir à la table d'un paria. « Bon Dieu, qu'est-ce que j'ai fait ? » se demanda Julian. Il avait lancé un whisky à la figure d'un type. Un type particulièrement odieux à qui quelqu'un aurait dû balancer un verre d'eau depuis bien longtemps. Ce n'était pas comme si Harry Reilly avait un jour remporté le premier prix d'un concours de popularité ou autre chose du genre. Si les gens avaient été sincères, ils auraient été d'accord pour reconnaître que Reilly était un être infect, un parvenu, un nouveau riche, même à Gibbsville où cinquante mille dollars représentaient une assez belle fortune. Julian se remémora d'autres choses, des choses vraiment terribles, très graves, que des gens avaient faites autrefois au club sans que personne leur ait jamais donné l'impression qu'ils avaient commis un sacrilège. Il y avait eu la fois où Bobby Herrmann, ou Whit Hofman ou Froggy Ogden – personne ne savait qui exactement – avait voulu contrôler la qualité d'une bonbonne d'alcool achetée par Whit. L'un des trois (ils étaient tous très ivres) avait posé une allumette enflammée sur l'alcool pour voir si c'en était bien et, avant qu'on soit arrivé à éteindre le feu, une table, des chaises, un banc et toute une rangée de casiers du vestiaire avaient brûlé ou été très endommagés. Il y avait eu la fois où un invité de l'équipe de golf balançait son club dans le vestiaire pour faire une démonstration, et Joe Schermerhorn était arrivé en plein milieu : il en avait récolté une mâchoire démolie, plusieurs de ses jolies dents en moins, et une légère démence au point que, deux ans plus tard, quand sa voiture avait fait le plongeon depuis le pont de Lincoln Street, on avait parlé de suicide. Est-ce qu'on en avait voulu au joueur de golf en visite ? À peine ! Il continuait même de passer au club de temps en temps prendre une cuite avec les copains. Il y avait eu la fois où Ed Klitsch était monté nu comme un ver à l'étage des domestiques et s'était présenté, prêt à entrer en action, devant la femme du maître d'hôtel. On s'en souvenait comme d'une excellente plaisanterie. Il y avait eu des vomissements à ne plus savoir qu'en faire, plus ou moins désastreux. Il y avait eu l'épisode du crêpage de chignons (avec griffures en prime) entre Kitty Hofman et Marylou Diefenderfer, parce que Kitty avait appris que, selon Marylou, elle aurait dû être surveillée par la police des mœurs. Il y avait eu la fois où Elinor Holloway – héroïne de plus d'un incident palpitant consigné dans les annales du club – avait grimpé jusqu'en haut du mât où flottait le drapeau, tandis que cinq jeunes gens, plantés en bas, cherchaient à confirmer certains soupçons selon lesquels Elinor, qui n'avait pas toujours vécu à Gibbsville, n'était pas naturellement blonde, ou du moins pas entièrement. Il y avait eu la fois, au lendemain d'une petite fête toute simple donnée en l'honneur d'une équipe de golf féminine en visite, où une certaine Mrs. Goldorf et une Mrs. Smith, Tom Wilk, le fils du révérend Wilk, et Sam Campbell, le chef des caddies, avaient dû subir un lavage d'estomac. L'affaire était gratinée, car ils étaient tous couchés ensemble, au lit ou sur le plancher, dans la chambre de Sam, au premier étage du pavillon des caddies. Il y avait eu la fois où Whit Hofman et Carter Davis étaient entrés dans une rage folle contre un orchestre de New York qui réclamait trop d'argent pour jouer des danses supplémentaires : ils avaient démoli tous les instruments et fait rouler la grosse caisse depuis le club jusqu'au pied de la colline et le long de la route nationale. Le résultat avait été un joli procès, de la publicité à Philadelphie, et l'inscription temporaire du club sur la liste noire du Syndicat des musiciens d'orchestre. Il y avait eu de nombreux pugilats entre maris et femmes, et même pas toujours entre les maris et leurs femmes. Carter Davis, par exemple, avait poché l'œil de Kitty Hofman, parce qu'elle lui avait envoyé un coup de pied dans le ventre, parce qu'il lui avait plongé la tête dans un bol de punch, parce qu'elle l'avait traité de fils de putain, parce qu'il avait dit qu'elle ressemblait à un détritus ramené dans une maison par un chat. Et ainsi de suite. Julian se servit un autre verre et alluma une nouvelle cigarette.

Et puis il y avait les gens. Des gens odieux qui n'avaient pas besoin d'agir pour être odieux, mais qui étaient naturellement odieux. Bien sûr, le plus souvent, cela se traduisait en actes, mais ce n'était pas obligatoire. Il y avait Mrs. Emily Shawse, veuve de feu Martin A. Shawse, l'ancien maire de Gibbsville un temps marchand de biens, qui avait fait construire en partie le quartier du West Park à Gibbsville. Mrs. Shawse ne participait pas aux activités du club, mais elle en était membre. Elle descendait y passer ses après-midi d'été, assise toute seule sur la terrasse, tout au bout dans un coin, pour regarder les joueurs de golf ou de tennis, les baigneurs dans la piscine. Elle buvait un jus de fruit et elle en faisait porter un à Walter, son chauffeur noir. Elle restait une heure et s'en allait, partait pour une virée en voiture dans les terres, à ce qu'il paraît. Mais si elle ne couchait pas avec Walter, alors tout Gibbsville se mettait le doigt dans l'œil. Personne ne l'avait jamais entendue parler à Walter, pas même « Bonjour, Walter. – Bonjour, Mrs. Shawse », mais on sentait qu'il y avait anguille sous roche. Walter disposait de la voiture, une conduite intérieure Studebaker, à toute heure du jour ou de la nuit. Il avait toujours de l'argent à miser aux courses et il était un habitué du Dew Drop, où les

Polonaises et les Lithuaniennes n'étaient pas portées sur la ségrégation raciale. Julian était très fier d'avoir conclu la vente d'une Cadillac avec Mrs. Shawse. Elle en voulait une, ou du moins elle était prête à en acheter une en échange de sa Studebaker et de quelques gentilles attentions de la part de Julian. Pendant quelque temps, il fut dans une position difficile. Il ne pouvait décemment pas dire qu'il refusait de lui vendre une voiture ! Un beau jour, il trouva la solution : il lui fit savoir qu'il ne lui donnerait que cent cinquante dollars pour la Studebaker, dont la valeur sur le marché était six fois supérieure : elle accepta. Alors, cherchant le moyen infaillible de repousser Mrs. Shawse, au lieu de se rendre chez elle lui-même il lui envoya Louis, le laveur de voitures qui avait les jambes torses et la figure pleine de boutons, en plus du démonstrateur. Mrs. Shawse finit donc par garder la Studebaker. Il y avait aussi le propre neveu de Harry Reilly, Frank Gorman, l'avorton par excellence. Au cours des dernières soirées, Frank avait commencé à boire tout son soûl à la minute même où sa mère rentrait chez elle. C'est à cause de lui qu'elle venait aux bals du club. Il étudiait à l'université de Georgetown, après avoir été viré de Fordham et de Villanova, sans parler de Lawrenceville, du prytanée militaire de New York, du collège d'Allentown et du lycée de Gibbsville. Frank était un garçon aux mollets de coq qui portait les costumes les plus à la mode à l'université, de ce modèle qui justifie qu'on lui consacre des éditoriaux dans les journaux. Il avait une Chrysler de course, un pardessus de ragondin, une voix plus aigüe que la moyenne et une certaine adresse au basket-ball. Il avait une grande gueule et un coup de poing ravageur, et il acceptait les invitations de la bande des jeunes comme si elles lui étaient dues. C'était le genre de blanc-bec qui connaît ses droits. Son oncle le détestait en secret, et parlait toujours de lui comme d'un jeune chien fou, avec ce qu'on prenait à tort pour de la fierté timide. Il y avait le révérend Mr. Wilk qui avait provoqué une descente de police au club en vertu de la loi Volstead[1]. Il y avait Dave Hartmann qui se servait de ses serviettes de toilette pour faire briller ses chaussures et qu'en sept ans, on n'avait jamais surpris en train de violer le règlement interdisant de donner des pourboires aux domestiques et aux caddies ; il appartenait au club mais refusait d'y faire inscrire sa femme et ses deux filles. Dave fabriquait des chaussures et il avait, disait-il, besoin du club sportif pour la santé de ses affaires. Et puis, quel avantage auraient tiré Ivy et les petites d'appartenir au club, puisque les Hartmann étaient installés à Taqua ? Ça aurait été différent, ajoutait-il, s'il avait habité Gibbsville. Julian se servit un nouveau whisky-soda.

Il voulait poursuivre son passage en revue des gens odieux, membres de ce club, et de ceux qui n'étaient pas odieux mais qui avaient fait des choses impossibles, des choses odieuses. Pour le moment, il n'en tirait rien, ni réconfort ni assurance particulière. Au début, oui, parce que plusieurs choses lui étaient revenues en mémoire, bien pires que ce qu'il avait fait. Ce qu'Ed Klitsch avait fait par exemple. Une chose qui aurait pu avoir un effet désastreux sur une femme respectable comme Mrs. Losch, ou qui aurait pu faire croire à Losch que sa femme avait provoqué la promiscuité de Klitsch. Et ainsi de suite. Mais le problème, c'est que si vous

1. Loi de prohibition de l'alcool aux États-Unis.

essayez de vous remonter le moral en pensant à tout ce que les autres ont fait de mal, c'est que vous vous retrouvez tout seul à réunir toutes ces vilaines actions isolées. Personne, sauf vous, ne prend la peine de se livrer à une telle collection de désastres. Et pour l'instant, c'est lui le héros ou le méchant du drame qui, dans l'esprit de ses amis et connaissances, compte plus que tout. Il ne peut même pas dire : « Mais regardez donc Ed Klitsch. Et Carter… et Kitty ? Est-ce que je ne vaux pas mieux que Mrs. Shawse ? » Le problème, c'est que ni Ed Klitsch, ni Carter, ni Kitty, ni Marylou n'ont de rôle à jouer dans son histoire à lui. Deux autres gamins regardèrent Julian et esquissèrent un salut, mais ceux-là ne restèrent pas à papillonner autour de lui l'air assoiffé, pour se faire offrir à boire. Il y réfléchit après leur départ et voilà qu'à nouveau, comme souvent au cours des dix-huit derniers mois, le spectre de la trentaine lui apparut. Trente ans. Et ces gamins avaient dix-neuf, vingt et un, dix-huit ou vingt ans. Lui, il en avait trente. « Pour eux, se dit-il, j'ai trente ans. Je suis trop vieux pour être invité à leurs fêtes d'étudiants et, si je danse avec leurs petites amies, ils ne s'empressent pas d'y couper court, comme ils le feraient pour quelqu'un de leur âge. Ils me trouvent vieux. » Il dut se le répéter, car, pendant un moment, il n'y crut pas. Ce qu'il croyait en revanche, c'est qu'il était tout aussi jeune qu'eux, mais qu'il était un être plus réel, parce qu'il avait son expérience pour bagage et un visage immuable. Qui donc avait trente ans l'année où il en avait eu vingt ? Mon Dieu, les hommes qu'il considérait avec respect quand il avait vingt ans en ont maintenant quarante. Non, ce n'est pas tout à fait exact. Il prit un nouveau whisky en se disant que ce serait le dernier. Voyons :

où en était-il ? « Oh ! Oui. Quand j'avais quarante... Et, merde ! » Il aurait bien voulu que Mgr. Creedon ait un besoin naturel pressant. Il se leva et alla faire quelques pas sur la terrasse.

C'était une nuit somptueuse (« somptueuse » était un mot romantique qu'il avait intégré à son vocabulaire après avoir lu *L'Adieu aux armes*, mais, ce soir-là, son emploi lui paraissait justifié). La belle neige était toujours là et recouvrait le paysage tout entier ou presque, à perte de vue. La belle neige n'avait pas disparu pendant qu'il était à l'intérieur, qu'il dînait, qu'il dansait avec Constance et Jane, et qu'il enchaînait les verres de whisky en solitaire. Il respira profondément, mais pas trop, car l'expérience l'avait mis en garde contre cet exercice. Ce climat était une chose réelle. La neige et son effet sur le paysage. Les terres agricoles qui avaient été, voilà à peine un siècle, et même moins dans certains cas, des landes sauvages infestées d'authentiques Indiens peaux-rouges, de panthères, de chats sauvages. D'ailleurs, elles n'avaient pas perdu de leur vigueur. Sous cette neige-là sommeillaient des serpents à sonnettes, des crotales et des vipères cuivrées. À une bonne portée de fusil, peut-être un peu plus, galopaient des troupes de daims et vivaient les communautés allemandes de Pennsylvanie qui ne parlaient jamais un mot d'anglais. Il se souvint que, pendant la guerre, au moment de la conscription, certaines familles habitant à la limite de Berks, mais à l'intérieur de cette province, non seulement n'avaient rien compris au conflit, mais en plus, n'étaient jamais venus à Gibbsville auparavant. Quand on le lui avait raconté, cette simple anecdote était à elle seule une histoire. À présent, il aurait aimé qu'on lui en eût dit davantage. Il décida d'étudier plus à fond la question, d'en apprendre plus sur les particularités de sa lande natale. Pour qui se prenait donc le Kentucky qui pensait être le seul état peuplé de péquenauds ? « Je crois que j'aime mon petit pays », se dit-il.

« Bonsoir, mon fils », dit une voix.

Il se retourna. C'était le père Creedon.

« Oh ! Mon père. Bonsoir. Cigarette ?

– Non, merci. Pour moi, c'est un cigare. »

Le prêtre sortit un cigare d'un étui de cuir noir très usé. Il décapita le cigare à l'aide d'une lame d'argent.

« Comment allez-vous en ce moment ?

– Parfaitement, dit Julian. Heu... en réalité, tout va mal. J'imagine que vous avez appris comment je me suis conduit avec un de vos amis hier soir.

– Oui, en effet. Vous voulez parler de Harry Reilly ?

– Oui...

– Eh bien, cela ne me regarde pas, reprit Mgr. Creedon. Si j'étais vous, je ne me ferais pas de mauvais sang pour cette histoire. Je ne pense évidemment pas que Harry Reilly soit content de rater le bal de ce soir et tout ce qui s'ensuit, mais c'est un type raisonnable. Aller le voir, excusez-vous, et faites en sorte que ça ait l'air sincère. Vous lui ferez entendre raison.

– C'est ce que j'ai fait. Mrs. Gorman ne vous l'a pas dit ? Je suis allé le voir cet après-midi, et il a refusé de me recevoir.

– Oh ! Il a refusé ? Eh bien, la prochaine fois que vous le verrez, dites-lui d'aller au diable. »

Il eut un petit rire.

« Non, ne le lui dites pas. Je ne voudrais pas avoir ça sur la conscience. Un serviteur de Dieu qui attise les querelles, tout ça... Je ne sais pas... De toute façon, vous ne m'avez pas demandé conseil. Cela dit, pendant une minute, essayez d'oublier que je suis prêtre : ça reste entre vous et moi, mais je pense que Harry Reilly est un trou du cul. »

Le vieillard et le jeune homme rirent ensemble :

« Oh ! Vraiment ?

– Vraiment. Si jamais vous le répétez, je vous règle votre compte, jeune homme. Mais c'est le fond de ma pensée.

– Moi aussi, dit Julian.

– Nous avons raison, vous et moi, mon fils, dit Mgr. Creedon. Harry est ambitieux. Bon. César était ambitieux, un tas de gens sont ambitieux. Moi-même, j'avais de l'ambition autrefois, et la seule chose que ça m'a apportée, c'est quelques coups dans la figure. L'ambition, c'est très bien quand on sait s'arrêter. Comme dirait F.P.A., l'ambition, c'est à prendre ou à laisser. C'est très bien d'être ambitieux, tant qu'on n'est pas trop ambitieux.

– Vous lisez les éditoriaux de F.P.A. ?

– Mon Dieu, oui. Je reçois le *World* tous les matins. Naturellement, je suis républicain, mais je me fais apporter le *World* en même temps que le *Ledger*. Lisez-vous le *World* ? Je ne croyais pas que les agents de Cadillac savaient lire. Je pensais que tout ce qu'on leur demandait, c'était de savoir tracer un X sur le dos des chèques.

– Je n'ai jamais été destiné à vendre des Cadillac, mon père, ou même à vendre quoi que ce soit.

– À vous entendre, on pourrait croire que… Dieu m'en protège ! Vous ne seriez pas par hasard un littéraire frustré ?

– Oh ! Non, protesta Julian. Je ne suis rien du tout. Je pense que j'aurais dû faire médecine.

– Ah ! Eh bien… »

Le prêtre se tut, mais son ton éveilla la curiosité de Julian.

« Eh bien, quoi, mon père ?

– J'espère que vous ne trouverez pas ceci atroce mais… Non, pas vous… vous êtes protestant… Eh bien, je vais vous dire : il m'est arrivé quelque fois de regretter de ne pas avoir choisi une autre voie. Cela ne vous paraît pas si atroce que ça parce qu'on ne vous a jamais appris à croire à la vocation véritable. Voilà. Je ferais mieux de rentrer à présent. J'oublie constamment que je suis vieux.

– Voulez-vous boire quelque chose ? demanda Julian.

– Volontiers, s'il n'est pas trop tard. Je dois jeûner. »

Il regarda sa grosse montre d'argent.

« Ça va, j'ai le temps. Je vais prendre un verre avec vous. »

Étonnamment, personne n'avait profité de l'absence de Julian pour chiper la bouteille restée sur la table. Les voleurs, c'est-à-dire tous les gens présents, avaient dû croire que le propriétaire du whisky était aux toilettes et pourrait les prendre en flagrant délit de vol d'alcool, crime haïssable.

« Oh ! Du scotch ! Fameux, dit le prêtre. Vous aimez le whisky irlandais ?

– Et comment !

– Je vous enverrai une bouteille de Bushmill. Ce n'est pas le meilleur whisky d'Irlande, mais il est bon. Mais ce que vous avez là est authentique. Ed Charney m'en a envoyé une caisse pour Noël, Dieu sait pourquoi. Je ne ferai jamais rien pour lui. Allons, à votre santé et à une heureuse année. Voyons, demain, c'est la Saint-Étienne. Le premier martyr. Non, je crois qu'il vaut mieux se souhaiter une bonne année.

– Santé ! » dit Julian.

Le vieux prêtre – Julian se demanda quel âge il pouvait avoir exactement – avala son whisky presque cul sec.

« Excellent, ce whisky, dit-il.

– Il me vient aussi d'Ed Charney, dit Julian.

– Charney n'est donc pas complètement inutile. Merci et au revoir. Je vous enverrai ce Bushmill demain ou après-demain. Bonsoir. »

Il partit, le dos un peu voûté, mais l'air vigoureux sous ses vêtements de bonne coupe. Cette conversation avait réconforté Julian et le grand air l'avait désenivré. Les pans de sa jaquette pendant sur ses fesses, ses manches, les jambes de son pantalon étaient encore froids, couverts de froid, à cause du temps qu'il avait passé dehors, mais il se sentait très en forme. Il se précipita pour danser avec Caroline et avec d'autres femmes.

L'orchestre jouait *Three Little Words.* Il repéra Caroline qui dansait – naturellement – avec Frank Gorman. Julian intervint et lui prit sa cavalière, sans se montrer plus poli que de raison.

« M'avez-vous été présenté, monsieur ? dit Caroline. Où étais-tu ? Je t'ai cherché en redescendant des toilettes, sans succès. Es-tu venu m'attendre au bas de l'escalier ? T'es-tu précipité pour réclamer la première danse ? Dis-le-moi ? Non. Loin de là. Et, sur ce, une heure se passe. Et ça continue.

– J'ai fait gentiment la causette avec le père Creedon.

– Le père Creedon ! Quelle blague ! En tout cas, pas si longtemps. Il était à la table de Mrs. Gorman et de ses invités presque toute la soirée. Tu es allé te soûler et tu lui as offert un verre en passant, histoire de pouvoir raconter sans mentir que vous aviez bu ensemble. Je vous connais, monsieur English.

– Tu te mets le doigt dans l'œil jusqu'au coude. Il est resté très longtemps avec moi. Et j'ai appris quelque chose.

– Quoi ?

– Il pense que Harry Reilly est un trou du cul », dit Julian.

Elle ne répondit rien.

« Où est le problème ? Moi aussi, je le pense. Sur ce point, je suis en accord total avec Rome.

– Comment en est-il arrivé à dire ça ? Qu'est-ce que tu lui as dit pour le lui faire dire ?

– Je n'ai rien dit du tout pour le lui faire dire. Tout ce que j'ai dit, c'est… je ne me rappelle plus comment c'est venu. Oh ! Oui. Il m'a demandé comment j'allais, j'ai répondu "Bien", et puis j'ai dit : "Non, tout sauf bien." J'étais dehors sur la terrasse et il est sorti prendre l'air, alors nous avons commencé à bavarder, et j'ai dit qu'il avait probablement entendu parler de mon altercation avec Harry et je lui ai raconté que j'étais allé chez Harry pour lui faire mes excuses et qu'il avait refusé de me voir, et c'est alors que Creedon a dit qu'à son avis, Harry était un trou du cul.

– Ça ne lui ressemble pas.

– C'est bien ce que j'ai pensé, mais il m'avait prévenu. Il venait de m'expliquer qu'il ne parlait pas en prêtre, mais simplement d'homme à homme. Après tout, chérie, aucune loi ne lui ordonne d'aimer tous les gens qui fréquentent son église, n'est-ce pas ?

– Non. Je regrette seulement que tu lui aies parlé

de cette histoire. En admettant qu'il ne se précipite pas pour tout raconter…

– Oh ! Pour l'amour de Dieu. Jamais tu n'as fait aussi fausse route de toute ta vie. Le père Creedon est un chic type.

– Oui, mais il est catholique et ces gens-là se serrent les coudes.

– Penses-tu ! C'est toi qui es en train de transformer tout ça en catastrophe mondiale.

– Ah ! Tu trouves ? Et toi, qu'est-ce que tu fais ? Tu essaies de le faire passer pour une peccadille sans aucune importance, un simple échange de facéties de rien du tout. Tu te trompes, Julian.

– Oh ! Oh ! Oh ! Maintenant, tu me donnes du "Julian", je vois.

– Veux-tu m'écouter ? Cette affaire ne va pas passer d'elle-même ni sombrer doucement dans l'oubli, j'aimerais que tu le comprennes. J'ai essayé de te dire quelque chose que tu aurais dû comprendre tout seul : Harry Reilly est un ennemi coriace.

– Et comment peux-tu le savoir ? Comment connais-tu si bien les traits de caractère, l'humeur vengeresse, peu importe, de Harry Reilly ? Excuse-moi de te le dire, mais tu es vraiment une chieuse.

– Très bien, répondit Caroline.

– Oh ! Excuse-moi. Je suis navré. Vraiment. Je te demande pardon. »

Il la serra contre lui.

« Notre rendez-vous de minuit tient toujours ?

– Je n'en sais rien.

– Tu n'en sais rien ? Tout ça à cause de ce que je viens de dire ?

– Oh ! Je trouve que tu es de mauvaise foi. Je trouve

ton manège ignoble et tu recommences toujours. Tu me fais enrager et puis, tout à coup, tu clos la discussion pour me parler allègrement d'amour et de coucheries. C'est dégoûtant, parce que, si je refuse de dire que je t'aime, c'est toi qui deviens la victime, et voilà. Tu me fais ce coup bas à chaque fois. »

La musique s'arrêta, puis reprit avec *Can This Be Love ?* L'orchestre ratait tous ses rythmes syncopés, et cela troublait Julian qui avait une oreille impeccable en matière de jazz.

« Tu vois ? dit Caroline.

– Quoi ?

– J'avais raison. Tu boudes.

– Je ne boude pas, nom d'un chien ! Veux-tu savoir à quoi je pense ?

– Vas-y.

– Eh bien, ça va te mettre en rogne, je le sais bien, mais ce que je me disais, c'est que cet orchestre est vraiment pouilleux. Tu es fâchée ?

– Un peu, oui, répondit Caroline.

– Ce que je me disais, c'est que prendre un orchestre au rabais, c'est une économie de bouts de chandelles. Après tout, dans un bal, la chose la plus importante, c'est la musique, non ?

– Tu veux vraiment mon avis ?

– Sans la musique, il n'y aurait pas de bal. C'est comme jouer au golf avec des clubs de mauvaise qualité ou au tennis avec une raquette à un dollar ou manger des saletés. Comme tout ce qui est bon marché… »

Il s'éloigna un peu de Caroline pour observer l'effet de ses paroles sur son visage.

« À l'inverse, prenez une Cadillac…

– Oh ! Ça suffit, Ju, s'il te plaît.

– Pourquoi ?
– Parce que je te le demande. Parce qu'il le faut.
– Qu'est-ce qui se passe ? Mon Dieu, comme tu es de mauvais poil ce soir ! Tu m'as demandé de ne pas boire et je n'ai pas bu. Tu…
– Après ?
– Après, tu m'as demandé de ne pas me soûler, je ne suis pas du tout soûl. Tu m'as dit que je pouvais boire un peu. Sortons. J'ai besoin de te parler.
– Non. Je n'ai pas envie de sortir.
– Pourquoi pas ?
– Déjà, il fait trop froid… et puis ça ne me dit rien.
– Bon, la voilà la vraie raison. Est-ce que ça veut dire que tu ne viendras pas à notre rendez-vous pendant l'entracte ?
– Je ne sais pas. Pas sûr. »
Elle parlait lentement.
Il ne dit rien. Bientôt, elle reprit :
« Bon, c'est entendu, je t'accompagne. »
Ils dansèrent jusqu'au vestibule, se séparèrent et coururent jusqu'à la conduite intérieure anonyme la plus proche de la terrasse. Ils entrèrent et elle s'assit, les bras serrés contre les côtes. Il lui alluma une cigarette.
« Qu'est-ce qui se passe, chérie ? demanda-t-il.
– Dieu que j'ai froid !
– Tu veux qu'on ait une discussion ou tu veux simplement me dire que tu as froid ?
– De quoi veux-tu qu'on parle ?
– De toi. De ton attitude. Tenter de découvrir ce qui te ronge. Rien de ce que j'ai fait ce soir ne mérite tes reproches.
– Sauf que tu m'as traitée de trou du cul.
– Tu es folle, jamais je ne t'ai dit ça. C'est le vieux

Creedon qui a traité Harry Reilly de trou du cul. Moi, je t'ai dit que tu étais une chieuse. Ce n'est pas du tout pareil.

– Très bien.

– Et je t'ai dit que j'étais désolé et je le suis. Mais ce n'est pas le sujet. C'est des chamailleries, tout ça.

– Tu veux dire que j'en suis responsable ?

– Oui, pour être honnête, c'est exactement ce que je veux dire. Oh ! Bon Dieu, mais qu'est-ce qu'il y a, nom d'un chien ? Je t'en prie, dis-moi quelque chose. Dis-moi ce que tu as. Engueule-moi, fais n'importe quoi, mais ne reste pas là, pétrifiée, à jouer les martyrs. Comme une espèce de saint Étienne !

– Comme qui ?

– Saint Étienne, le premier martyr. C'est le père Creedon qui me l'a dit.

– Eh bien, vous avez maintenu la conversation à un niveau élevé, à ce que je vois.

– Pour la dernière fois, veux-tu me dire pourquoi tu fais la gueule… Qu'est-ce que tu as ?

– Je suis gelée, Julian, il faut que je rentre. Je n'aurais pas dû sortir sans manteau.

– Je vais chercher une couverture dans les autres voitures, si tu consens à rester.

– Non, je ne crois pas que nous devrions, dit-elle, je rentre. Nous avons eu tort de sortir.

– Tu n'avais aucune intention de parler en sortant.

– Non, en effet. Mais je voulais éviter une scène de ménage dans la salle de bal.

– Une scène de ménage dans la salle de bal ! Bon, très bien. Tu peux t'en aller, je ne te retiens pas. Rien qu'une question. Est-ce que j'ai fait quelque chose ? Une chose qui t'a mise en colère ?

– Non, pas exactement. Non, rien de ce genre.

– Encore une question. Je ferais peut-être mieux de ne pas la poser.

– Vas-y, lui dit-elle, la main sur la portière de la voiture.

– Bon. Est-ce quelque chose que tu as fait, toi ? Est-ce qu'il t'est arrivé quelque chose ? Es-tu tombée amoureuse d'un autre homme ?

– Est-ce que j'ai peloté un garçon ? Est-ce que j'en ai violé un autre pendant que tu t'enfilais du whisky en douce, tout seul, dans le vestiaire ? Non. Mon "attitude", comme tu dis, vient de quelque chose de beaucoup plus subtil, Julian. Mais nous n'entrerons pas dans ces détails pour le moment. »

Il la prit dans ses bras.

« Oh, je t'aime tant. Je t'aimerai toujours. Je t'ai toujours aimée et je t'aimerai toujours. Ne me fais pas ça. »

Elle levait le menton pendant qu'il lui couvrait le cou de baisers et qu'il frottait sa bouche et son nez contre sa poitrine, mais quand il posa sa main gauche en coupe sur son sein droit, elle protesta :

« Non, non, ne fais pas ça, je refuse. Laisse-moi, je t'en prie.

– Tu as tes règles ?

– Je t'en prie, ne parle pas comme ça, ne dis pas ce genre de choses. Tu sais parfaitement que je ne les ai pas.

– C'est vrai. Je le sais. Mais elles auraient pu arriver soudainement.

– Tu crois que c'est la seule explication possible à ce que je ressens ?

– Au moins, c'est *une* explication et il doit y en avoir une. Tu ne veux pas me dire ce que c'est ?

– Ce serait trop long. Et maintenant, je pars. Ce n'est pas comme si tu m'avais fait poireauter ici par une température de près de zéro.

– Heu ! Tu me donnes mon congé. OK ! On s'en va. »

Il sortit de la voiture et essaya une dernière fois de la prendre dans ses bras en proposant de la porter jusqu'à la terrasse, mais elle était déjà debout sur les marches avant même d'avoir eu à dédaigner son aide. Elle entra et tout de suite monta en courant l'escalier des toilettes des femmes. Il savait qu'elle ne s'attendait pas à le retrouver en redescendant, aussi s'en alla-t-il rejoindre le groupe des danseurs. Il vit Mill Ammermann et attendit le moment où elle passerait en dansant assez près du groupe des hommes pour l'enlever à son cavalier, mais tout à coup quelque chose lui arriva qui ressemblait à une migraine. Il ne voyait plus personne dans la salle de bal, plus rien, et pourtant les gens, les lumières, les choses lui blessaient les yeux. La raison, c'était que, en un seul et même instant, il s'était rappelé qu'il n'avait pas demandé à Caroline de dire oui ou non au sujet du rendez-vous à l'entracte, et qu'il se rendait bien compte qu'il était tout à fait inutile de le lui demander.

Il recouvra ses sens, peut-être pas la vue, mais cela lui permit de trouver le chemin du vestiaire où il restait assez d'alcool pour soûler n'importe qui.

V

Caroline Walker tomba amoureuse de Julian English quand elle commença à en avoir assez de lui. C'était durant l'été 1926, l'une des années les plus insignifiantes de l'histoire des États-Unis, et celle où Caroline Walker acquit la certitude que sa vie avait atteint le dernier degré de l'inutilité. Cela faisait quatre ans qu'elle avait quitté l'université et elle avait vingt-sept ans, un âge que personne ne pouvait dépasser, du moins c'est ce qu'elle croyait à l'époque. Elle s'aperçut qu'elle pensait aux hommes de plus en plus et de moins en moins. C'est comme cela qu'elle en parlait et elle savait que c'était exact, sans se donner le souci de décoder sa propre contradiction. « Je pense à eux plus souvent et j'y pense moins souvent. » Elle avait connu des passions plus ou moins intenses, partagées ou non (ce dernier cas, fort rare). Des hommes, et des hommes vraiment épatants, tombaient amoureux d'elle avec une régularité réconfortante, et ils l'empoisonnaient tellement, dans un sens ou dans l'autre, qu'il lui était impossible de penser sans mentir qu'elle n'était pas séduisante. Elle souffrit beaucoup de ne pas être belle – jusqu'au jour où un vieux monsieur très gentil, un peintre de Philadelphie spécialisé dans les portraits de femmes du monde, lui avait dit qu'il n'avait jamais vu une seule belle femme.

Cet été-là, elle examina de trois façons la vie qu'elle menait depuis sa sortie du collège. Elle la considéra comme une vie unicellulaire, mais qui renverserait les exploits de l'amibe. Les jours fusionnaient pour former une vie et perdaient leur identité singulière. Puis se représenta ces quatre années comme des années de calendrier coupées, de façon traditionnelle, par l'assemblée (veille du jour de l'an), l'assemblée du 3 juillet, Pâques, la veille de la Toussaint, la fête du Travail. Mis bout à bout, cela faisait quatre ans, elle en avait passé autant à Bryn Mawr College. Comme le temps consacré à ses études, ces années lui avaient semblé en même temps très longues et très courtes, sans ressembler complètement à sa jeunesse estudiantine, qui, elle, lui avait apporté quelque chose. Ces quatre années-ci n'avaient pas eu le caractère compact des années de collège et elles ressemblaient à un grand gâchis.

Elles avaient été gaspillées. Quand venait son tour, elle allait faire la classe aux petits Italiens et aux petits Noirs de la mission de Gibbsville, qui tient lieu de Ligue des jeunes. Mais cela ne lui plaisait pas. Elle n'avait ni sang-froid ni autorité devant ces enfants, devant n'importe quels enfants d'ailleurs, et elle savait qu'elle ne serait jamais professeur. Il y avait deux ou trois de ces enfants qu'elle aimait presque, mais quelque part, tout au fond de sa tête, elle en trouvait la raison : les enfants qu'elle préférait étaient ceux qui ressemblaient le moins à leurs camarades de la mission, et le plus aux enfants de Lantenengo Street, aux enfants de ses amies. Un seul faisait exception : un gosse irlandais aux cheveux roux dont elle était certaine qu'il avait crevé ses pneus et lui avait caché son chapeau. Jamais il ne l'appelait miss Walker ou miss Car'line, comme ses autres jeunes élèves. Il avait dans les onze ans – l'âge limite des enfants de la mission était de douze ans – et vingt ans encore lui étaient nécessaires pour atteindre l'âge inscrit à cette époque sur sa figure. Elle l'aimait bien, mais elle le détestait ; elle avait peur de lui et de la façon dont il la fixait quelquefois quand il ne chahutait pas. Rentrée chez elle, lorsqu'elle pensait à lui, elle se disait que c'était un enfant dont l'énergie excessive pouvait et devait être canalisée vers des buts utiles. En somme, c'était un enfant malicieux, et il pouvait être « sauvé »... Telles étaient pratiquement toutes ses connaissances en sociologie à cette époque. Elle en acquerrait quelques autres avec le temps.

La mission de Gibbsville était une vieille maison de brique à trois étages située dans la partie la plus mal famée de la ville, et fonctionnait grâce aux cotisations des gens de Lantenengo Street ; on y amenait des bébés pour la journée, et des jeunes filles comme Caroline s'en occupaient aidées par une infirmière. Puis, dans l'après-midi, quand les écoles communales et paroissiales fermaient leurs portes, les enfants de moins de douze ans venaient y jouer ou écouter des lectures jusqu'à six heures. Ensuite, on les renvoyait chez eux, avant le souper, après leur avoir coupé l'appétit en leur faisant boire un demi-litre de lait.

Un après-midi du printemps de 1926, Caroline avait dit au revoir aux enfants, avait fait sa ronde et vérifié la fermeture des portes. Elle se préparait à quitter la mission pour la nuit. Alors qu'elle mettait son chapeau, debout devant la glace du bureau, elle entendit des pas. Avant qu'elle ait pu voir qui était là – elle comprit que c'était un enfant – deux bras entourèrent ses jambes, deux mains remontèrent sous ses jupes et une petite tête rouquine s'enfouit dans son ventre. Elle le frappa et essaya de le repousser, y parvint finalement, mais ses immondes petits doigts l'avaient touchée là où il en avait envie ; elle en perdit la tête et le roua de coups, le lança à terre et, à coups de pied, le fit sortir du bureau, rampant et sanglotant.

Pendant les quelques jours qui suivirent, Caroline vécut dans la crainte que ces mains sales ne lui aient transmis une maladie vénérienne. Il ne revint plus et elle donna sa démission la semaine qui suivit ; mais, pendant longtemps, elle resta persuadée qu'elle avait la syphilis ou *autre chose*. Cet incident la convainquit d'aller, morte de honte, consulter le Dr Malloy à qui elle raconta toute l'histoire. Il l'examina très scrupuleusement – ce n'était pas son médecin de famille – et lui dit de revenir le lendemain chercher les résultats de ses analyses ; à ce moment-là, d'un ton neutre, il lui annonça simplement qu'elle pouvait se marier et avoir des enfants, qu'il n'y n'avait aucun problème. Lorsqu'elle insista pour le payer, il lui demanda quinze dollars. Cet argent, sans en informer Caroline naturellement, il le donna à la mère du petit rouquin, estimant que la mère d'un tel enfant apprécierait tout ce qui aurait l'air d'un cadeau, sans se préoccuper de sa justification.

Telle fut la façon parfaitement déplaisante dont Caroline, pour la première fois, se mesura au sexe fort. Dans les jours qui suivirent, la scène ne quitta pas sa pensée. Quand elle se demandait : « Mais pourquoi a-t-il fait ça ? », il lui venait toujours la même réponse : c'est à cela qu'il fallait s'attendre de la part des hommes, c'est cela que son éducation lui avait appris à attendre d'eux. Beaucoup d'hommes avaient promené leurs mains sur elle, et elle en avait autorisé certains. Elle était encore vierge à cette époque et, jusqu'à ce que l'enfant se soit livré à son mystérieux attentat, elle croyait se dominer plutôt bien, sexuellement parlant. Après l'attentat, elle reconstruisit ou plutôt détruisit complètement ses opinions sur les hommes et le sexe en général ; l'unique conséquence durable de « ce fameux après-midi à la mission », comme elle le désignait au cours de ses fréquentes introspections, fut de lui révéler l'ampleur de son ignorance en matière sexuelle. Elle savait qu'elle était tout à fait inexpérimentée, et, pour la première fois, elle se rappela classifications de Havelock Ellis et Krafft-Ebing, et d'autres psychologues moins éminents, et elle comprit qu'elles contenaient autre chose que de la simple pornographie.

Avant cet été-là, Caroline avait été profondément amoureuse deux fois dans sa vie, bien que, depuis le jour où elle avait relevé ses cheveux, elle ait toujours été entichée d'un garçon. L'un d'entre eux, le premier, avait été son cousin éloigné, Jérôme Walker. Il était de naissance et d'éducation anglaises, arrivé à Gibbsville en 1918. Il avait environ vingt-cinq ans et il était capitaine dans l'armée britannique. Il en avait terminé, en ce qui concernait la guerre ; on lui remplaçait petit à petit l'os de la jambe gauche par de l'argent. S'il se trouvait aux États-Unis, qu'il n'avait jamais visité auparavant, c'était pour enseigner l'art moderne de la guerre aux nouvelles recrues. Les jeunes filles de Gibbsville se jetèrent à son cou lorsqu'il vint passer une permission d'un mois chez Caroline, et il fut invité partout : un beau parti. Il portait un pantalon large assez peu réglementaire et la badine qu'il tenait à la main possédait une lanière de cuir qu'il enroulait autour de son poignet. Sa tunique était admirablement coupée et le mince ruban bleu et blanc de la Military Cross, que personne ne reconnaissait, donnait une petite note de couleur bienvenue à son uniforme. Sa taille, plutôt petite, s'accordait avec le fait qu'il était mutilé, « infirme de guerre » comme disaient la plupart des femmes et des hommes à Gibbsville. Il examina Caroline d'un long et attentif regard et décida sur-le-champ que cette fille au chapeau tricorne, aux longues guêtres grises, au costume tailleur de bonne maison, valait le coup. Il était absolument sûr de pouvoir conclure l'affaire en un mois.

Il y réussit presque. Le père de Caroline était mort et sa mère était sourde, le genre de personne sourde qui, pour ne pas admettre sa surdité, refuse d'apprendre à lire sur les lèvres ou à se servir d'un cornet acoustique. Dans la maison Walker, sur Southmain Street, il y avait Caroline, sa mère, la cuisinière et la femme de chambre. Et Jerry.

La première fois qu'il l'embrassa, il fut sur le point d'abandonner l'idée de se lancer dans une aventure avec elle. Dans cette pièce bien chauffée à Gibbsville, Pennsylvanie, Amérique, on était rudement loin de la guerre, et il n'y avait rien de très belliqueux dans le « Oui, oui, Marie, *will you do ziss for me* ? » du disque qui tournait sans arrêt sur le phono. Caroline, si elle n'avait pas eu son abominable accent, aurait pu être sa compatriote, la sœur d'un ami d'Angleterre. Mais, quand elle se leva pour changer de disque, il avança la main pour prendre la sienne et l'attirer vers lui ; il la fit asseoir sur son genou droit et l'embrassa. Elle s'abandonna à lui sans résistance, en pensant seulement : « Après tout, pourquoi ne pas s'embrasser ? » Mais le baiser ne fut pas très réussi parce qu'ils se cognèrent le nez en essayant de pencher leur tête de manière adéquate, et il la laissa partir. Elle arrêta le Victrola et revint s'asseoir à côté de lui. Il lui prit la main et elle regarda leurs mains et aussitôt leva les yeux vers lui. Ils restèrent silencieux, et, lorsqu'elle le regarda, il souriait avec beaucoup de douceur. Un sourire nerveux vint s'esquisser puis disparaître sur ses lèvres, puis elle se rapprocha de lui et lui donna un vrai baiser. Mais le moment d'absence de scrupules avait passé pour lui. Elle n'était plus qu'un corps avec des sens, et le garçon eut le sentiment effrayant que, tant qu'elle était dans cet état, il pourrait lui faire tout ce qu'il voudrait, n'importe quoi, sans qu'elle lui opposât résistance.

Cela dura une minute, deux minutes, peut-être cinq, avant qu'elle ne se replie graduellement sur elle-même et pose sa tête sur son épaule. Elle était humiliée et reconnaissante, car jamais auparavant elle ne s'était laissée aller ainsi.

« Allumons une cigarette, dit-elle.

– Vous fumez ?

– Je n'ai pas la permission, mais je la prends. C'est vous qui la tiendrez et je tirerai dessus. »

Il sortit son porte-cigarettes en argent de sa poche de pantalon et elle fuma ; elle ne tenait pas la cigarette de façon très experte, mais aspirait d'énormes bouffées. S'il avait dû la décrire, assise là, à souffler sa fumée par la bouche et par le nez, et à griller sa cigarette beaucoup trop vite, il aurait employé l'adjectif « mignonne ». Il lui prit la cigarette pour la laisser refroidir, et c'est à ce moment-là qu'ils entendirent dans la grande allée la reprise brutale de la voiture de sa mère, une Baker électrique, qui rentrait à l'écurie. Caroline se leva et mit *Poor Butterfly* sur le Vic.

« C'est un de nos vieux disques, dit-elle, mais je l'aime bien parce que l'air est tellement syncopé. »

Chaque fois qu'elle entendait un son qui ressemblait à celui des billes de bois de la trompette bouchée, elle appelait ça « syncopé ».

À partir de ce jour-là, ils s'embrassèrent souvent, dans les couloirs, à l'office, et dans le cabriolet de Caroline, une Scribbs-Booth dont les sièges étaient drôlement disposés ; celui du conducteur se situait une trentaine de centimètres en avant de l'autre, rendant l'acte du baiser un peu gauche.

Il s'en alla sans lui avoir dit qu'il l'aimait et sans avoir fait d'elle une femme. Il mourut de gangrène moins de six mois après avoir visité Gibbsville, et sa famille mit deux mois à écrire à Caroline et à sa mère. Ceci contribua à diminuer le chagrin de Caroline, qu'il ait pu reposer mort dans sa tombe tandis qu'elle pensait toujours à lui comme son grand amour, tandis qu'elle prenait du bon temps avec tous les garçons qui revenaient de France, de Pensacola, de Boston et du camp d'entraînement de marine des Grands Lacs. Elle avait le vent en poupe, et elle embrassait beaucoup d'hommes comme elle avait embrassé Jérôme Walker, avec le même abandon, sauf qu'elle savait s'y prendre désormais, et qu'elle s'arrêtait au bon moment. Elle se mit à fréquenter les bals d'étudiants autant que Bryn Mawr le lui permettait et s'amusa comme une folle avec les jeunes gens de l'université. Ils étaient redevenus drôles avec la fin de la guerre, et leur malaise collectif de ne pas appartenir à l'armée des combattants avait disparu : maintenant, il était tout à fait permis de s'amuser en public. Caroline s'apprêtait à partir passer le week-end à Easton, où Ju English était étudiant, quand sa mère lui lut une lettre arrivée d'Angleterre, dans laquelle les Cecil Walker parlaient surtout de la reconnaissance éprouvée pour l'hospitalité que leur fils avait reçue à Gibbsville, comme ils disaient. Il y avait une seule allusion à Caroline. C'était : « Et si vous et votre chère petite fille veniez en Angleterre, nous serions... »

Oh ! Ça va... Mais non, ça n'allait pas. Elle savait, ou elle espérait savoir, que s'il n'en avait pas dit davantage à sa mère, c'était pour qu'elle n'aille pas imaginer des choses. Pourtant, dans le train qui l'emmenait à Easton, elle se sentait déprimée. Quand nos pensées prennent cette direction, cela marque une date, une période de notre vie, et Caroline, au cours des jours et des années qui suivirent, fit toujours remonter la fin de son adolescence à ce trajet de chemin de fer vers Easton. Toute sa vie, avant de tomber amoureuse de Julian English, elle devait penser que, si les choses avaient tourné autrement, elle aurait épousé son cousin et vécu en Angleterre. Elle pensait toujours à l'Angleterre avec une grande sympathie. Toutefois, lorsqu'elle alla en Europe en 1925, elle n'alla pas rendre visite aux parents de Jérôme. Son voyage ne devait durer que deux mois et, à ce moment-là, elle était amoureuse d'un homme bien vivant.

Joe Montgomery pouvait appartenir à beaucoup de catégories. Poivrot. Faux frère. Fils à papa. Gravure de mode. Joie des petites jeunes filles. *Roué**. Agent de change. Vétéran de guerre. Maître d'hôtel en extra. Et ainsi de suite. Tout cela revenait exactement au même. Sa grande prétention à la distinction venait de ce qu'il avait connu Scott Fitzgerald à Princeton, et aux yeux de Caroline, cela faisait de lui l'ambassadeur d'un pays intéressant, plein de gens tout aussi intéressants qu'elle aurait aimé rencontrer et regarder vivre. Naturellement, elle ignorait le fait qu'elle-même occupait une place honorable dans la communauté qu'elle croyait voir représentée par Joe Montgomery, et que Scott Fitzgerald évoquait dans ses livres. La seule chose qu'elle savait, c'est qu'elle était une fille de Gibbsville, et que ni la ville ni ses habitants n'étaient dignes d'apparaître dans des livres.

Joe Montgomery, lui, était un gars de Reading, qui se trouve au croisement de deux grandes lignes venant de New York, mais qui est en réalité dans le même rayon que Hartford ou New London – fait en apparence inconnu des gens de New York ou même de la plupart des gens de Reading, mais que Joe Montgomery considérait comme une évidence. Son père était tellement riche qu'il avait sombré avec le *Titanic*, et l'on disait de Henry Montgomery, comme de presque tous les autres hommes inscrits sur la liste des passagers de ce navire, *a)* qu'il avait été un héros, *b)* que le capitaine avait dû lui faire sauter la cervelle parce qu'il prenait la place des femmes et des enfants dans les canots de sauvetage. Du passé de Joe Montgomery, Caroline gardait quelques vagues souvenirs, les visions d'une Stutz Bearcat, d'un manteau de ragondin, des complets de chez Brooksy, et une certaine réputation locale de joueur de golf. Il connaissait quelques personnes à Gibbsville, et il était l'ami de Whitney Hofman, mais il y venait rarement.

En 1925, il n'était guère plus qu'un nom pour Caroline quand ils se trouvèrent brusquement réunis pendant une semaine de réjouissances à East Orange, juste avant son voyage en Europe. Elle était demoiselle d'honneur dans un mariage, et lui était garçon d'honneur. Elle fut transportée de joie et d'orgueil en l'entendant dire : « Seigneur !... Mais vous n'avez pas besoin de me présenter à Caroline Walker. Nous sommes de très vieux copains, elle et moi. N'est-ce pas, Caroline ? » Il était certainement le plus chic de toute la noce et elle l'embrassa sans doute plus fréquemment et plus passionnément que tous les autres garçons d'honneur. Il dut s'en apercevoir, car il resta à New York pour être près d'elle la semaine qui précéda son départ. Le brouhaha de la noce se termina le dimanche, le dernier jour de mai, et elle embarquait sur le *Paris* le samedi suivant. Il essaya de monopoliser tout son temps et y réussit presque. Il l'emmena au théâtre : *Lady, Be Good*, avec les Astaire et Walter Catlett, qu'elle avait déjà vu à Philadelphie ; *What Price Glory ; Rose Marie ;* Richard Bennett et Pauline Lord dans *They Knew What They Wanted ;* les Garrick Gaieties. Il faisait une chaleur étouffante, même si ce n'était que la première semaine de juin. Le pays tout entier semblait avoir envie de mourir et, guidés par un ancien vice-président qui avait fait jadis une remarque sur ce que le pays désirait, beaucoup de gens en profitèrent pour mourir. Joe disait sans arrêt : « Bon Dieu ! » et ne pouvait oublier la chaleur ; aussi, à la fin du premier acte de *What Price Glory*, n'eut-il aucune difficulté à la persuader de ne pas retourner dans le théâtre. Sa voiture, un cabriolet rouge Jordan, était en ville, et il lui proposa d'aller faire un tour à Long Island, Weschester, n'importe où.

« Je vous dirai des gros mots et je vous raconterai des histoires de guerre, lui dit-il. Comme ça, vous vous croirez encore au théâtre. »

Il eut assez d'intuition pour essayer de ne pas trop parler avant d'avoir quitté la ville. La chaleur était atroce ; Caroline la sentait monter dans ses narines et tous les gens dont elle croisait le regard arboraient un sourire idiot comme pour s'excuser de la température. Elle aussi devait avoir la même expression.

Enfin, ils arrivèrent à un endroit de Long Island qui s'appelait, lui apprit Joe, Jones's Beach.

« Quel genre de dessous portez-vous ?

– Ah ! Voilà ce qu'il en est.

– Oui, exactement. Je n'irai que si vous y allez. »

Son cœur battait à grands coups, et ses jambes tremblaient un peu, mais elle répondit :

« Entendu. »

Elle n'avait jamais vu un homme adulte complètement déshabillé, et, quand il s'écarta de son côté de la voiture pour se diriger vers l'eau, elle fut soulagée de voir qu'il portait un short, qui faisait partie de ses sous-vêtements.

« Entrez le premier ! » cria-t-elle.

Elle voulait qu'il soit dans l'eau avant qu'elle ne quitte l'abri de la voiture, en soutien-gorge et petite culotte. Il comprit et ne la regarda que lorsqu'elle fut en train de nager à quelques mètres de lui.

« Mes cheveux vont être dans un de ces états ! dit-elle.

– Trop tard pour s'en préoccuper. Froid ?

– Plus maintenant, dit-elle.

– J'aurais dû allumer un feu. Pas pensé.

– Mon Dieu ! Jamais de la vie. Pour que les gens le voient et se précipitent ici ! Heureusement que vous n'y avez pas pensé !... »

Il sortit le premier.

« Ne restez pas trop longtemps, lui dit-il. Vous pourrez vous servir de ma chemise comme serviette. »

Il retourna jusqu'à la voiture, mit le moteur en marche et tint près de la machine sa chemise humide de transpiration.

« Il faut sortir maintenant ! » cria-t-il.

Elle sortit, en tirant sur sa petite culotte trempée pour parvenir au maximum de décence. Son soutien-gorge ne soutenait rien du tout, et elle aurait pu pleurer de rage de voir ses seins se balancer autant. Joe avait beau être gentil, il allait forcément remarquer sa poitrine.

« Ne soyez pas gênée, dit-il, j'ai déjà vu des femmes nues.

– Oh !... bafouilla Caroline. Moi, vous ne m'avez pas vue, vous ne m'aviez pas encore vue...

– Je vous en prie, arrêtez. Vous allez gâcher tout le plaisir de la baignade. Retournez dans l'eau, faites quelques brasses et puis vous sortirez sans penser à votre gêne. En tout cas, sans que ça vous paralyse. Allez-y. »

Elle lui obéit et se sentit mieux. Elle avait l'impression d'avoir quatorze ans. Moins. Elle n'avait pas surmonté son embarras mais elle n'avait plus peur. Elle se sécha avec la chemise chaude de Joe.

« Je ne sais pas ce que je vais faire de mes cheveux.

– Tenez. »

Il lui lança un mouchoir propre.

« Ça les arrangera un peu. »

Ça n'arrangea rien du tout.

Il lui donna le veston de son smoking et l'encouragea à le passer sur sa robe du soir, et ils fumèrent des cigarettes avec une vague sensation d'inconfort.

« Bien sûr, nous aurions pu nous épargner ces tracas en allant dans une piscine ou sur une plage normale.

– Maintenant, je suis contente que nous ne l'ayons pas fait, dit-elle.

– Vraiment ? C'est ce que je voulais vous faire dire.

– Vraiment ? Alors, je suis contente de l'avoir dit. »

Il l'entoura de son bras et essaya de l'embrasser.

« Non, dit-elle.

– Très bien.

– Ne gâchez pas tout, ajouta-t-elle.

– Ça ne gâcherait rien. Pas maintenant. Du moins, je ne pense pas. J'ai attendu que vous soyez rhabillée.

– Oui, et je suis bien contente que vous ayez attendu. J'apprécie cela de votre part, Joe. Mais même maintenant. Vous comprenez très bien.

– Non, franchement. Je ne vois pas ce que vous voulez dire.

– Mais si, vous savez... vous... Oh ! Zut !

– Oh ! Vous voulez dire parce que je vous ai vue déshabillée ?

– Mm... mmm », répondit-elle, bien que, jusque-là, elle ait pensé que, à proprement parler, il ne l'avait pas vue *complètement* déshabillée. Maintenant, elle regrettait de ne pas s'être mise totalement nue. De toute façon, il faut y passer un jour, et, avec Joe, elle avait eu une belle occasion.

« D'accord », dit-il. Et il enleva son bras.

Ils parlèrent du voyage qu'elle allait faire en Europe. C'était son premier. Il lui dit qu'il aurait aimé l'accompagner ou du moins la rejoindre à temps pour lui faire visiter Paris et tout, mais c'était impossible. Il devait jouer au petit garçon bien sage qui travaille à la National City Bank, parce qu'il était grand temps de faire quelque chose pour gagner sa vie. Un avocat véreux et la stupidité de sa mère avaient entamé l'héritage de son père. Alors, il travaillait à la National City Bank, dans un bureau à Reading, contre un salaire qui lui prouvait simplement qu'il ne valait pas grand-chose. Elle n'arrivait pas à avoir vraiment pitié de lui. Elle avait vu la maison des Montgomery, la Rolls de Mrs. Montgomery…

« Tout ça est très intéressant, dit-elle, mais je crois que nous pourrions reprendre le chemin de la ville. À quelle distance sommes-nous ?

– On a tout le temps. Ce n'est pas loin. Je ne sais pas exactement la distance. Ne rentrons pas tout de suite. Vous allez partir bientôt et pour si longtemps.

– Mais j'ai des tas de choses à faire, dit-elle, vous n'avez pas idée.

– Oh ! Mais si. Serviettes éponges : six. Tricots de laine épais : six. Mouchoirs : douze. Deux chandails. L'école fournira les draps et les couvertures, mais nous conseillons… Etc. Tout doit être marqué à l'encre indélébile ou à l'aide d'initiales tissées cousues.

– Mais je dois… il faut que…

– Les parents sont expressément priés de ne pas donner aux élèves trop d'argent de poche. Un dollar et demi par semaine suffit à la plupart des besoins.

– Oh ! Joe !

– L'usage de motocyclettes est formellement interdit.

– Et celui des cigarettes ?

– Les élèves de bonne famille sont autorisés à fumer s'ils ont la permission écrite d'un ou des deux parents.

– Je pourrais vous raconter des choses que vous ne savez pas, dit-elle.

– Par exemple ?

– Oh !… Les écoles de filles.

– Pas difficile. Dans le cas où une élève se voit contrainte de manquer la classe ou d'autres activités scolaires, à intervalles réguliers au cours de l'année scolaire, une lettre du médecin de famille adressée à l'infirmière de l'établissement…

– En voilà assez », dit-elle.

Elle était confuse et furieuse contre elle-même. Voilà qu'elle était en train de parler des détails les plus intimes de la vie d'une femme avec un homme qu'elle ne connaissait pas – pas vraiment. C'était sa deuxième première fois de la soirée : il était le premier à l'avoir vue dévêtue (elle avait des doutes légitimes sur la protection assurée par sa petite culotte) et il était le premier qui lui parlait de *cela*. Elle détestait tous les euphémismes qu'on employait pour désigner cette chose. Quand elle y pensait, elle employait l'expression consacrée du collège de Bryn Mawr : « dispense de gymnastique ».

Il avait remis son bras autour d'elle et sa tête près de la sienne. Il pensait qu'elle était fâchée contre lui, et elle, pour le moment, se sentait froide ; mais, bientôt, elle posa la tête sur son épaule et lui tendit sa bouche pour qu'il l'embrasse, puis s'abandonna complètement à lui. Il fit glisser sa robe et lui baisa les seins, et elle, elle lui caressait et lui cajolait la tête. Elle attendait sans appréhension ce qu'il allait faire ensuite. Elle croyait savoir ce que ce serait, et se préparait à ne pas résister. Mais elle se trompait. Il remonta brusquement ses bretelles et les remit là où elles devaient être. Elle respirait comme si elle s'était arrêtée de courir quelques secondes plus tôt, à souffles lents et profonds.

« Vierge ?

– Oui, dit-elle.

– Sûr ? Je vous en prie, dites-moi la vérité.

– Hmmm… hmm ! C'est vrai.

– Est-ce que vous m'aimez ? dit-il.

– Oui, je crois que oui, Joe.

– Quel âge avez-vous ?

– Vingt-cinq ans. Bientôt vingt-six. Non. Je les ai, les vingt-six ans.

– Donc vous tenez à rester vierge jusqu'au mariage. C'est pour ça que vous l'êtes restée.

– Peut-être, répondit-elle, je ne sais pas. »

Elle se mordit la lèvre inférieure.

« Jamais ça n'a été comme ça. »

Elle lui mit les bras autour du cou. Il l'embrassa.

« Voulez-vous vous fiancer avec moi ? demanda-t-il. Y a-t-il quelqu'un d'autre ?

– Non, personne d'important en ce moment.

– Alors ?

– Oui, dit-elle. Vous ne voulez pas l'annoncer ou quoi que ce soit de ce genre, n'est-ce pas ?

– Non. Je pense qu'il vaut mieux être raisonnable et vous laisser faire votre voyage : deux mois loin de moi pour voir si vous m'aimez toujours.

– Est-ce que vous m'aimez ? demanda-t-elle. Vous ne me l'avez pas encore vraiment dit.

– Je vous aime, dit-il. Et vous êtes la première à qui je le dis depuis… 1925… huit ans. Me croyez-vous ?

– C'est possible, dit-elle. Huit ans. Vous voulez dire depuis 1917. La guerre ?

– Oui.

– Qu'est-il arrivé ?

– Elle était mariée.

– Vous la voyez encore ?

– Pas depuis deux ans. Elle est aux Philippines. Son mari est dans l'armée et à présent, ils ont trois enfants. Tout est fini entre nous.

– Est-ce que vous m'épouseriez si je n'étais pas vierge ?

– Je ne sais pas. Honnêtement, je n'en sais rien. Ce n'est pas pour ça que je vous ai posé la question. Je voulais savoir, parce que… voulez-vous connaître la vérité ?

– Bien sûr.

– Eh bien, si vous ne l'aviez pas été, je vous aurais proposé de passer la nuit avec moi.

– Et, dans ce cas, vous ne m'auriez probablement pas demandée en mariage ?

– Peut-être. Je ne sais pas. Mais je veux sincèrement vous épouser. Vous le ferez, n'est-ce pas ? N'allez pas avoir le béguin pour un Français !

– Pas de danger ! Je n'ai presque plus envie de partir. Mais sans doute cela vaut-il mieux. »

Sa voix était grave et dramatique.

« Qu'est-ce qui vous fait dire ça ?

– Une raison évidente. J'ai une théorie, Joe. Je me suis toujours dit que, quand j'aimerais un homme au point de vouloir l'épouser, je coucherais avec lui avant que nous rendions publiques nos fiançailles, et puis on ferait de courtes fiançailles et on se marierait presque tout de suite.

– Oh ! Cela veut donc dire que, de toute votre vie, vous n'avez pas encore été amoureuse ?

– Non, ça ne veut pas dire ça. Pas vraiment. Mais je n'ai pas été amoureuse depuis que j'ai pris cette décision. Depuis que j'en ai appris davantage sur le sexe. Mon Dieu ! Est-ce que cette horloge fonctionne correctement ?

– Elle avance de quelques minutes.

– De combien de minutes ?

– Oh ! Je ne sais pas.

– Non, honnêtement. Même si elle avance d'une demi-heure, voyez ce que ça fait ! Nous devons rentrer. J'en suis navrée, mais s'il vous plaît, mon chéri.

– Très bien », dit-il.

À mi-chemin, en rentrant en ville, elle se rappela quelque chose qui lui donna envie de pousser un cri, de se dissoudre, de mourir. Le pire, c'est qu'il fallait qu'elle le lui dise sur le champ.

« Joe, mon chéri, dit-elle.

– Oui, m'dame.

– Je viens tout juste de me rappeler une chose, la pire que je puisse imaginer. Oh ! la barbe. Si seulement les gens…

– Qu'est-ce que c'est ?

– Je ne pourrai pas vous voir demain soir.

– Pourquoi pas ? Vous ne pouvez pas vous libérer ?

– Non, j'aurais dû vous le dire plus tôt, mais je ne savais pas que vous et moi… J'allais vous en parler. De tout ça, ce soir… nous deux. Il y a des gens qui viennent de Gibbsville pour me dire au revoir.

– Qui ? Qui est-ce, ce type ?

– Mais ce n'est pas seulement… Il y a bien un garçon…

– Qui ? Est-ce que je le connais ?

– Je ne sais pas. Julian English. Il vient avec des gens qui s'appellent Ogden. Vous les connaissez, je crois.

– Froggy ? Mais oui. J'ai aussi rencontré English, une fois ou deux. Il est à l'université, n'est-ce pas ?

– Non. Il a fini.

– Amoureuse de lui ? J'espère bien que non. Il n'est pas si séduisant. Il triche aux cartes. Il se drogue.

– C'est faux ! Il ne fait rien de tout ça. Il boit peut-être un peu trop.

– Oh ! Chérie ! Vous ne voyez pas que je blague ? Je ne sais rien de lui. Je ne suis même pas sûr de pouvoir le reconnaître si je tombais sur lui. Si, si, je le reconnaîtrais. Mais vous ne l'aimez pas, si ?

– C'est toi que j'aime. Oh ! je t'aime. Je t'aime ! Et c'est pour ça que c'est affreux. Je voudrais que tu te joignes à nous demain soir, ma dernière soirée avant l'embarquement. Mais je ne pense pas que ce serait une bonne idée.

– Oh ! Non. Mr. English n'aimerait pas cela du tout.

– Il ne s'agit pas de lui. Je ne pensais pas à lui. Mais Jane et Froggy viennent du fin fond de Gibbsville uniquement pour me souhaiter bon voyage et nous avons projeté une grande virée dans New York demain soir. Maintenant, ça ne me dit plus rien, mais je ne peux plus rien y faire, c'est trop tard.

– Eh ! Non, tu as raison, c'est bien là le problème, nom de Dieu ! Si j'ai jamais vu une fille du genre courant d'air, c'est bien toi.

– Tu m'écriras souvent, n'est-ce pas ?

– J'écrirai tous les jours et j'enverrai un câble toutes les fins de semaine. Et qu'est-ce que j'aurai en échange ? Une carte postale que j'aurais honte de montrer à ma propre mère et un cache-col de chez Liberty, ou peut-être un briquet de chez Dunhill. »

Ils s'arrêtèrent à une pharmacie pour acheter un peigne avant de se diriger vers le Commodore, où Caroline logeait avec Lib McCreery et Is Stannard, des camarades de classe de Bryn Mawr qui allaient voyager avec elle. La brise mourut quand ils arrêtèrent la voiture, la chaleur revint et tout devint peu à peu légèrement désagréable ; elle avait envie de rentrer dans sa chambre, de se tremper dans un bain. Leurs adieux furent précipités ; elle avait trop conscience d'être plus moche que nature pour y prendre le moindre plaisir.

C'est une des choses qu'il évoqua dans ses premières lettres. Il était forcé de rester à New York dans cette chaleur intenable, tandis qu'elle était au frais, qu'elle pouvait, à bord de son bateau, avoir l'impression d'être un être humain. Les lettres de Caroline étaient ardentes, amusantes et amusées, débordantes d'un amour neuf et soudain. Nicholas Murray Butler, Anne Morgan, Eddie Cantor, Geneviève Tobin et Joseph E. Widener étaient à bord. « Je me demande si je l'aime » devint une chanson, à cause du ton qu'elle prenait pour se le demander, et, tout doucement, elle ne cessait de chantonner : « Je me de-mande, je me de-mande… »

« Qui ? Joe Widener ? demanda Lib.

– Pour le Joe, tu as gagné.

– Joe English, le type qui est venu au bateau ?

– Il s'appelle Ju, *J-u*, diminutif de Julian.

– Alors, qui est-ce ?

– Tu ne le connais pas, dit Caroline.

– Oh ! J'y suis, l'homme qui t'a ramenée à l'hôtel dans cet état épouvantable.

– Lui-même. »

Mais, quand les lettres de Joe arrivèrent, elles ne s'accordaient pas avec l'état d'esprit de Caroline. Elles révélaient de la mauvaise humeur, de la susceptibilité, et, tout en se précipitant directement sur les passages romantiques, Caroline ne pouvait pas se voiler la face en feignant d'ignorer que cette partie de la lettre avait tout d'un post-scriptum. Elle en tint la chaleur de New York et de Reading pour responsables, fut désolée pour lui et le lui dit dans ses réponses. Durant ce premier voyage en Europe, il fut l'homme qui lui manqua, celui avec qui elle aurait voulu partager l'amusement de ses découvertes en pays étranger. Il lui manqua beaucoup. Et puis elle reçut de lui une lettre qui donna un goût amer à son voyage – ou du moins le divisa en deux phases. Il écrivait des pages et des pages, qui en fin de compte ne signifiaient qu'une chose ; les jours qui suivirent, elle en mesura la vérité. « ... La vérité, ma chérie, c'est qu'une espèce de fatalité nous a jetés dans les bras l'un de l'autre, mais la même fatalité nous a séparés la veille de votre départ. J'ai le sentiment que si ces gens n'étaient pas venus, vous auriez mis en pratique cette théorie dont vous parliez le soir où nous sommes allés nager. Mais ils sont venus, n'est-ce pas ? Les choses étant ce qu'elles furent, vous êtes partie sans mettre votre théorie en pratique et, depuis, j'ai tout gâté, en ce qui nous concerne, avec une autre jeune fille. Aussi, je suppose que nous voilà quittes. J'ai un cafard noir... »

Au début, elle n'en crut pas ses yeux ; ensuite, elle eut envie de lui dire par câble qu'une autre fille n'y changeait rien. Elle l'aimait et elle regrettait autant que lui de ne pas avoir passé sa dernière nuit à New York en sa compagnie. Si seulement elle avait pu lui parler. Mais c'était impossible, et les lettres et les câbles n'arrangeaient rien. En fin d'après-midi, le jour où elle reçut cette lettre, elle parvint à force de tâtonnements à trouver une explication au choc qu'elle avait subi (ce qui d'ailleurs ne la rendit pas moins malheureuse) : il l'avait bouleversée en étant, pour ce qu'elle en savait, le premier homme ayant tenté d'être honnête avec elle. Telle fut la tâche accomplie par sa raison ; après quoi, pour la première fois de sa vie, elle décida de boire jusqu'à l'ivresse. Et, ce soir-là, elle s'enivra avec un beau garçon, un jeune Juif de Harvard qui se révéla être une fantaisie bienvenue dans sa vie sexuelle ; il lui fit descendre très graduellement toute l'échelle des divertissements de Paris et ils terminèrent par une boîte d'échangistes. Elle ne s'en rappela pas avant l'après-midi suivant, lorsque le souvenir de cet épisode, qu'elle était certaine de ne pas avoir pu rêver, finit par percer à travers sa gueule de bois. Séance tenante, elle décida de faire ses bagages et de rentrer chez elle, mais Is Stannard vint au secours de son bon sens. Elle attendit que Lib McCreery soit sortie faire des emplettes et vint s'asseoir sur le lit de Caroline.

« Où Henry t'as-t-il emmenée hier soir ?

– Oh ! Mon Dieu, si seulement je le savais !

– Tu étais soûle à ce point-là ?

– Oh ! Seigneur, dit Caroline.

– Tu ne te rappelles de rien du tout ?

– Très peu.

– Est-ce qu'il… est-ce que tu te rappelles être allée dans un endroit où un homme et une femme… tu sais bien… ?

– Je crois que oui. J'en ai bien peur.

– C'est là qu'il m'a emmenée aussi. J'ai bien cru mourir en l'accompagnant. Je ne comprends pas ce garçon. Je n'étais pas aussi soûle que toi, loin de là. Moi, je me rappelle. Je me rappelle tous les détails. Mais je n'arrive pas à comprendre Henry. Il ne m'a même pas touchée. Tout ce qu'il a fait, c'est me regarder. Il ne regardait pas les autres, il ne regardait que moi. Je crois qu'il prenait du plaisir à voir l'effet que ça me faisait, tous ces gens autour de moi. À mon avis, nous ferions mieux de ne plus les revoir, lui et sa bande. Il veut que j'y retourne et il veut que tu viennes avec nous.

– Oh ! Mon Dieu, je suis dans un état. Est-ce que tu crois qu'il m'a fait quelque chose ? demanda Caroline.

– Mais non, je suis sûre que non. Son plaisir, il le prend à nous regarder. Il y a des gens comme ça. Tu n'es jamais allée jusqu'au bout, dis-moi, Caro ?

– Non.

– Moi non plus, et je crois que les types comme Henry le devinent rien qu'en posant les yeux sur nous. Je t'assure.

– Alors, pourquoi est-ce qu'il… Oh ! Je voudrais rentrer chez moi.

– Ne t'en fais pas. Tu as remarqué qu'il n'a pas invité Lib. Ça fait des années que je crois que Lib a couché avec un garçon, probablement plus d'une fois. C'est pour ça que toi et moi, on est dans le même bateau. N'en parle pas à Lib et, si Henry insiste trop, nous pourrons toujours quitter Paris. Tu veux que je t'apporte de l'aspirine ? Autre chose ? »

Caroline avait eu une bonne frousse et elle ne se soûla plus. Pour le reste du voyage, la seule chose dont elle fit commerce, ce fut de sa connaissance de la danse contre les attentions des jeunes gens – parlant anglais – à qui elle plaisait ; et, pendant toute l'année qui suivit, son choix en hommes lui fut dicté par le souvenir de sa terrifiante expérience avec Henry Machin-Chose et de sa décevante et humiliante expérience avec Joe Montgomery : désormais, elle exigeait que ses flirts soient propres, de préférence blonds, mais surtout qu'ils n'aient rien de séducteur, ni le moindre charme ni aucun prestige exceptionnel.

De retour chez elle, elle ne trouva rien à faire à Gibbsville, excepté jouer l'après-midi avec ses amies du club de bridge et fréquenter d'autres clubs en soirée ; un cours de sténodactylo à l'école commerciale de Gibbsville, des projets pour l'hiver à New York qui lui trottaient toujours vaguement dans la tête. Elle s'inscrivait au tournoi, suivi de lunch, du golf des dames, le mardi ; soutirait aux gens de l'argent les nombreux jours de vente d'insignes ; servait de chauffeur à sa mère, qui n'arrivait pas à apprendre à conduire une voiture à combustion ; donnait le nombre de réceptions indispensables. Elle maintenait son poids au-dessous de soixante kilos. Elle se coupa les cheveux. Elle buvait un peu plus que la moyenne socialement acceptée pour les femmes et adopta un langage légèrement grossier. Elle finit par se faire connaître comme la plus séduisante des jeunes filles de Lantenengo Street. Aux bals, sans avoir le succès fou des petites qui étaient encore à l'université, elle était plus universellement prisée que ces très jeunes filles. Les étudiants dansaient avec elle, tout comme les hommes jusqu'à quarante ans – et certains en avaient plus de quarante. Elle n'avait jamais besoin de prétendre s'amuser davantage assise devant un whisky-soda que sur la piste de danse. Les jeunes femmes qu'elle connaissait l'aimaient bien sans jamais la voir comme une bonne copine et sans l'aimer au point de leur confier leurs maris ou leurs fiancés. En fait, elles avaient toute confiance en Caroline, mais pas en leurs hommes.

Au début de l'été 1926, elle fit son examen de conscience et reconnut qu'elle devenait un peu dure.

Les garçons qu'elle voyait le plus souvent étaient Julian English, Harry Reilly, Carter Davis et un type de Seranton qui s'appelait Ross Campbell. Julian English était une vieille habitude, et elle soupçonnait qu'il continuait à la voir parce qu'elle n'avait jamais fait de commentaires sur sa Polonaise qui, disait-on, était belle, mais que personne n'avait vue. Harry Reilly était généreux et attentionné ; et, à sa façon, tellement épris d'elle qu'il s'en effaçait presque. Carter Davis était trop prévisible : elle était sûre de pouvoir prédire combien d'années passeraient avant que Carter cesse de boire, de racoler des petites Irlandaises après l'église le dimanche soir, et avant qu'il se range et épouse une jeune fille de Lantenengo Street. « Mais ça ne sera pas moi », disait-elle. « Imaginez-vous vivre avec un homme dont la plus intense passion est le bridge. Et l'athlétisme à Philadelphie. Et l'équipe de football de Cornell. Doux Jésus ! » Ross Campbell était le parti le plus probable pour un mariage. Il était plus vieux que tous les autres excepté Reilly, et il avait des caractéristiques qu'on ne trouvait chez personne à Gibbsville : c'était un de ces étudiants de Harvard, grand, mince et très chic, qui donnait l'impression d'avoir passé une chemise propre un instant plus tôt – une chemise blanche souple avec un col boutonné – et de ne s'être pas fait tailler de costume neuf depuis au moins deux ans. Il n'était pas riche, il « avait de l'argent ». Il avait de grandes et solides dents, et son charme résidait en partie dans la trompeuse maladresse que lui donnait sa taille, et dans sa voix et son accent de Saint Paul, Harvard. Comme une évidence, il devint un membre non-résident du Club Lantenengo lorsqu'il commença à fréquenter Caroline et c'est à cette occasion que

Caroline se rendit pour la première fois compte qu'il était, entre autres choses, snob. Il lui dit qu'il allait poser sa candidature au club.

« Je demanderai à Whitney Hofman de me parrainer. Je pense que je ferais bien de lui demander de me trouver lui-même un second parrain. Je ne connais pas vraiment qui que ce soit d'autre. »

Il y avait plusieurs autres membres du club qu'il connaissait aussi bien que Whit Hofman, mais Caroline voyait où il voulait en venir ; c'est que Whit Hofman, étant le jeune homme le plus riche comme le plus irréprochable de Gibbsville, était le seul auquel Ross puisse envisager de demander un service. Ainsi Ross fut-il présenté par Mr. Whitney Stokes Hofman ; secondé par Mrs. Whitney Stokes Hofman ; cotisation d'entrée : cinquante dollars ; abonnement annuel : vingt-cinq dollars. Ensuite, Caroline remarqua qu'il avait une certaine tendance à la radinerie. Il refaisait les additions au restaurant avant les régler. Il fumait des cigarettes qu'il roulait lui-même, ce qui aurait pu être une préférence sincère en matière de tabac, mais avait tout l'air d'une économie ! Et, une fois, après avoir gagné quelques dollars au bridge lors d'une partie au club, il eut cette remarque en empochant son gain : « Voici qui va couvrir mes dépenses d'huile et d'essence pour la route. Pas si mal. » Rien de cela ne cadrait avec ce qu'on attendrait d'un homme qui gagnait sa vie en « maintenant en bonne forme la fortune familiale. Il faut bien que je m'en occupe. Maman ne connaît pas ses tables de multiplication au-delà de six fois six ». Caroline commença à comprendre qu'elle avait raison : il n'avait rien d'un homme riche de cette région minière.

Certaines des choses qui le rendaient singulier étaient au goût de Caroline : ses bonnes manières, son attitude, sa façon d'arriver dans n'importe quelle fête avec un sourire suffisamment charmant, mais qui signifiait en même temps : « Qu'avez-vous à me proposer ? » Elle appréciait le simple fait qu'il n'ait jamais cherché à l'embrasser ; elle lui en était reconnaissante et remettait toujours à plus tard son projet de lui en demander la raison. Seulement, à force d'ajourner cette question et beaucoup d'autres, une autre conséquence apparut : il perdit tout intérêt à ses yeux. Le jour vint où elle n'eut plus besoin de retarder l'analyse de sa timidité ; elle était simplement satisfaite de son existence. Il n'y eut pas de confrontation, car elle ne lui cacha rien de ses sentiments : peu importait à Caroline qu'il ne remette jamais les pieds à Gibbsville. Elle ne se chercha pas d'excuses. Elle savait que ses amis, et pas seulement de son propre sexe, étaient pour la première fois assez impressionnés par elle – ils la redécouvraient presque – parce que Ross Campbell s'intéressait très visiblement à elle. Elle avait quelques regrets pour ses amies qui pensaient déjà aux garçons d'honneur venus de New York et de Boston, et, avec un certain manque de sincérité, elle avait des regrets pour elle-même. Après tout, il lui était arrivé cinq ou six fois de trouver Ross si irrésistible, à certains moments, qu'elle avait eu envie de s'approcher de lui et de lui mettre les bras autour du cou. Mais elle ne l'avait jamais fait, et toute l'affaire s'était évanouie. Elle ne mit pas longtemps à penser aussi facilement à lui qu'à un bâton, à une chemise bourrée de paille.

En même temps, elle était tourmentée et furieuse contre elle-même. Il y avait quelque chose d'absurde et d'incomplet dans ses rapports avec les hommes qu'elle avait le plus appréciés et aimés. Ces rapports étaient mauvais, et les circonstances étaient mauvaises : Jérôme Walker avait eu trop de scrupules parce qu'elle était trop jeune ; Joe Montgomery était l'homme qu'elle avait aimé le plus de toute sa vie mais, à cause d'engagements pris avec d'autres, elle ne l'avait pas vu la veille de son embarquement ; Ross Campbell, qui n'était pas son grand amour, mais certainement l'homme qu'elle aurait dû épouser, avait peu à peu disparu. Et il n'y avait pas d'autres hommes. Julian English en tête, il y avait une ribambelle de garçons qu'elle avait embrassés et autorisés à la caresser et à qui, quand elle s'en souvenait, elle en voulait violemment, presque avec haine. Dans l'ensemble, elle méprisait les hommes qu'elle avait connus, malgré la tendresse de certains souvenirs, de certaines minutes passées dans des autos, des canots automobiles, des trains, des paquebots ; sur des divans ou, plus rarement, sur des lits dans les surprises-parties d'étudiants ; sur les terrasses des clubs sportifs, voire dans sa propre maison. Elle pensait avec fureur que la gent masculine avait exploré chaque partie de son corps – sauf qu'aucun homme ne l'avait connue complètement. Jusqu'à présent, l'amour qu'elle avait suscité aurait suffi à… elle ne complétait jamais cette phrase. Elle prit une résolution : si elle ne se mariait pas avant ses trente ans, elle choisirait un homme au hasard et lui dirait « Écoutez, je veux avoir un enfant », partirait pour la France ou ailleurs, et aurait cet enfant. Elle savait qu'elle ne le ferait jamais, mais une partie d'elle-même se servait de cette idée pour en menacer une autre.

Puis, au printemps de 1926, elle tomba amoureuse de Julian English, et elle comprit qu'elle n'avait jamais aimé personne avant lui. C'était drôle. En fait, c'était la chose la plus drôle du monde. Il était là, il la sortait, l'embrassait pour lui dire bonsoir, ne faisait pas attention à elle, la voyait tous les jours et puis ne la voyait pas du tout ; ils avaient fréquenté ensemble le cours de danse, le jardin d'enfants, l'école de miss Holton. Elle l'avait connu toute sa vie, lui avait caché sa bicyclette en haut d'un arbre ; elle avait fait pipi dans sa culotte à un goûter d'anniversaire de Ju, avait été lavée dans la même baignoire que lui par deux amies plus âgées, à présent mères de famille. Il l'avait escortée à son premier bal, avait enduit sa jambe de glaise le jour où une guêpe l'avait piquée ; il lui avait filé un coup de poing qui l'avait fait saigner du nez… et ainsi de suite. Pour Caroline, il n'y avait jamais eu personne d'autre. Personne d'autre ne comptait. Elle craignait un peu qu'il ait de vagues sentiments pour la Polonaise, mais elle était sûre d'être sa préférée.

Au début, ils firent semblant de ne pas s'aimer, et, comme ils avaient toujours été amis, le fait qu'il la voie de plus en plus fréquemment ne devint perceptible que le jour où il lui demanda de l'accompagner au bal du 3 juillet. Pour ces grandes soirées, la coutume était d'inviter une jeune fille au moins un mois à l'avance, et l'on invitait la jeune fille qu'on aimait le plus. C'était la première fois qu'il l'invitait de son propre chef. Au tout premier bal, elle savait qu'il y avait été forcé par sa mère. Mais le bal du 3 juillet n'était pas une fête comme les autres et entre le moment où elle avait accepté l'invitation et le soir où le bal avait eu lieu, ils en eurent tous deux conscience. Au moment d'accepter des rendez-vous, une jeune fille donnait la préférence au jeune homme qui l'avait emmenée à ce bal. « Vous êtes ma petite amie à présent », disait-il volontiers ; « en tout cas, jusqu'à la fête ». Ou bien c'était la jeune fille qui téléphonait : « Salut ! Voulez-vous nous accompagner en voiture jusqu'à Philadelphie, maman et moi ? Vous êtes mon cavalier maintenant, alors c'est à vous que je demande en premier, mais ne dites surtout pas oui si vous n'en avez pas envie ! »

Quand Julian embrassait Caroline, elle sentait bien qu'il essayait de deviner l'étendue de ses connaissances en la matière. Leurs longs baisers du début furent à cette image : sans passion débordante, mais nonchalants et pleins de curiosité. Il leur arrivait de s'arrêter au milieu d'un long baiser, elle éloignait la tête, lui souriait, il répondait au sourire et, sans dire un mot, reposait ses lèvres contre les siennes. Il s'en tint aux baisers jusqu'à un certain soir où il la ramena chez elle après le cinéma. Elle monta une minute pour s'assurer que sa mère dormait. Il était dans les toilettes, au premier étage et il l'entendit descendre le petit escalier de service et vérifier la porte de la cuisine. Ils allèrent dans la bibliothèque.

« Veux-tu un verre de lait ? dit-elle.

– Non. Est-ce pour ça que tu es allée dans la cuisine ?

– Je voulais voir si les bonnes étaient rentrées.

– Et alors ?

– C'est le cas. La porte de service est fermée à clef. »

Elle ouvrit les bras et Ju s'y blottit. Il laissa reposer quelques minutes sa tête sur l'épaule de Caroline, puis elle allongea le bras, tira sur le cordon de la lampe et s'en alla vers le divan pour qu'il puisse s'étendre à côté d'elle. Il lui remonta son chandail jusqu'aux aisselles, dégrafa son soutien-gorge ; elle déboutonna son gilet qu'il laissa tomber sur le parquet avec sa veste.

« Tu… tu n'iras pas jusqu'au bout, n'est-ce pas, chéri ? dit-elle.

– Tu ne le souhaites pas ? dit-il.

– Plus que tout au monde, mon amour. Mais je ne peux pas. Je ne l'ai jamais fait. Je le ferai avec toi, pour toi, mais pas ici. Non… tu sais. Je veux faire ça dans un lit, quand toutes les conditions seront réunies.

– Tu ne l'as jamais fait ?

– Non, jamais complètement. Ne parlons pas de ça. Je t'aime, et j'ai envie de toi complètement, mais ici j'ai peur.

– Très bien.

– Ah ! Ju, pourquoi es-tu si gentil avec moi ? Personne d'autre ne pourrait être aussi adorable. Pourquoi ?

– Parce que je t'aime. Je t'ai toujours aimée.

– Oh ! mon chéri, mon amour…

– Quoi, chérie ?

– Je ne peux plus tenir. Est-ce que tu as un truc. Tu sais…

– Oui.

– Est-ce que tu crois que ça ira ? J'ai tellement peur. Mais c'est tout aussi mal de s'arrêter, n'est-ce pas ? N'est-ce pas que c'est aussi mal de s'arrêter ?

– Oui, chérie.

– Je suis tellement folle de… »

VI

Il y avait Lute et Irma Fliegler, Willard et Bertha Doane, Walter et Helen Schaeffer, Harvey et Emily Ziegenfuss, Dutch (Ralph) et Frannie Snyder, Vic et Monica Smith, et Dewey et Lois Hartenstein. De sa place, sur le côté de l'orchestre et un peu en retrait, pratiquement sur les genoux du joueur de grosse caisse, Al Grecco les voyait tous. Il connaissait tous les hommes de vue ; Lute Fliegler et Dutch Snyder, il les appelait par leur prénom ; les autres, il les connaissait assez pour les saluer sans préciser leur nom et eux ne l'appelaient pas Al ou Grecco, rien que : « Hey !... » Il connaissait Irma Fliegler, il l'appelait Mrs. Fliegler. Il connaissait Frannie Snyder, il aurait pu l'appeler Frannie ou Poupée ou n'importe quel nom qui lui traversait l'esprit, mais il se contentait toujours d'un bonjour lointain accompagné d'un hochement de tête. Bon Dieu, elle était mariée et même si elle n'avait pas fait une affaire en épousant ce Dutch, pour ce qu'Al en savait, elle s'était tenue à carreau (parfois, Al se demandait à quel carreau on est censé se tenir – l'image était bizarre), depuis deux ans ou presque. Lui parler n'avait aucun sens. Allez savoir ce qu'il irait imaginer, cet enfoiré de grande gueule qui lui servait de mari, s'il la voyait en pleine conversation avec Al Grecco. Et de quoi il serait capable. Et puis de toute façon, on ne peut pas juger une poule à la seule nuit qu'on a passée avec elle deux ans plus tôt. C'était peut-être l'unique fois où elle avait trompé l'enfoiré de grande gueule en question et on ne pouvait vraiment pas le lui reprocher. Elle avait été pour Al sa conquête la plus facile, ou une des plus faciles. Il l'avait connue à l'école des sœurs et par la suite, en grandissant, il ne l'avait guère aperçue en ville ; seulement de temps en temps, dans la rue, et elle disait : « Salut, Tony Murascho », et il répondait : « Salut, Frances. » Puis il lut dans le journal qu'elle épousait Dutch Snyder, et la plaignit car il savait qui était Dutch : une grande gueule du Ku Klux Klan qui recevait souvent des coups de poing en pleine poire pour s'être moqué de l'Église catholique, sans que cela l'empêche pour autant de chercher à rencarder des jeunes filles catholiques – lesquelles acceptaient d'ailleurs. Quand Al lut l'annonce du mariage, il s'imagina que Frances s'était fait engrosser, mais il faisait fausse route : ce qui s'était produit, c'est que le père de Frances, le gros Ed Curry, le flic, avait surpris sa fille en compagnie de Dutch dans une posture compromettante et avait donné le choix à Snyder : épouser sa fille ou mourir. Al ne le savait pas. Mais ce qu'il savait, c'est que, peu de temps après le mariage, Dutch, que certaines des poules connaissaient sous le nom de Ralphie, était revenu au Dew Drop soutirer de l'argent pour ses cigarettes et qu'il figurait parmi les clients indésirables de l'établissement. Donc, un après-midi, deux ans avant la fameuse soirée au Stage

Coach, Al roulait à travers Collieryville quand il aperçut Frances attendant l'autobus. Il arrêta sa voiture.

« Je te dépose ? dit-il.

– Non... Oh Tony ! c'est toi, dit-elle. Est-ce que tu rentres en ville ?

– Tu l'as dit, répliqua Al. Monte.

– C'est que... je ne sais pas...

– OK ! Ça ne m'empêchera pas de dormir, dit-il en allongeant la main pour refermer la portière.

– Oh ! Je ne voulais pas... Je viens. Seulement, pourrais-tu me déposer à...

– Monte toujours, tu m'expliqueras en chemin », dit-il.

Elle monta, et il lui donna une cigarette. Elle revenait de chez sa grand-mère à Collieryville, avait bien envie d'une cigarette, accepta d'aller boire un verre et se laissa facilement persuader d'aller faire une petite promenade. La petite promenade fut courte : elle s'arrêta à cinq cents mètres de la route nationale menant de Gibbsville à Collieryville, dans un garage de bateaux, sur le barrage de Colliery. Il y avait quelque chose d'étrange dans toute cette histoire, c'était comme faire l'amour avec sa cousine ou quelqu'un comme ça. On a connu Frances enfant, à l'école, et du jour au lendemain, on s'aperçoit qu'elle n'a rien d'une ingénue – c'était étrange. C'est comme trouver de l'argent dans la rue, sans l'avoir mérité, sans s'être donné le moindre mal, sans l'avoir gagné à la sueur de son front. Et elle avait dû partager ce sentiment, car s'il y avait eu une fille facile, c'était bien elle – en tout cas ce jour-là. Cependant, sur le chemin du retour vers Gibbsville, elle lui dit : « Si tu t'avises de raconter ça à qui que ce soit, je te tue. Je ne plaisante pas. » Et en effet, elle n'avait pas l'air de plaisanter. Elle refusa de le revoir et lui ordonna de ne jamais l'appeler au téléphone, de ne pas chercher à la croiser à nouveau. Elle regrettait un peu ce qu'elle avait fait, mais, là encore, il n'était pas tout à fait sûr qu'elle ne jouait pas la comédie. Il y pensait souvent. Il y pensait ce soir-là, en regardant Dutch danser avec Emily Ziegenfuss, enfoncer sa jambe entre les cuisses de cette femme tout en feignant de danser comme tout le monde. Quel salopard ! Frannie était une fille bien. Al l'appréciait. Mais ce Dutch – comme il prendrait plaisir à lui casser la gueule. Le problème, c'est que les femmes tiennent presque toujours le mauvais bout. Quand elles tombent sur un brave type, Fliegler par exemple, c'est très rare.

Du coup, il se mit à râler un peu contre Irma Fliegler. Il se demanda si elle avait conscience d'avoir épousé un chic type. Probablement pas. Elle trouvait probablement ça tout naturel. C'était l'autre aspect de la chose : une femme épousait une crapule qui la frappait et la trompait, et elle en arrivait à trouver ça normal ; et une autre femme épousait un type réglo, un type honnête et propre jusqu'au trognon, et elle n'y voyait rien d'extraordinaire. Al en venait presque, mais pas tout à fait, à conclure que les femmes sont si habituées à tenir le mauvais bout qu'elles trouvent cette situation tout à fait naturelle, et s'attendent naturellement à ce que ça change quand ce n'est pas le cas. Qu'elles aillent donc se faire foutre ! Il voulait les oublier.

Mais ce n'était guère possible, ici, au Stage Coach. C'était un endroit fait pour les femmes. Tous les dancings, les boîtes de nuit, les auberges de bord de route, les magasins, les églises et même les bordels – tout ça, ce sont des endroits faits pour les femmes. Et parmi les endroits pour les femmes, les pires sont sans doute les trucs de ce genre, où les hommes s'habillent en pingouins, se coupent le cou avec des cols raides et se soûlent sans le plaisir de l'ivresse, mais sous les yeux des femmes, histoire de tout foutre en l'air. Là où se trouve un orchestre, il y a des femmes, ça, vous pouvez en être sûr ! Des femmes chantant les premières paroles des chansons : *J'ai du rythme*, *Trois Petits Mots*, *Tu me rends dingue*, *Je pense à toi, chérie*, *Mon cœur est triste et solitaire*, *Toi seul me manques, mon amour*, et *Je me donne à toi avec joie.* « Je me donne, mes fesses ! » dit Al Grecco, et observa de l'autre côté de la table Helen Holman qu'il haïssait maintenant mille fois plus que quiconque. Il avait passé sa soirée à haïr. Au tout début, il avait haï le boulot qu'Ed Charney lui avait confié : celui d'avoir Helen à l'œil. Elle n'avait aucun doute sur les raisons de sa présence et le lui faisait payer ; elle lui faisait payer le fait qu'Ed restait chez lui avec son gamin. Et avec sa femme. Elle était la seule personne de sa connaissance capable de le mépriser ouvertement, et ce soir, c'était pire que jamais.

« Tu en as une façon marrante de passer Noël », lui dit-elle.

Et puis elle enchaîna : pourquoi il ne se rangeait pas ? Quel genre de vie est-ce qu'il menait ? N'était-il rien d'autre qu'un sbire ? Était-il unique ? Est-ce qu'il savait ce que c'est qu'un unisexué ? Eh bien ! Elle le lui apprenait, c'est un « morphrodite »... Et Al fut obligé d'avaler ça pendant deux heures. Sans qu'elle le laissât respirer, sauf quand elle se levait pour un tour de chant. Mais, vers dix ou onze heures, elle commença à devenir moins bravache. Elle en eut un peu assez de le démolir et changea d'attitude.

Elle portait une robe coupée de telle sorte qu'il pouvait presque voir son nombril, mais l'étoffe, de satin ou autre, moulait si bien le corps d'Helen que, quand celle-ci se tenait droite, elle ne laissait voir qu'environ un tiers de chaque sein. Mais quand elle était assise de l'autre côté de la table, qu'elle se penchait en avant, les coudes sur la table et le menton dans les mains, sa robe se relâchait au point de laisser apercevoir le bout de ses seins à chaque mouvement. Elle remarqua son regard, il ne pouvait pas s'empêcher de regarder. Et elle sourit.

« Vous n'aimeriez pas vous faire enfoncer les dents jusqu'au fond de la gorge, par hasard ? lui demanda-t-il.

– Et par qui, peut-on savoir ? dit-elle.

– Vous n'aimeriez pas vous retrouver avec les molaires en morceaux, je suppose ?

– Oh ! Oh ! Des grands mots ! Le petit Al est furieux parce que…

– T'en fais pas pour le petit Al, poupée, si je te cause, c'est pour ton bien. Une femme avertie en vaut deux.

– J'en tremble de partout », dit-elle.

Il cessa brusquement de la désirer, mais il flancha différemment.

« Arrêtez votre cinéma, c'est ça que je vous demande. Je ne suis pas ici pour le plaisir. Vous devriez déjà être au courant ».

Elle lui lança des regards en coups de poignard :

« Très bien, ça va ! Dans ce cas, foutez le camp. Barrez-vous et laissez-moi m'amuser un peu. Mon Dieu !

– Rien que ça. Foutre le camp. Vous n'êtes pas un peu timbrée, non ? Il faudrait que je foute le camp rudement loin si je partais d'ici sans en avoir reçu l'ordre. Bien loin. Je ne pensais même pas à débarrasser le plancher. Qu'est-ce que vous croyez qu'il ferait, cet enfoiré de Français, si je filais ? Pensez-vous qu'il me laisserait décamper ? Des clous.

– Oh ! Croyez-vous ? » dit Helen.

Ça, c'était intéressant. Ça laissait entendre que le Fox avait dû faire du gringue à Helen, ce qu'Al soupçonnait depuis longtemps. Mais, à présent, il s'en fichait pas mal. Tout ce qui l'intéressait, c'était qu'Helen se tienne convenablement, pour que lui, Al, n'ait pas d'histoires avec Ed.

« J'ai reçu des ordres, dit-il, et je reste ici, que ça me plaise ou non, et que ça vous plaise ou non.

– C'est ce que je vois.

– Et mes ordres, c'est de veiller à ce que vous n'écartiez pas les genoux, chérie.

– Ben voyons ! dit-elle. Et j'ai la permission de boire quelque chose ?

– Non, vous n'avez pas la permission de boire. Vous vous êtes déjà pintée une fois aujourd'hui.

– Bon, très bien. Alors voulez-vous danser avec moi ? Faut bien que je fasse autre chose qu'exciter tous ces gros pleins de soupe, non ?

– Non, je ne veux pas danser avec vous, ça fait pas partie de mon boulot.

– Oh ! Oh ! il a peur.

– En effet, dit-il, j'ai peur. Si vous voulez. Disons que j'ai même très peur. »

Elle reconnut le prélude de *Body and Soul*, une des chansons de son répertoire. Elle se dirigea lentement vers le centre de la scène.

« Comment est-ce qu'elle se fait appeler ? dit Emily Ziegenfuss.

– Helen Holman, dit Dewey Hartenstein.

– Holman ? Elle ne manque pas d'air, dit Emily.

– Pourquoi ? dit Vic Smith.

– Parce que c'est le nom d'une vraie chanteuse. Libby Holman. C'est ça, n'est-ce pas ? Libby ou Liddy ? Non, c'est bien Libby. Oui, oui, Libby Holman. Elle a sorti des disques, dit Emily.

– Eh bien, Helen a autant le droit de s'appeler Holman que cette Libby, dit Irma.

– Non, dit Emily.

– Si, dit Irma. Parce que Libby Holman, ça n'est pas le vrai nom de Libby Holman.

– Oh ! alors… dit Emily. Et qu'est-ce que tu en sais ?

– Je le sais parce que je suis amie avec des gens de Cincinnati – ou en tout cas, Lute est ami avec eux. Lute ?

– Quoi ?

– C'était qui déjà, tes amis de Cincinnati, tu te rappelles, ceux qui ont perdu deux enfants de la méningite…

– … cérébro-spinale, dit Lute, qui sortait d'une conversation avec Willard Doane.

– Ça, je le sais, dit Irma. Comment s'appelaient-ils ?

– Oh ! Schultz. Harry Schultz. Pourquoi ? Faut les appeler et leur proposer de se joindre à la fête, ou quoi ?

– Non, gros malin. Je voulais savoir quel était le vrai nom de Libby Holman. La chanteuse.

– Ah ! Bon. Mais pourquoi est-ce que tu ne l'as pas dit tout de suite ? dit Lute.

– Eh bien, vas-y. Dis-nous ce que c'est.

– Mickey Mouse. Son vrai nom, c'est Mickey Mouse.

– Oh ! Tu as fini de faire l'idiot, dit Irma. Il ne peut jamais parler comme tout le monde. Bref, ces amis, ces gens qui s'appellent Schultz, de Cleveland…

– Vous venez de nous dire il y a dix secondes que c'était Cincinnati, dit Emily, je ne crois pas…

– Va pour Cincinnati, peu importe : la ville dont cette Holman est originaire. Tout ce que je sais, c'est qu'ils sont de la même ville et qu'ils nous ont dit son vrai nom.

– Mickey Mouse, probablement, dit Emily. Oh ! je n'en crois pas un mot. Je crois que vous n'en savez rien du tout, si vous voulez mon avis. »

Emily en était à son quatrième whisky.

« Elle est douée. J'aime bien l'écouter, dit Frannie Snyder.

– Vous *aimez* l'écouter ! dit Emily. Vous pouvez dire comme ça, froidement, que vous aimez ce genre de voix ? Vous avez perdu la tête, Frannie.

– Moi aussi, je l'aime bien, dit Harvey Ziegenfuss.

– Oh ! On t'a demandé quelque chose ? dit Emily Ziegenfuss.

– Personne ne m'a rien demandé. N'ai-je pas le droit d'exprimer mon opinion ?

– Non, personne ne t'a demandé ton opinion. Regarde-la. Si elle est là pour chanter, qu'elle chante, mais si c'est pour nous faire une danse du ventre, alors qu'est-ce qu'elle attend ? Au moins, qu'elle se décide. On dirait une strip-teaseuse

– Depuis quand tu sais à quoi ressemble une strip-teaseuse ? demanda Harvey Ziegenfuss.

– Comment je le sais ? lui cria sa femme. Tu me le demandes ? Toi, Harvey Ziegenfuss, tu me demandes ça ! Très bien, je vais te le dire. Si je le sais, c'est parce que tu m'as montré comment faire. Au début de notre mariage, tu me demandais de m'effeuiller petit à petit, un vêtement à la fois. Voilà comment je le sais. »

Tout le monde éclata de rire, sauf Harvey.

« Allons, tu débloques », dit-il.

Mais cela ne fit qu'accentuer leurs éclats de rire.

« À boire ! cria Lute Fliegler. Emily, qu'est-ce que vous en dites ? Dutch, vous êtes prêt pour une nouvelle tournée ? Frannie, vous pouvez tenir le coup. Vic, qu'est-ce qui vous arrive ? On ne boit pas ?

– J'y vais tout doucement, dit Vic Smith.

– Tu ferais bien d'en faire autant, Lute Fliegler, lui dit sa femme.

– Ce n'est pas pire qu'un gros rhume, Vic, dit Lute. Qu'est-ce que c'est que ce drôle de bruit que je viens d'entendre ? dit-il en tendant l'oreille dans la direction d'Irma.

– Tu m'as très bien entendue : tu ferais bien de lever le pied toi aussi. Vic a raison.

– Pas pire qu'un gros rhume, répéta Lute. On n'est pas un homme tant qu'on n'est pas passé par là. Et vous, Dewey ? Vous savez ce que le gouverneur de la Caroline du Nord a dit au gouverneur de la Virginie de l'Ouest ?

– Vous voulez dire le gouverneur de la Caroline du Sud, dit Emily ?

– Non. Je veux dire le Dakota du Nord, dit Lute. Allons, braves gens, soûlons-nous.

– Je suis déjà fait, dit Dewey Hartenstein.

– J'ai déjà dépassé ma mesure, dit Harvey Ziegenfuss.

– Oh ! toi, on t'a demandé quelque chose ? dit Emily Ziegenfuss.

– Hé ! dites-donc, les deux Ziegenfuss, quand vous

aurez fini de roucouler devant tout le monde, dit Lute. Attendez au moins d'être rentrés chez vous.

– À la santé de ce bon vieux Yale ! » dit Dutch Snyder, qui avait fait partie de l'équipe universitaire de championnat de Gibbsville en 1914, l'année où Gibbsville avait battu à la fois Reading et Allentown.

« *Embrasse-moi, ô douce à embrasser ! Embrasse-moi, ô mon irremplaçable ! là, la, la, la, la la, la dada, da, umm a, umm a, um a, lum dada da…* », chantait Monica Smith.

« Ignoble, déclara Emily. Notre chat chante mieux que ça. »

« *Embrasse-moi, ô douce à embrasser. Embrasse-moi, la la ir… remplaçable. Ne me repousse pas, ma jolie, viens vers ton papa, vers ton petit papa, ô ma douce à embrasser !…* »

« Tout le monde a un verre ? Emily ? dit Lute. Vous savez ce qu'il vous faut ? Un bon remontant.

– Ouais… dit Harvey Ziegenfuss, ce qu'il lui faut, c'est un verre, euh…

– Pour sûr. Nous n'avons pas dit… un verre de quoi ?

– Puis-je suggérer un peu d'ammoniaque ? dit Monica Smith.

– Oh ! Cessez de vous bagarrer, toutes les deux ! répondit Helen Schaeffer qui n'avait pas pris part à la conversation jusque-là.

– Qui veut danser ? *I got rythm, I got rythm*, chantonna Dutch Snyder.

– Ouais, ouais… vous-z-avez du rythme ! On a compris que vous-z-avez du rythme, bredouilla Emily.

– Allons, venez, qu'est-ce qui vous retient ? dit Dutch.

– Frannie, dit Emily.

– Jamais de la vie, répliqua Frannie. Allez danser avec lui, si ça vous fait plaisir. »

D'une voix légèrement plus basse, elle ajouta :

« Ça vous excite.

– Vous dites ? demanda Emily.

– J'ai dit : ça vous excite. Allez-y, danser avec lui, dit Frannie.

– Très bien, dit Emily. Je vais danser avec lui. Venez, Dutch.

– Allons-y », dit Dutch.

Tous, sauf Lute et Frannie, se choisirent des danseurs ou bien on les convainquit d'en accepter un. Lute se leva et vint s'asseoir à côté de Frannie.

« Cette Emily Ziegenfuss ! dit Frannie. Pour qui elle se prend ? Je vais vous dire ce qu'elle est…

– Euh… Ne dites rien, dit Lute, ne dites rien. S'il y a une chose qui me déplaît, c'est d'entendre une femme en traiter une autre de salope.

– Eh bien, c'est ce qu'elle est pourtant, dit Frannie. D'ailleurs, c'est en partie votre faute, Lute. Vous savez très bien qu'elle ne tient pas l'alcool. Pourquoi s'obstiner à la faire boire ?

– Deux verres, quatre ou cinq, le résultat serait le même : un triste état », dit-il.

Il redevint sérieux un moment.

« La seule chose à faire à présent, c'est de s'arranger pour qu'elle tombe dans les pommes. Ça ne saurait tarder.

– Ça n'arrivera jamais assez vite à mon goût, dit Frannie. Et son mari ! Ce Harvey ! Il a essayé de me peloter sous la table. Sérieusement ! Vous imaginez ? Parce qu'elle le ridiculise, il croit probablement que Dutch est aussi un crétin, et que ça lui donne le droit d'essayer de me tripoter.

– Je ne lui jette pas la pierre, dit Lute, ça ne me déplairait pas non plus.

– Oh ! vous, protesta Frannie, tout de même contente. Bon Dieu ! S'ils étaient tous comme vous, les hommes mariés je veux dire, la vie ne serait pas si moche. En tout cas, j'ai brûlé Mr. Ziegenfuss avec ma cigarette. Il pensait que l'affaire se présentait bien, alors, sous la nappe, je lui ai planté le bout de ma cigarette allumée dans le dos de la main.

– Oh ! Épatant. Il m'avait bien semblé le voir sursauter.

– Il a fait un bond, pour sûr », dit Frannie.

Elle buvait son alcool à petites lampées tout en regardant la salle par-dessus le bord de son verre.

« Dites-moi, lui dit-elle, ce n'est pas votre patron qui vient d'entrer ?

– Mon Dieu, oui ! dit Lute. Oh ! Et il en a un joli bagage !

– Ça, oui ! C'est bien sa femme qui l'accompagne ?

– C'est elle et bien elle, dit Lute. C'est bizarre. Ils étaient censés danser au Country Club ce soir. Je le savais de source sûre.

– Ça ne veut rien dire, dit Frannie. Ils viennent souvent ici quand sont lassés du club. Je surprends souvent leurs conversations quand je vais me faire faire une permanente. Il n'est pas rare de les voir quitter le club en plein milieu du bal.

– Et, pour être soûl, il est soûl, dit Lute.

– Il n'a pas l'air tellement soûl, dit Frannie. J'ai vu bien pire.

– Oui, mais ce petit pote sait boire. Quand il a cet air, on peut dire qu'il a bien consommé. Il peut boire toute la nuit sans que ça se voie. Quand ça se voit, bordel ! vous pouvez être sûre qu'il s'est mis pas loin d'un litre derrière la cravate.

– C'est Carter Davis qui est avec lui.

– Oui, je sais. Carter Davis, mais je n'arrive pas à voir qui est la femme.

– Moi non plus. Attendez une minute. Oh ! c'est Kitty Hofman. Oui. Kitty Hofman et voilà Whitney Hofman qui entre. Il devait sûrement garer la voiture.

– Oui, sans doute. Je me demande si English conduisait, dit Lute.

– Oh, je ne pense pas, dit Frannie, puisque c'est Whitney Hofman qui l'a garée.

– On ne sait jamais. English est souvent comme ça. Il peut très bien conduire en étant complètement pinté, mais une chose aussi compliquée que garer une voiture… non monsieur, ça serait trop lui demander.

– Ils ont une bonne table, dit Frannie. Regardez ce vieux Français, Bidule, il fait bouger les gens de Taqua pour donner la table à English.

– Pour faire de la place à Hofman plutôt, non ? dit Lute.

– Oh ! Bien sûr… je n'y avais pas pensé. J'aime bien ce Whitney Hofman. C'est un démocrate.

– Oui, j'imagine que si j'avais quatorze millions de dollars, je serais démocrate, moi aussi. Il peut se le permettre.

– De quoi parlez-vous, Lute ? C'est justement les types pleins aux as qui ne se disent jamais démocrates.

– Erreur. Les types qui ont du pognon, et qui en ont beaucoup, ils sont toujours démocrates, dit Lute.

– Oh ! Vous raisonnez complètement à l'envers, dit Frannie. Les types qui ont beaucoup d'argent, c'est toujours ceux qu'on trouve les plus bouffis d'arrogance.

– Moi, Frannie, ce que je pense, c'est que les gens qui ont vraiment plus d'argent, de l'argent à ne plus savoir qu'en faire, ceux-là, je pense qu'ils sont démocrates. Si on n'a pas le sou, on n'est pas démocrate. On n'a pas besoin d'être démocrate. On agit naturellement, et personne ne va se demander si c'est démocratique ou non. C'est comme une histoire qu'on m'a racontée sur Jim Corbett.

– Jim Corbett ? C'est celui qui habite au YMCA ? L'ingénieur électricien ?

– Mais non. Lui c'est Corbin. Non, Jim Corbett, c'est le champion de boxe catégorie poids lourds. On l'appelait Gentleman Jim dans le temps.

– Oh ! *Gentleman Jim*. Bien sûr, j'ai entendu parler de lui. J'ai toujours pensé que c'était une espèce d'escroc. Oui, oui, je le connais. Qu'est-ce que c'est, son histoire ?

– Eh bien, quand il était ici il y a deux ans…

– Il est venu ici ? À Gibbsville ? Je n'étais pas au courant, dit Frannie.

– Oui, il est venu rien que pour un banquet. Peu importe. Un des journalistes s'est mis à lui parler de son surnom et alors, Gentleman Jim il a raconté au journaliste qu'un jour, il était dans le métro à New York, ou je ne sais où, et que quelqu'un s'est mis à le bousculer… non, ça c'est l'histoire de Benny Leonard. Attendez un peu. Oui, ça y est, j'y suis ! Quelqu'un lui a demandé pourquoi il était toujours aussi poli avec tout le monde. Je crois qu'il est l'homme le plus poli de la terre. Alors il a répondu : "Quand on a été champion du monde poids lourds, messieurs, on peut s'offrir le luxe d'être poli."

– Qu'est-ce qu'il voulait dire ? demanda Frannie.

– Quoi ?… dit Lute. Laissez tomber, Frannie, ça n'a pas tellement d'importance.

– Bon ! Mais je ne vois pas vraiment le rapport avec Whitney Hofman et le fait qu'il soit démocrate. Je le trouve très bon démocrate.

– Je crois que vous avez besoin d'un remontant, dit Lute.

– J'ai dit une ânerie ou quoi ? Vous me regardez comme si je venais de dire une énormité.

– Pas du tout. Vous le voulez sec ou avec de l'eau gazeuse ?

– Je crois que je vais en prendre un sec, et puis, après, vous m'en donnerez un autre allongé.

– Voilà qui est parler, dit Lute. Oh ! Ne vous retournez pas tout de suite mais je crois que nous allons avoir de la compagnie. Maintenant, vous pouvez regarder.

– Vous voulez parler d'English ? Il vient par ici ? Présentez-le-moi, voulez-vous ?

– Bien sûr, s'il finit par venir », dit Lute.

Julian English s'était levé, avait balayé la salle du regard et avait reconnu Lute Fliegler. Immédiatement, il avait annoncé à Caroline, à Kitty, à Whit et à Carter qu'il devait s'entretenir avec Lute. Les affaires, qui n'attendent pas. Il s'éclipsa et commença à se frayer un chemin en s'appuyant, pour se soutenir, au dossier des chaises et aux épaules des convives, jusqu'à la table où étaient assis Lute et Frannie.

Il tendit la main à Lute.

« Luther, j'ai fait tout ce long voyage pour vous souhaiter un bon anniversaire. Je suis venu de tout là-bas, là-bas. Bon anniversaire, Luther.

– Merci, patron. Voulez-vous vous joindre à nous pour un verre ? Je vous présente Mrs. Snyder. Mrs. Snyder, Mr. English.

– Ravie de faire votre connaissance, dit Frannie qui fit mine de les laisser seuls.

– Vous partez ? demanda Julian.

– Oh ! Non, dit Frannie, je reste.

– Très bien. Très, très bien. Très bien. Luther, si je suis venu, c'est aussi pour vous parler d'une question commerciale… Non, asseyez-vous, Mrs. Snyder. Asseyez-vous, je vous en prie. Vous pouvez très bien entendre ce que j'ai à dire. Luther, avez-vous du vrai whisky, du scotch ?

– Non, je n'ai que de l'eau-de-vie de seigle. Désolé.

– Qu'est-ce que ça peut faire ? dit Julian. Savez-vous qui est cet homme là-bas, Luther ?

– Où ?

– Celui qui nous dévisage. À mon avis, il est mort. Vous a-t-on déjà raconté l'histoire du type mort dans le métro, Luther ?

– Non, je ne crois pas.

– Quelle veine vous avez ! Beaucoup de veine, Luther. J'ai toujours dit que vous étiez un type épatant. Vous passez un bon moment ?

– Pas mal.

– Et vous, Mrs. Snyder ? Snyder, c'est bien cela ?

– Oui, c'est ça, Mr. English. Oui, je passe un bon moment.

– Moi pas. En tout cas, je ne m'amusais pas avant de rejoindre cette table. Vous êtes mariée, Mrs. Snyder ?

– Oui, je suis mariée.

– C'est la femme de Dutch Snyder, dit Lute.

– Oh ! oh ! Mais bien sûr. Dutch Snyder, que le diable m'emporte ! Et qu'est-ce qu'il devient, ce vieux Dutch ? Ça fait des années que je ne l'ai pas vu, ce bon vieux Dutch.

– Il danse, dit Frannie.

– Ah ! Il danse ! Il était toujours partant pour une danse, notre cher vieux Dutch. Alors comme ça, vous avez épousé Dutch. Ça me fait plaisir. C'est une bonne nouvelle. Est-ce que vous croyez que Dutch a du vrai whisky, Luther ?

– Non, il a du seigle, comme moi, dit Lute.

– Qu'est-ce que ça peut faire ? Est-ce que ça me regarde, les gens qui ont du whisky ou ceux qui ont du seigle ? Bien ! Je crois qu'il faut que je vous quitte, maintenant, mes amis. C'était une petite visite tout à fait charmante et croyez-moi, j'en ai apprécié la moindre minute. Je n'ai pas cessé de m'amuser. Soyez gentil avec Mrs. Snyder, Luther. C'est ma femme idéale. Mais à présent, il faut que j'y aille. J'aperçois ce bon vieux Al Grecco un peu plus loin et si je m'y prends comme il faut, je suis d'avis qu'il saura me trouver un verre de scotch. J'ai cru comprendre qu'il connaît quelqu'un qui peut en obtenir.

– C'est ce que j'ai entendu dire aussi », dit Lute.

Julian se leva.

« Mrs. Snyder, ce fut un plaisir. Un réel plaisir. Luther, nous nous reverrons sûrement. Nous travaillons ensemble, Luther et moi, Mrs. Snyder. Nous sommes copains. Je suis son copain et il est mon copain. Il est mon copain ; moi, je suis son Joe, euh… son Ju. Si un copain rencontre son copain, en cherchant du scotch… Si un copain rencontre son copain… Comment va l'vieux Dutch ? *Auf wiedersehen.*

– *Auf wiedersehen* », dit Lute.

Julian s'éloigna et ils le virent rejoindre la table d'Al Grecco, s'asseoir à la place de Helen Holman. Helen était en train de chanter *Love for Sale.* « *Que les poètes chantent l'amour, sur leurs petits pipeaux bébêtes, nous connaissons toutes les amours, bien mieux que les plus grands poètes...* »

« Ne vous levez pas, Al, restez où vous êtes, dit Julian.

– Oh ! c'est la moindre des choses, dit Al Grecco.

– Je voulais vous faire une proposition, vous parler d'affaires...

– Dans ce cas, dit Al, nous pourrions peut-être...

– Oh... ! »

Julian mit la main sur l'épaule d'Al.

« Asseyez-vous, asseyez-vous. Nous pouvons très bien discuter ici. Je voulais savoir si vous connaissez quelqu'un qui pourrait me procurer du whisky.

– Mais, bien sûr, dit Al. Que se passe-t-il ? Vous ne connaissez pas Lebrix ? Il devrait vous connaître. Je vais arranger la chose. Garçon ! Eddie !

– Non, non, dit Julian. Ici je peux en avoir sans problème. Ils m'en vendront. Mais je ne veux pas en acheter. Je refuse tout net d'acheter à boire, Al. S'il y a quelque chose que je refuse de faire, c'est d'acheter de l'alcool. *Vous*, je veux vous payer à boire. Je vous paierai... Oh ! ce type là-bas, je vais lui payer à boire. Mais je ne veux pas *acheter* à boire. Voyez ce que je veux dire ?

– Non. Je ne vois pas très bien ce que vous voulez dire, Mr. English.

– Oh ! Appelez-moi Julian, Al, je vous en prie. Appelez-moi Julian et moi je vous dirai Al. Au diable les cérémonies. On se connaît depuis toujours. Vous savez, dans un endroit comme celui-ci, nous autres, les gens de Gibbsville, il faut qu'on se serre les coudes. Si nous ne nous soutenons pas, savez-vous ce qui va arriver ? Ces gens de Hazleton se ligueront contre nous. De quoi est-ce que je parlais juste avant que vous me disiez ça ?

– Quoi ?

– Oh ! oui… i… i. L'alcool. S'il y a quelque chose que je refuse de faire, c'est d'acheter de l'alcool. Vous savez pourquoi ? Vous voulez savoir le fond de ma pensée ?

– Dites.

– Eh bien, c'est comme en amour, Al, dit Julian. Vous voyez ce que je veux dire, ou vous ne voyez pas ? On achète à boire et c'est tout ce qu'on a, un verre d'alcool acheté… Alors que, d'un autre côté… *au contraire, au contraire**, Al, euh ! vous… euh… quelqu'un vous offre à boire et c'est comme en amour. Tiens, dites-moi, qui est-ce donc ?

– Vous avez pris ma chaise, monsieur, dit Helen Holman qui venait de finir sa chanson.

– Pas du tout, dit Julian, asseyez-vous. Ne vous excusez pas. Asseyez-vous. Si c'est vraiment votre chaise, vous n'avez pas à vous excuser. Asseyez-vous et Al ira nous chercher une autre chaise, n'est-ce pas, Al ? »

Al tira une chaise d'une autre table.

« Serrez la main à Mr. English, dit Al. C'est un ami d'Ed.

– Est-ce que vous êtes une amie d'Ed ? demanda Julian à Helen.

– Oui, j'imagine qu'on peut dire ça, dit Helen.

– Parfait, dit Julian. Ed qui ?

– Ed Charney, dit Al.

– Oh… h… h ! Ed *Charney* ! dit Julian. Mais, mon Dieu, pourquoi ne l'avez-vous pas dit plus tôt ? Mon Dieu, Seigneur tout-puissant, pourquoi me l'avoir caché ? Je ne pensais pas que vous étiez une amie d'Ed *Charney*. Mon Dieu !

– De quel Ed croyiez-vous qu'il s'agissait ? demanda Helen.

– Oh ! je ne sais pas. Faut-il qu'on en débatte maintenant ? dit Julian. Comment vous appelez-vous ?

– Helen Holman, dit-elle.

– Oh ! oui, oui, dit Julian. Comment ? Pourriez-vous répéter, s'il vous plaît ?

– Helen Holman, répéta-t-elle.

– Oh ! Helen *Holman*. C'est vous qui avez épousé Dutch Snyder. Comment va-t-il, ce bon vieux Dutch ? Est-ce qu'il danse toujours autant qu'avant ?

– Jamais entendu parler de lui, dit Helen.

– Moi non plus, dit Julian. On est dans le même bateau. Moi non plus. Et, d'ailleurs, je ne veux plus qu'on me parle de lui. Bonté divine, quelle jolie robe vous avez là.

– Je l'aime bien, dit-elle en souriant à Al.

– Miss Holman est une très, une très bonne amie d'Ed Charney, dit Al.

– Fort bien, vous m'en voyez ravi, dit Julian. Je vais vous apprendre quelque chose. Je suis un très, un *très* bon ami d'Ed Charney.

– Oh ! je sais, dit Al. Je vous disais simplement que miss Holman, elle aussi est… une amie très intime, vous comprenez ?...

– Faites-lui un dessin tant que vous y êtes, dit Helen.

– Vous voulez dire que miss Holman est la maîtresse d'Ed ? C'est bien ça ? demanda Julian.

– Oui, c'est exactement ce qu'il veut dire, dit Helen.

– Eh bien, je ne sais pas du tout quoi vous dire », dit Julian.

Puis il reprit :

« Excepté que… j'adore cette robe. J'aime beaucoup cette robe.

– Je l'aime bien, dit Helen.

– Et moi donc, dit Julian. Et vous Al ? Comment trouvez-vous la robe de miss Holman ? Allez, dites-nous tout.

– Elle est très bien, dit Al, très bien.

– Et comment ! dit Julian. Une danse, miss Holman ?

– Elle est fatiguée, dit Al.

– Dans ce cas-là, elle ferait mieux d'aller se coucher, dit Julian.

– Hein ? dit Al.

– Qu'est-ce que vous voulez ? dit Julian.

– Rien. Mais rappelez-vous bien ce que je vous ai dit à propos de miss Holman et d'Ed.

– Mon cher ami, j'ai déjà oublié ce petit commérage, dit Julian. Les intrigues sentimentales de miss Holman ne m'intéressent pas le moins du monde, n'est-ce pas, miss Holman ?

– Pas le moins du monde.

– Parfait ! dit Julian. Dans ce cas, allons danser.

– Échec et mat », dit Helen qui se leva et rejoignit la piste de danse avec Julian.

Dans la grande salle, tout le monde les regardait. C'était une bonne danseuse, Julian aussi. Et ils *dansèrent*, ce qui déçut légèrement plusieurs personnes anticipant un autre genre d'exhibition. Cela surprit aussi un peu Helen, et cela surprit Al Grecco. Quand ils reprirent place à table, Al se détendit et était capable de rire à ce que disait Julian. Bientôt Carter Davis vint se joindre à eux. Lorsqu'il eut été présenté, Carter dit :

« Caroline te réclame.

– Il se trouve que je sais très bien que ce n'est pas vrai, dit Julian.

– Et pourtant, c'est vrai, dit Carter.

– Carter, assieds-toi avant que n'éclate une horrible scène », dit Julian.

Carter hésita, mais finit par s'asseoir.

« Très bien, dit-il, mais rien qu'une minute. Ju, il faut que tu…

– Connaissez-vous tous mon ami, Mr. Davis ? dit Julian.

– Oui.

– Oui.

– Oui, nous nous sommes déjà rencontrés, dit Carter.

– C'est vrai, dit Julian. Alors parlons d'autre chose. De nos lectures. Heu… Miss Holman, avez-vous lu *The Water Gipsies ?*

– Non, je ne crois pas, dit Helen. De quoi est-ce que ça parle ?

– Je n'en ai pas la moindre idée, dit Julian, on m'en a fait cadeau à Noël ou, plutôt, on en a fait cadeau à un membre de ma famille.

– Un membre de ta famille ! dit Carter.

– Oui, un membre de ma famille, dit Julian. Ma femme, en fait, miss Holman. Mr. Davis, le Mr. Davis ici présent, a offert à ma femme *The Water Gipsies* comme cadeau de Noël. Et, à moi, qu'est-ce que tu m'as offert, camarade ?

– Tu sais bien ce que je t'ai offert, dit Carter.

– Bien sûr, si je ne m'en souvenais pas, je serais un beau salaud. »

Julian se pencha en avant pour faire des confidences à Helen et à Al :

« Mr. Davis m'a offert une cravate de chez Finchley. Venue tout droit de chez Finchley. Tu te rappelles la cravate que tu m'as offerte, Carter ?

– Évidemment

– Je te parie cinq dollars que tu as oublié à quoi elle ressemble. Voici mon billet. Tu tiens le pari, Carter ?

– Je ne veux pas te voler ton argent, dit Carter.

– Oh ! mais si, tu le voleras. Mais si, si. Sors tes cinq dollars. Là. Prenez-les, Al.

– Comment est-ce qu'on peut le prouver ? dit Julian. Oh ! j'ai une idée. Tu vas me dire comment elle est, cette cravate, et puis tu iras voir Caroline et tu la lui décriras. Compris ? Si tu as raison, elle me fera oui de la tête, et, si tu te trompes…

– Elle te fera non de la tête, dit Carter. Entendu ! »

Il se leva et s'en alla vers l'autre table.

« Vous ne voulez pas qu'on danse encore un peu ? dit Julian.

– Vous ne préférez pas attendre que votre ami vous donne le résultat du pari ?

– Je m'en fous. J'ai fait ça uniquement pour me débarrasser de lui.

– Mais vous allez perdre cinq dollars, dit Helen.

– Ça ! oui, vous perdez cinq dollars, dit Al.

– Le jeu en vaut la chandelle, dit Julian, après tout, je me suis débarrassé de lui, non ? Venez, allons danser.

– Mat et double mat », dit Helen.

Ils firent comme si Al n'existait pas et passèrent sur la piste.

« C'est votre femme, là-bas ? demanda Helen.

– Laquelle ? dit Julian.

– Oh ! je connais Kitty Hofman.

– Eh bien, ma femme, c'est l'autre, oui. Vous êtes une excellente danseuse. Je vous l'ai déjà dit ?

– Non, pas encore. Vous ne vous débrouillez pas si mal non plus, Mr. English.

– Oh ! appelez-moi Malcolm.

– C'est votre nom, Malcolm ? Je croyais que... Oh ! vous me faites marcher.

– Non. Je vous demande pardon. Je m'appelle Julian. Appelez-moi Julian. »

Ils ne parlèrent plus jusqu'à la fin de la musique, et tandis qu'ils restaient debout, Julian applaudissant et Helen les mains jointes, Julian lui dit brusquement :

« Êtes-vous amoureuse ?

– C'est pas un peu indiscret comme question ?

– Bien sûr qu'elle l'est. Alors ?

– Qu'est-ce qui vous pousse à me demander ça tout à coup ? dit-elle.

– Je voulais savoir. Je... »

La musique reprit.

« Je voulais vous demander de sortir avec moi. Voulez-vous ?

– Comment ça ? Maintenant ?

– Oui.

– Il fait affreusement froid dehors, dit-elle.

– Mais vous voulez bien ? dit-il.

– Je ne sais pas, dit-elle. J'ai une chambre à l'étage.

– Non, je veux aller dehors ; dans ma voiture.

– Oui, ce vaudra peut-être mieux. Nous ne pourrons pas y rester longtemps. Je dois retourner chanter dans une demi-heure. Oh ! il vaut mieux pas. Votre femme va nous voir, et Al aussi.

– Voulez-vous venir ? dit-il.

– Oui », dit-elle.

Ils glissèrent discrètement vers le bord de la piste de danse, se mirent à marcher normalement, et disparurent. Parmi les convives qui se trouvaient dans cette grande salle, trois seulement les virent s'éclipser. Trois personnes : Caroline, Al Grecco et Foxie Lebrix.

Très peu de temps après, Julian s'endormit dans sa voiture et Helen revint seule dans l'auberge. Il était trois heures du matin bien passées quand Julian sentit quelqu'un le secouer ; il mit du temps à revenir.

« Mouais ? dit-il.

– Ne le réveillez pas, recommanda quelqu'un.

– Il faut bien le réveiller si on veut lui mettre son pardessus. Allons, Ju. Secoue-toi. »

C'était Whit Hofman.

« Allons !

– Attends, je vais t'aider, dit Kitty Hofman qui essaya d'entrer dans la voiture.

– Ôte-toi de là, dit son mari. Allons, allons, Ju. Carter, entrez par l'autre côté. Tenez, prenez son pardessus. Je vais tenir Julian et vous lui mettrez son pardessus sur les épaules. À nous deux, nous pourrons lui enfiler les bras dans les manches.

– J'ai une idée, dit Kitty. Frottons-lui la figure avec de la neige.

– Oh ! ferme-la, veux-tu ? dit Whit.

– La neige ne serait pas une mauvaise idée, dit Caroline.

– Qui est-ce qui veut mett' d' la neige sur ma f… igure ? dit Julian.

– Tu es réveillé, Ju ? dit Whit.

– Bien sûr, j'suis réveillé.

– Eh bien, dans ce cas, mets ton pardessus. Là, tenez l'autre bras, Carter.

– Je n'veux pas mett' mon pardessus. Pourquoi faut-y que j'mette mon parrdessus ? Heu… Pourquoi ?…

– Parce que qu'il est l'heure de rentrer, dit Whit.

– Allons, mon chou, mets ton pardessus, dit Kitty.

– Oh ! bonsoir Kitty, dit Julian. On danse, Kitty ?

– Non, on s'en va, dit Kitty.

– Bon Dieu, Kitty, ôte-toi de là, dit Whit.

– Je crois que je vais dormir, dit Julian.

– Allons ! Julian. Maintenant, ça suffit, dit Caroline. On veut tous rentrer chez nous. On meurt de froid. Mets ton pardessus. »

Sans un mot de plus, Julian enfila son pardessus, dédaignant toute aide.

« Où est mon chapeau ? dit-il.

– Nous ne l'avons pas trouvé, dit Whit. La petite du vestiaire pense qu'elle l'a donné par erreur à quelqu'un d'autre. Lebrix a dit qu'il t'en achèterait un neuf.

– Remonte ton col », dit Caroline.

Julian remonta le col épais de son pardessus, une solide pelisse en peau de ragondin. Il se tassa dans un coin de la voiture et fit semblant de s'endormir. Carter était assis dans l'autre coin, avec Kitty Hofman au milieu de la banquette. Caroline monta devant avec Whit, qui conduisait la voiture de Julian. Les sifflements du vent, le cliquetis sec des chaînes mordant la neige et le ronron du moteur étaient les seuls bruits qui parvenaient aux oreilles des cinq passagers. Les quatre qui étaient mariés avaient compris que, pour le moment, il valait mieux ne rien ajouter.

Perdu dans la fourrure, Julian sentait monter l'extraordinaire excitation, le grand poids palpitant dans la poitrine et dans les entrailles qui marquent l'approche d'un châtiment encore inconnu, bien mérité. Il savait qu'il allait prendre quelque chose.

VII

Quand il était petit, un jour, Julian s'était enfui de chez ses parents. Dans une ville de la taille de Gibbsville (24 032 habitants au recensement de 1930), les gosses de riches vivent à deux pâtés de maisons des enfants dont les parents ne sont pas riches, même d'après la notion de richesse qui a cours à Gibbsville. Cela crée, surtout chez les garçons, une sorte de démocratie bâtarde, ce qui vaut peut-être mieux que l'absence complète de démocratie – ou pas. En tout cas, quand ils voulaient se lancer dans une partie de football, les gosses de riches de Gibbsville étaient bien forcés de jouer avec les fils des non-riches. Parmi les riches, il n'y avait même pas neuf garçons, encore moins dix-huit, de l'âge de Julian, si bien que les garçons riches ne pouvaient même pas former une équipe à eux tout seuls. En conséquence, entre le moment où il quitta le jardin d'enfants et celui où il fut prêt à entrer à l'école secondaire, Julian eut des amis qui n'habitaient pas tous Lantenengo Street. Carter Davis allait chercher Julian, ou Julian passait chercher Davis, pour aller jouer au base-ball ou au football. Ils descendaient la colline jusqu'à Christiana Street, prenaient la rue suivante, et retrouvaient toute leur bande. Les membres de cette bande avaient pour pères un boucher, un conducteur de trams, un géomètre « pratique » (c'est-à-dire qu'il n'était pas passé par l'université), un convoyeur de wagons de fret, deux comptables de la compagnie minière, un pasteur baptiste, un tenancier de bar de quartier, le mécano d'un garage (qu'il prononçait « garache ») et un condamné à perpétuité (il s'était fait coincer la dernière fois pour avoir volé cent mille cigarettes à la Gibbsville Tobacco Company).

Tous ces garçons mangeaient à leur faim. Ils n'en étaient pas réduits à vendre des journaux, sauf le fils du pasteur, qui plaçait des abonnements pour le *Saturday Evening Post* et ne parlait que de récépissés bleus ou verts, et de la bécane qu'il allait s'acheter lorsqu'il aurait un nombre suffisant de récépissés, une Ranger. Certains jours de la semaine, il ne fallait pas compter sur lui, car il devait assister à des réunions des placiers du *Post*. C'était un type travailleur, que tout concourait à rendre impopulaire dans la bande : son accent nasal de l'Indiana, le fait qu'il vienne d'ailleurs (il n'était arrivé à Gibbsville qu'à l'âge de cinq ans) et qu'il remportait de brillants succès à l'école. Sa voix était reconnaissable entre toutes ; elle était haut perchée et il n'avait pas une diction chantante comme celle des autres garçons, chez qui l'on retrouvait la forte influence des communautés allemandes de Pennsylvanie. C'était le copain que Julian aimait le moins. Celui qu'il préférait, c'était Walt Davis, le fils du voleur de cigarettes. Walt n'avait aucune parenté avec Carter. Il louchait, ce qui lui donnait un certain charme, du moins selon Julian. Les soirs qui précédaient Halloween, c'est Walt qui se rappelait tout ce qu'on devait faire : une fois, c'était la nuit des Portails, qu'on passait à dégonder les portails des maisons ; une autre, était la nuit du Tic-tac, pendant laquelle on attachait près des fenêtres un bouton au bout d'une ficelle tordue à bloc : cela faisait un bruit très réussi jusqu'à ce que la ficelle soit complètement détordue ; une autre encore, c'était la nuit des Peintres, où l'on repeignait les trottoirs et les habitations. Le soir de Halloween, on se déguisait en fantômes ou en cow-boys ou en Indiens, en dames, en messieurs ; on sonnait aux portes en criant : « N'oubliez pas Halloween ! » Si les gens vous donnaient des sous ou des gâteaux, très bien. S'ils refusaient, vous enfonciez une épingle dans la sonnette, vous jetiez le paillasson dans la rue, vous emportiez les fauteuils de la terrasse et vous versiez sur le perron des seaux d'eau pour qu'ils gèlent dans la nuit. Walt savait distinguer les Nuits entre elles ; c'est son père qui les lui avait apprises.

Le chef de la bande, c'était Butch Doerflinger. Il était gros, fort et courageux. Il avait tué plus de vipères que tous ses copains, il nageait mieux que quiconque et il savait tout des grandes personnes parce qu'il avait observé son père et sa mère. À eux, ça leur était égal. Ils trouvaient ça drôle. Julian avait peur de Butch, parce que la mère de Julian avait menacé de « dénoncer » le père de Butch pour avoir battu son cheval. L'histoire n'avait pas eu de suite, et tous les ans, ou tous les deux ans, le père de Butch achetait un nouveau cheval.

Il y avait les choses qu'il était interdit d'évoquer dans la bande : on ne parlait pas de prison à cause du père de Walt ; ni d'ivrognes à cause du fils du tenancier de bar ; ni des catholiques parce que le fils du mécanicien et celui du comptable étaient catholiques. Julian n'avait pas le droit non plus de prononcer le nom d'un médecin, quel qu'il soit. Ces sujets venaient parfois sur le tapis et étaient débattus dans les moindres détails mais généralement, cela se faisait en l'absence du garçon que la conversation aurait pu embarrasser. Les autres sujets de conversation ne manquaient pas : les filles ; les transformations que subissent les garçons vers quatorze ans ; les parades ; les goûts des uns et des autres ; ce qu'on ferait si on gagnait un million de dollars, comment le dépenserait-on ; ce qu'on ferait quand on serait grand ; est-ce qu'un cheval est mieux qu'un chien ; quel était le plus long trajet en train que chaque garçon avait fait ; quelle était la meilleure marque d'automobile ; qui habitait la plus grande maison ; qui était le garçon le plus sale de l'école ; est-ce qu'un officier de police pouvait être arrêté ; qui irait à l'université plus tard ; quelle fille chacun allait-il épouser et combien d'enfants aurait-il ; quel était l'instrument le plus important d'un orchestre ; quel était le poste le plus important dans une équipe de base-ball ; est-ce que tous les confédérés étaient morts ; la ligne de chemin de fer de Reading était-elle supérieure à celle de Pennsylvanie ; est-ce que la morsure du serpent noir est mortelle ?…

Il y avait un tas de choses pour s'occuper. Il y avait les billes, un jeu en particulier appelé *dobbers* qu'on jouait avec des billes grosses comme des citrons. On y jouait dans le caniveau en revenant de l'école, on envoyait sa *dobber* sur celle du copain et, avec la sienne, il visait la vôtre. Ce n'était pas un jeu palpitant, mais ça faisait paraître moins long le chemin du retour. Certains jours, la bande sautait dans un camion – de préférence un camion de déménagement ou un camion d'épicerie en gros ; les transports de charbon étaient trop lents – et on se faisait transporter aux frais de la princesse jusqu'à la caserne de la police d'État, où on regardait les flics faire l'exercice et s'entraîner au tir. La bande s'en allait dans la montagne et jouait à « Tarzan et les singes », sautant d'arbre en arbre, s'écorchant le derrière sur l'écorce. Il fallait être très prudent dans les montagnes, se méfier des trous d'air qui sont traîtres ou supposés tels, des endroits où le sol est miné et susceptible de s'effondrer. De mémoire d'anciens, personne à Gibbsville n'avait jamais perdu la vie dans un éboulement de ce genre, mais le danger était présent. Il y avait un jeu qui s'appelait « Cours, brebis, cours », et parfois, après avoir vu *Naissance d'une nation*, la bande jouait au Ku Klux Klan. Des jeux inspirés par un film étaient joués et rejoués pendant des jours et des jours, puis laissés de côté et oubliés, pour être ressuscités sans succès quelques mois plus tard. Pendant quelque temps, la bande constitua un Club de cyclistes Fisk. Il fallait avoir des pneus Fisk à sa bécane, ce qui vous autorisait à écrire aux gens de chez Fisk pour qu'ils vous envoient des fanions, des casquettes et un tas d'autres trucs : boutons, manuels de signalisation, etc. Le père de Julian lui permit d'acheter deux pneus Fisk, et Carter Davis en avait un seul, mais c'étaient les seuls pneus Fisk de toute la bande. Les autres membres du groupe faisaient des économies pour en acheter et en attendant, quand ils avaient une crevaison, ils gonflaient le pneu de produit anti-fuite. Ils avaient aussi des cigarettes pour fumer : des Ziras, des Sweet Caps, des Piedmonts, des Hassans. Parfois Julian achetait des cigarettes Condax, qui coûtaient plus cher. Butch et Julian étaient les gros fumeurs de la bande, mais Julian préférait respirer l'odeur d'une cigarette fumée par quelqu'un d'autre plutôt que fumer lui-même, et il s'aperçut que fumer ne le faisait pas valoir aux yeux de Butch. Il arrêta au bout d'un an sous prétexte que son père avait remarqué sur ses doigts des traces de nicotine. Quelquefois, la bande allait s'asseoir sur les rochers dans la montagne ; ils regardaient les trains de charbon provenant de l'est descendre dans la vallée et comptaient les wagons : le nombre le plus élevé sur lequel ils tombèrent, ce fut soixante-dix-huit voitures. Parfois, ils descendaient dans la vallée et quand un train ralentissait ou s'arrêtait en gare de Gibbsville, ils montaient sur le convoi et se faisaient promener pendant quatre milles jusqu'à Alton, ou pendant cinq milles jusqu'à Swedish Haven. C'était un trajet périlleux et dans le froid : une fois par an environ, un gosse tombait du train et y laissait une jambe ou se faisait écraser sous les roues, mais la coutume de sauter dans un train de charbon persista. Il était imprudent de dépasser Swedish Haven, parce qu'ensuite, la ligne déviait et s'écartait beaucoup trop de la grand-route. Un train de charbon ralentissait à la gare de Gibbsville tous les jours vers trois heures et quart et arrivait à Swedish Haven à quatre heures, ce qui permettait généralement aux gamins de rentrer chez eux à l'heure, soit en sautant sur des camions d'épicerie, soit en voyageant sans payer par le tramway, soit même à pied. On arrivait à la maison à peine en retard pour le souper.

Ils avaient un autre jeu que Julian n'aimait pas, parce qu'il avait très peur des conséquences. On l'appelait tout simplement la « Foire d'empoigne ». Il y avait deux grands magasins à Gibbsville : Woolworth et Kresge. Une fois par mois à peu près, après l'école, les gamins de la bande se répandaient dans les rayons des magasins. Parfois ils ne chipaient rien, généralement parce qu'ils étaient surveillés de près par les employés et par le directeur, dont le bureau était placé de manière à observer tous les comptoirs. Mais parfois, après avoir fait le tour du magasin, la bande se retrouvait, et deux ou trois copains disaient : « Regardez ce que j'ai piqué », exhibant ce qu'ils rapportaient de la foire d'empoigne : crayons, loupes, tournevis, pinces, bobines de fil de fer, balles de base-ball, sucre d'orge, calepins d'écolier, jouets, gants de coton, chatterton... tels étaient les fruits des rapines dont se vantaient les fiers champions de la foire d'empoigne. Alors, les autres gamins avaient honte et, la fois suivante, tous essayaient de voler quelque chose.

Au début, Julian refusa de participer à la foire d'empoigne, mais, quand Carter Davis le laissa tomber pour se joindre aux types de la foire, Julian dut faire quelque chose. Il s'en tira une fois en achetant un bocal de bonbons, histoire d'avoir un butin à montrer à la fin de la foire, mais il ne pouvait pas recourir souvent à cette astuce, il n'avait pas assez d'argent de poche. Ses parents lui donnaient un *quarter*[1] par semaine, plus cinq cents le vendredi et cinq cents le samedi, pour qu'il puisse aller voir deux films à épisodes qu'il suivait ; alors, naturellement, il ne pouvait pas acheter grand-chose au magasin, surtout s'il voulait s'offrir un esquimau à l'entracte pour deux cents. C'est ainsi qu'il se mit à participer à la foire d'empoigne.

Il y réussit admirablement, et, lorsqu'il vit l'ampleur de sa réussite, il eut envie de voler en permanence. La plupart des garçons de la bande ne volaient que pour le geste ; c'est pourquoi certains d'entre eux, lorsqu'ils

1. Un *quarter* est une pièce de vingt-cinq cents.

vidaient leurs poches après une virée, en sortaient des pieds de carton pour l'étalage des bas de femmes, des crécelles de bébés, des cartes d'épingles à nourrice, des gants de toilette, du savon et autres objets sans utilité. Mais Julian devint si expert qu'il pouvait prédire ce qu'il allait chiper et en règle générale, il y parvenait. La bande se disséminait une fois passé la porte du magasin, et le nombre d'enfants errant dans les rayons était si important qu'il était difficile de suivre leur piste.

Julian ne savait pas qu'il était surveillé. C'était le cas depuis très longtemps, mais le directeur remarqua qu'il ne dérobait rien et cessa de le surveiller. Mais lorsqu'il remporta ses premiers succès en tant que voleur, les vendeuses apprirent à monter la garde. Elles savaient qui il était : un gosse de Lantenengo Street qui n'avait pas du tout besoin de voler. Plusieurs d'entre elles le signalèrent au directeur, lequel, dès lors, négligea les autres gamins pour avoir l'œil sur Julian.

Un jour, après l'école, la bande décida de s'offrir une foire d'empoigne et ils descendirent en nombre chez Kresge. Une cloche tinta à leur entrée, mais ils n'y prêtèrent pas attention : des cloches sonnaient constamment dans ce grand magasin – à l'attention des caissières, des chefs de rayon, des surveillants, des garçons livreurs. Elles sonnaient constamment. Julian avait annoncé à l'avance qu'il volerait une lampe de poche pour Butch ; ce dernier devait en échange voler un grand morceau de saucisson sec à la halle à la viande de Doerflinger. Pas une *tranche*, qu'il pouvait obtenir sur simple demande, mais un gros morceau d'au moins trente centimètres de long.

La lampe de poche comprenait un boîtier, une batterie et une lampe : dix cents par élément séparé, trente cents en tout. Le rayon de matériel électrique était situé à côté de la porte d'entrée et Julian s'y dirigea immédiatement. La vendeuse, debout devant le comptoir – les employés se tenaient devant les comptoirs qui étaient eux-mêmes collés aux murs –, lui demanda ce qu'il désirait et il répondit qu'il attendait simplement un ami qui se trouvait dans un autre rayon. Elle le regarda sans rien dire et ne le quitta pas des yeux. Bon, il n'allait pas se laisser intimider par elle, et il lui prouverait qu'il était plus malin. Il sortit un paquet de cigarettes Ziras, en prit une dans la bouche et fit semblant de chercher des allumettes au fond de sa poche, mais, comme prévu par Julian, toutes les cigarettes se répandirent sur le sol. La vendeuse se pencha par réflexe ; c'était encore mieux que prévu – il avait voulu la distraire, rien de plus. Il se pencha à son tour et du même mouvement avança la main droite. Avant qu'il n'ait commencé à ramasser les cigarettes, la lampe était dans sa poche.

« Interdit de fumer ici, dit la vendeuse.

– C'est marqué où ? répondit Julian et, à ce moment précis, il sentit une poigne se refermer sur son bras.

– Je t'ai vu, espèce de petit voleur. (C'était le directeur.) Je t'ai vu prendre cette lampe. Miss Loftus, allez chercher la police.

– Oui, monsieur, dit-elle.

– Tu vas voir. Je vais te régler ton compte », dit le directeur.

Julian essaya de fourrer la main dans sa poche pour se débarrasser de la lampe.

« Oh ! mais non, mais non, dit Mr. Jewett. Cette lampe va rester dans ta poche jusqu'à l'arrivée de l'agent de police. Il est temps que quelqu'un mette fin à ton manège. Un petit bourgeois, hein ? Le fils du docteur English ? Un enfant de Lantenengo Street ? Parfait ! »

En un clin d'œil, une foule s'était amassée autour d'eux et certains de ses copains en faisaient partie. Ils étaient effrayés et deux d'entre eux s'éclipsèrent ; Julian en éprouva un sentiment désagréable, mais il ne pouvait pas leur en vouloir, et puis il fut content de constater que Butch et Carter n'avaient pas disparu.

« Allez-vous-en, mesdames et messieurs, dit Mr. Jewett. Je vais m'occuper de cette affaire. »

Les gens se dispersèrent lentement ; c'était l'occasion qu'attendait Butch. Il s'approcha de Jewett et dit :

« Qu'est-ce qu'il a fait, monsieur ?

– De quoi te mêles-tu ? D'ailleurs, tu le sais très bien, ce qu'il a fait », dit Jewett.

Butch envoya à Jewett un grand coup de pied en plein dans les tibias puis prit ses jambes à son cou, tout comme Julian. Ils sortirent du magasin et tournèrent à gauche, car ils savaient très bien que Leffler, l'officier de police, viendrait du commissariat par la droite. Ils descendirent une rue à toute vitesse, en remontèrent une autre, en descendirent une troisième et arrivèrent enfin aux chantiers de la gare de fret.

« Nom de Dieu ! Je n'ai jamais autant couru de toute ma vie, dit Butch.

– Moi non plus, dit Julian.

– J'ai bien fait de lui donner ce coup de pied, dit Butch.

– Et comment ! Si tu l'avais pas fait, j'y serais encore. Qu'est-ce qu'ils me feraient ?

– J'sais pas. Ils t'auraient envoyé en maison de correction peut-être. Et maintenant, moi aussi je suis bon pour ça, sûrement.

– La vache !… dit Julian.

– Qu'est-ce qu'on va faire maintenant ? demanda Butch.

– Oh !… J'en sais rien. Qu'est-ce qu'on pourrait faire ?

– Ben ! si tu retournes chez toi… ils te connaissent au magasin… alors, si tu retournes chez toi, tu vas te retrouver avec Leffler, qui t'attendra.

– Tu crois qu'ils feraient ça ?

– Bien sûr. Il t'arrêtera et le commissaire t'enverra dans une maison de correction jusqu'à tes dix-huit ans.

– Sans blague ? dit Julian.

– Sérieusement, dit Butch.

– Je ne veux pas qu'on m'envoie en maison de correction. Je vais fuguer pour éviter ça.

– Moi aussi, dit Butch, je suis complice.

– Oh ! dit Julian.

– Je suis complice parce que j'ai foutu un coup de pied dans les tibias à Jewett. Donc comme toi, je suis impliqué.

– Ben ! en tout cas, j'irai pas en maison de correction. Ils m'attraperont pas et me foutront pas dans un de ces trucs. Je vais fuguer avant qu'on m'enferme, dit Julian.

– Oui, mais comment qu'on va faire ? »

Julian réfléchit une minute. Il regardait des gens assembler un train : le dérailleur réunissait des voitures éparpillées un peu partout dans le dépôt et les alignait sur une voie, tout près de l'endroit où les deux jeunes garçons étaient assis.

« On n'a qu'à sauter dans le convoi et filer, dit Julian.

– La vache, dit Butch, je ne sais pas où il va. Les charbonniers, on sait où il vont, et on sait qu'on pourra descendre à Swedish Haven, mais un convoi de fret…

– Il faut qu'on se décide. On veut éviter la maison de correction, non ? dit Julian.

– Oui, mais qui serait prêt à sauter dans un train sans savoir où il va ? Peut-être jusqu'à Philadelphie, et sans arrêt.

– Un direct pour Philly ? Tu es cinglé, si c'est tout ce que tu t'y connais en trains ! Il s'arrêtera, va, t'en fais pas. Faudra bien qu'ils réapprovisionnent en eau le tender, non ? Qu'ils ajoutent des voitures et qu'ils en enlèvent, non ? Non ? Et puis, qu'est-ce que ça peut nous faire, de ne pas savoir où il va ? Ça vaut toujours mieux que la maison de correction, hein ? Tu sais ce qu'ils fabriquent dans ces endroits-là ?

– Non.

– Mais si, tu le sais. Là-bas, il y a des prêtres, des catholiques. Ils nous battent et ils nous font aller à l'église tous les matins à cinq heures. C'est ce que j'ai entendu dire.

– Qui est-ce qui t'a raconté ça, qui ? dit Butch.

– Qui ?... Oh ! des tas de copains. Je le sais de source sûre. La personne qui me l'a dit connaît quelqu'un qui est très renseigné sur le sujet mais je n'ai pas le droit de te dire son nom. Alors on y va, oui ou non ? À Philly, on pourra vendre des journaux. J'y suis allé souvent et des types de notre âge qui vendent des journaux, y en a, alors pourquoi pas nous ? Même plus jeunes que nous. De petits gamins, j'en ai vu, je suis sûr qu'ils n'avaient pas plus de neuf ans et demi, ils vendaient des journaux au Bellevue-Stratford.

– Ah ! oui ? dit Butch.

– Parole d'honneur. Tu ne sais même pas ce que c'est le Bellevue-Stratford, je parie. Où est-ce ?

– À Philly. Tout le monde sait ça.

– Oui, mais qu'est-ce que c'est ?

– Oh ! je ne sais pas. Toi non plus tu ne sais pas tout sur tout.

– Tu vois, tu ne le sais pas. Eh bien, c'est l'hôtel où nous descendons à chaque fois… »

À ce moment-là, Julian comprit que, s'il allait à Philadelphie, il ne pourrait pas cette fois-ci descendre au Bellevue-Stratford.

« Alors, tu viens avec moi ?

– Probable. »

Ils attendirent que le train s'ébranle et sautèrent sur la plate-forme avant du fourgon. À deux reprises, ils durent descendre lors des haltes – pour finalement être arrêtés. À Reading, ils furent remis à la police ferroviaire puis furent ramenés à Gibbsville par le dernier train. Butch Doerflinger père et le docteur English étaient plantés sur le quai à Gibbsville lorsque le train entra en gare. Doerflinger père avait fait de nombreuses, de trop nombreuses réflexions – décidemment, ce fils était le portrait craché de son père, ce qui l'amusait et le rendait même assez fier. « Douze ans à peine, et déjà, il joue au passager clandestin sur des trains de marchandises ! Mes aïeux, les gamins d'aujourd'hui, qu'est-ce qui leur passe par la tête, hein docteur ? ». La suite était déjà toute trouvée : une bonne correction pour le jeune Butch et travail obligatoire sur le camion de livraison tous les matins.

Mais William Dilworth English, docteur en médecine, ne songeait pas à la sanction immédiate qu'il allait infliger à son fils ; la définir ne serait pas difficile. Il ne songeait pas à s'enorgueillir d'avoir un fils voyageant à l'œil sur les trains de marchandises. Ce qui le laissait profondément songeur et lui donnait l'air accablé que

Julian pouvait lire sur son visage, c'était cette histoire de « portrait craché de son père », ce refrain de Butch Doerflinger. William Dilworth English pensait à sa propre vie, à son honnêteté scrupuleuse, maniaque ; soucieux d'un sou, respectueux de ses dettes, oubliant jusqu'à sa personne, il s'était fait une religion de l'honnêteté après le suicide de son propre père. Et voilà la récompense qu'il recevait en retour : un fils à l'image de son grand-père, un voleur.

Julian ne vola plus jamais, mais, aux yeux de son père, il resta pour toujours un voleur. Étudiant, Julian était à découvert environ une fois par an, et toujours à cause de chèques qu'il avait signés sous l'emprise de l'alcool. Il n'en parlait jamais avec son père, mais par sa mère, Julian savait ce que son père pensait de sa gestion… « Essaie de faire plus attention, lui écrivait-elle. Ton père se fait tellement de mouron, et en ce qui concerne l'argent, il s'inquiète beaucoup pour toi ; il pense que tu as ça dans le sang à cause du grand-père English. »

Il était neuf heures trente, le lendemain de la soirée au Stage Coach. À en croire la petite pendule moderne posée sur la coiffeuse de Caroline, il était même neuf heures trente précises. Cette petite pendule ne comportait pas de chiffres, seulement des carrés de métal là où les chiffres étaient censés se trouver. Il était allongé dans son lit, ses pensées tournant autour des images qui surgissent quand on prononce cette heure, neuf heures trente : les gens qui se pressent pour aller au travail, qui arrivent à Gibbsville de Swedish Haven, de Collieryville et de toutes les petites bourgades environnantes ; des gens aux visages tourmentés, tourmentés par la peur d'être en retard. Les clients très matinaux, aussi. Mais aujourd'hui, vendredi, lendemain de Noël, il n'y aurait pas de clients matinaux. Il était trop tôt pour commencer à échanger les cadeaux de Noël. Lundi viendrait bien assez vite pour ça. Mais les magasins devaient être ouverts, et les banques, et les bureaux de la compagnie minière ; et les hommes d'affaires qui se faisaient un devoir d'être à l'heure au travail se rendaient au travail. « Comme moi, par exemple », pensa-t-il, et il sortit du lit.

Il était en sous-vêtements. Sa queue-de-pie et son pantalon étaient pliés et pendaient à une chaise ; d'autres indices lui laissèrent entendre que Caroline avait ôté les boutons de sa chemise, ses fixe-chaussettes, sa cravate, son gilet, et qu'elle avait envoyé au blanchissage ce qui devait y aller. Cela signifiait donc qu'elle était levée car étant donné l'humeur qui avait dû être la sienne la veille au moment de rentrer, elle n'aurait pas pris la peine de s'occuper de ses vêtements sur le moment. Il se rasa, prit un bain, s'habilla, descendit et se servit à boire.

« Ah ! vous êtes levé, dit Mrs. Grady, la cuisinière.

– Bonjour, Mrs. Grady, dit Julian.

– Mrs. English est descendue pour le petit déjeuner, mais elle est retournée au lit, dit Mrs. Grady.

– Du courrier ?

– Rien d'important je crois. Des cartes de vœux, je dirais. Voulez- vous des œufs pour votre petit déjeuner ?

– Évidemment.

– Eh bien, je ne savais pas, dit-elle. J'ai vu que vous buviez de l'alcool, alors je ne savais pas si vous vouliez des œufs. Je vais vous les préparer. Le café est prêt.

J'étais justement en train d'en prendre une p'tite tasse quand je vous ai entendu arriver.

– Oui, on la connaît, la p'tite tasse.

– Quoi ?

– Rien. Rien du tout. Trois minutes et demie les œufs, n'oubliez pas.

– Après quatre ans, peu de chances que j'oublie le temps de cuisson pour vos œufs.

– Oui, peu de chances, mais ça ne vous empêche pas de vous tromper parfois », dit Julian.

Les manières méprisantes de la cuisinière l'agaçaient.

« Laissez-moi vous dire, Mr. English, que…

– Oh ! allez faire cuire mes œufs et, pour l'amour de Dieu, fermez-la. »

Voilà que ça le reprenait : les domestiques, les flics, les serveurs au restaurant, les ouvreuses de théâtre, il pouvait les haïr plus que les gens susceptibles de lui causer un réel tort. Il se haïssait lui-même après s'être emporté contre eux, mais, nom de Dieu, ces gens qui avaient si peu à faire, ne pouvaient-ils pas le faire correctement au lieu de lui compliquer la vie ?

Le journal n'était pas sur la table, mais comme Julian n'avait pas envie d'adresser la parole à Mrs. Grady, il s'en passa et s'assit, ignorant si ce satané journal était arrivé ou non. Rien à lire, personne à qui parler, rien à faire, excepté fumer une cigarette. Dix heures moins cinq, nom de Dieu, à cette heure-ci, le journal devrait déjà être là, et cette vieille bique l'avait probablement emporté dans la cuisine et le gardait rien que pour l'embêter. Bon Dieu de bon Dieu ! il devrait la… Oh ! et puis zut. Elle s'entendait très bien avec Caroline. Voilà la vérité… Cette vieille bique, elle avait sûrement compris à l'attitude de Caroline qu'il s'était passé quelque chose la veille, et, bien entendu, toute sa sympathie allait à Caroline. Mais tout de même, on ne la payait pas pour prendre parti dans les querelles de ménage, et on ne la payait pas pour… Il se leva et marcha bruyamment en direction de la cuisine.

« Où est le journal ? dit-il.

– Hein ?

– J'ai dit : où est le *journal* ? Je ne parle pas chinois il me semble ?

– Vous n'avez pas dit le mot magique, dit-elle.

– Oh ! pour l'amour de Dieu, Mrs. Grady, cessez vos simagrées. Où est le journal ?

– Votre femme l'a monté dans sa chambre. Elle avait envie de lire.

– Comment le savez-vous ? Elle voulait peut-être s'en servir pour allumer le feu, dit-il en s'en allant.

– Y a pas de cheminée là-haut, gros malin. »

Il ne put réprimer un rire. Il pouffa et se servit un verre de whisky ; il rebouchait la bouteille au goulot de laquelle pendait une petite chaîne retenant une plaque marquée « scotch » quand la cuisinière entra, le grand plateau du petit déjeuner dans les mains. Il avait envie de l'aider mais il ne se serait dérangé pour rien au monde.

« Peut-être qu'elle dort à présent et que je peux reprendre le journal, dit Mrs. Grady.

– Non, merci ; ne vous donnez pas cette peine », dit Julian.

Il soupçonnait Caroline non seulement d'être éveillée mais aussi d'avoir suivi chacun de ses mouvements depuis qu'il s'était levé. Elle dormait à nouveau dans la chambre d'amis.

« Rentrerez-vous pour déjeuner ?

– Non, dit Julian, bien qu'il n'y eût pas encore réfléchi.

– Très bien ! Et alors les choses à préparer pour la réception de ce soir ?

– Oh ! Mon Dieu ! J'avais oublié cette histoire, dit Julian.

– Parce que Mrs. English m'a chargée de vous dire de laisser un chèque pour les alcools et le champagne. On doit les livrer cet après-midi.

– Combien a-t-elle dit ?

– Elle a dit que vous deviez signer un chèque en blanc et qu'elle le remplirait quand Grecco livrerait la marchandise. »

Grecco. Il avait fallu qu'elle en parle. Et qu'elle lui demande à lui de signer un chèque, c'était étrange ! Elle disposait de son argent personnel ; en ce moment, elle en avait plus que lui. Quand ils organisaient une fête, c'est toujours elle qui payait les boissons si elle se trouvait à la maison lors de la livraison ; ils s'arrangeaient tous les deux ensuite. Pour une réception comme celle-ci, donnée autant par elle que par lui, il payait les boissons et elle fournissait tout le reste. Si seulement cette réception pouvait être annulée.

Il acheva son petit déjeuner et prit sa voiture. Il descendit jusqu'à l'hôtel John Gibb, dans le centre-ville, où il s'arrêtait tous les matins pour faire cirer ses chaussures. John, le Noir qui tenait cette petite affaire, n'était pas là.

« Il n'est pas encore arrivé, dit l'un des barbiers. J'imagine qu'il a dû célébrer un peu trop Noël, comme pas mal d'entre nous. »

Julian examina la figure de l'homme avec attention, mais celui-ci ne semblait pas mettre un sens particulier dans sa remarque, et Julian se dit que sa conduite de la veille n'était pas un sujet de conversation chez les coiffeurs. L'amitié signifiait encore quelque chose, et ses amis ne colportaient pas ce genre d'histoires en s'asseyant dans les fauteuils des barbiers. Pourtant, sur le chemin qui le ramenait vers sa voiture, il se rappela que la soirée de la veille n'était pour lui que la seconde de deux nuits sensationnelles ; il était très probable que les coiffeurs, comme n'importe qui d'autre en ville, aient entendu le récit de son altercation avec Harry Reilly.

« Bon Dieu », dit-il quand le souvenir lui en revint.

Harry Reilly lui était complètement sorti de la tête ce matin-là.

Il changea ses plans : il n'irait pas immédiatement au garage. Harry Reilly avait un bureau dans l'immeuble de sa banque et Julian décida de lui rendre visite là-bas. C'était à deux rues de l'hôtel, il pourrait prendre un ticket pour garer sa voiture, et, dans le cas où cela ne serait pas possible, une réconciliation avec Harry valait bien deux dollars d'amende.

Par endroits, le trottoir était entièrement déblayé ; à d'autres, on n'avait dégagé qu'un étroit passage, et la neige entrait dans ses chaussures quand il s'écartait pour laisser passer les femmes. Un léger désagrément supplémentaire. Devant la bijouterie J.J. Gray, il rencontra Irma Fliegler.

« Salut, Julian, dit-elle.

– Salut, Irma », dit-il. Et il s'arrêta.

Elle portait un manteau de castorette et tenait des paquets sous le bras. Il faisait encore si froid que, même à peu de distance, les femmes semblaient dénuées de signes particuliers ; mais de près, elle redevint Irma

Doane ou plutôt Irma Fliegler ; encore jolie, du genre un peu corpulente, mais corpulente d'une façon qui n'était pas exempte de charme. On sentait bien qu'elle n'allait pas être plus costaude et ne serait jamais vraiment grosse. Elle avait de très jolies jambes et mains. Quand on les voyait porter des gants, on se rappelait combien ses mains étaient jolies.

« Eh bien, Irma, on peut dire que vous étiez un fameux exemple à donner aux jeunes mères hier soir », dit Julian.

Il savait que c'était la dernière des choses à dire, mais une allusion à la soirée de la veille était nécessaire. Évoquer l'affaire était préférable à la gêne qu'ils auraient ressentie en la passant sous silence.

« Moi ? Qu'est-ce que j'ai donc fait ? Julian, vous êtes cinglé.

– Allons, allons, Irma, vous ne pensiez tout de même pas que j'aurais oublié. Vous avez volé le chapeau du trombone, vous ne le saviez pas ?

– Oh ! vous me faites marcher. Entre nous, vous êtes mal placé ! Qu'est-ce que vous teniez comme cuite ! Vous êtes bien rentré chez vous ?

– Je crois oui », dit-il.

Puis il réfléchit rapidement.

« Je me suis senti mal. Ça ne m'était pas arrivé depuis des années. Et au beau milieu d'une danse. Il a fallu que je sorte.

– Ah ! » dit-elle. Peut-être le croyait-elle.

« Une fois dans la voiture, je suis tombé complètement dans les pommes. Je crois que j'étais en train de danser avec une fille de votre groupe », dit-il.

Peut-être allait-elle le croire.

« Oh ! non. Non, pas du tout. Non pas qu'elles

auraient refusé, mais c'est avec la chanteuse que vous êtes sorti.

– Quelle chanteuse ?

– Helen Holman. C'est son nom. Elle chante au Stage Coach.

– Oh ! C'est pire que ce que je pensais. Je vais devoir lui faire porter des fleurs, j'imagine. J'avais la vague idée qu'il s'agissait de Frannie. Je me rappelle lui avoir parlé.

– Oui, elle était présente. Mais vous n'avez pas dansé avec elle, dit Irma. Elle avait ses propres problèmes. Bref…

– À bientôt, dit Julian.

– Au revoir. »

Il poursuivit son chemin. Il avait un peu peur de s'être ridiculisé. Irma n'avait sans doute pas cru un mot de cette histoire trop bien huilée selon laquelle il était sorti avec Helen uniquement parce qu'il s'était senti mal. Mais il savait que, quoi qu'il fasse, Irma prendrait toujours son parti. Il avait toujours apprécié Irma ; à l'école secondaire, elle était la plus jolie fille et elle était déjà dans les grandes quand lui était encore tout gamin, à courir avec Butch Doerflinger, Walt Davis et toute la bande. Elle lui avait fait la classe à l'école du dimanche, et elle ne le dénonçait jamais quand il séchait les dimanches après-midi pour aller à une partie de ballon. Il aurait aimé lui confier tous ses tracas, et il savait que s'il y avait bien une personne à qui il se confierait, ce serait Irma. Mais elle était devenue Mrs. Irma Fliegler, la femme d'un de ses employés. Il ne devait pas l'oublier, se dit-il.

Il monta dans l'ascenseur jusqu'au bureau de Harry Reilly.

« Salut, Betty, le patron est là ? »

Betty Fenstermacher était sténodactylo et remplissait aussi les fonctions de standardiste au bureau de Harry. Betty s'était par ailleurs donnée toute entière à Julian, et au moins douze de ses amis, quand ils avaient dans les dix-neuf à vingt ans.

« Salut, Ju ! dit-elle. Oui, il est là. Vous entendez ? Il part, et on croirait que c'est la première fois de sa vie qu'il prend le train. Faut-il que je vous annonce ?

– Ça vaudrait mieux, oui. Où va-t-il ?

– Oh ! New York », dit-elle.

Puis elle parla dans le téléphone :

« Mr. English est ici et désirerait voir Mr. Reilly. Dois-je le faire entrer ? »

À cet instant précis, Harry fit son apparition, une valise à la main, vêtu de son pardessus et d'un chapeau.

« Je serai de retour jeudi au plus tard, dit-il. Appelez Mrs. Gorman et dites-lui que j'ai pu avoir mon train. »

Harry tourna la tête et, pour la première fois, Julian fut en mesure de constater que Harry avait véritablement un œil au beurre noir, et bien noir, c'était un fait. Le glaçon lui avait clairement atterri en pleine pommette et la poche de chair qu'il avait sous l'œil était bleue, noire, rouge, enflée.

« Ah ! c'est vous, dit Harry.

– Oui, j'ai pensé qu'il fallait que je vienne...

– Écoutez, je n'ai pas une minute à perdre. Je prends le train de dix heures vingt-cinq et il me reste environ quatre minutes. Je reviens la semaine prochaine. »

Il détala hors du bureau. Julian songea à l'accompagner jusqu'à la gare, puis renonça à cette idée. Impossible de s'expliquer avec un homme qui n'a plus que quatre minutes pour attraper son train. Sur sa ligne privée, Betty Fenstermacher appelait la gare et demandait qu'on fasse attendre le train ; Julian s'en rendit compte et, quand elle eut terminé, lui demanda :

« Qu'est-ce qui se passe ?

– J'en sais rien. Je l'ai entendu beugler des histoires de compagnies de chemins de fer, comme quoi elles allaient fusionner. Ce matin, il faisait tellement de foin dans ce bureau, on était tellement pris dans sa frénésie qu'on aurait cru que c'était lui qui allait les fusionner tout seul. J'ai appris que c'était vous qui lui aviez poché l'œil, Ju. Qu'est-ce qu'il faisait ? Du gringue à votre femme ?

– Non, non. Au revoir, ma chère », fit-il.

En temps normal, il serait resté pour charrier Betty, à qui l'on pouvait dire n'importe quoi sans l'offenser, mais pour le moment, le départ de Harry, aussi subit qu'un courant d'air, le laissait encore abasourdi. Une telle conduite ne lui ressemblait pas.

En se dirigeant vers sa voiture, Julian se rappela qu'il avait en effet entendu dire que les sociétés New York Central et Pennsylvania allaient fusionner ; un tel rapprochement aurait certainement un effet sur la fortune de Harry Reilly. Harry possédait de grosses parts dans les compagnies Virginia et West Virginia, et dans les mines de houille tendre. Mais Harry était aussi un expert en mensonges très élaborés et il était possible qu'il se soit servi de cette histoire de fusion de sociétés comme une excuse pour quitter Gibbsville en attendant que son œil au beurre noir devienne moins noir. Julian aurait bien voulu savoir si la fusion allait vraiment avoir lieu. Cela avait beau ne plus le concerner, il gardait encore pour ces sujets la curiosité d'un homme qui a travaillé à la Bourse, et qu'on ne perd jamais ; il est amusant de connaître des tuyaux que tout le monde ignore, et il pourrait toujours risquer un ou deux gros billets. Ou pas, peut-être pas. S'il se fiait à son flair, cette fusion n'aboutirait pas ; Harry Reilly faisait du bluff, il ne pouvait même pas quitter la ville sans prétexter d'importantes raisons d'affaires.

Sur le chemin du garage, Julian passait en revue les événements de la matinée, et une seule chose semblait ne pas avoir eu lieu pour l'agacer. C'était le départ de Harry, le fait que Harry Reilly allait être loin de Gibbsville pour une raison légitime ; quand il n'apparaîtrait pas ce soir à la réception des English, cela mettrait un terme aux ragots. Vu comme les choses s'étaient présentées aujourd'hui, cela arrêterait les bavardages des gens qui ne le verraient pas à la réception English. S'il considérait la façon dont les choses s'étaient présentées aujourd'hui, c'était une bonne surprise… oui, et une autre bonne surprise lui était tombée dessus : on ne lui avait pas collé d'amende pour s'être garé sans payer. À cet instant précis, une traverse de ses chaînes se rompit, et il fit le chemin jusqu'au garage avec le bout de chaîne qui pendait et cliquetait, bang-toc, bang-toc, bang-toc, contre le pare-chocs arrière gauche.

Il klaxonna à la porte du garage, mais il se passa bien deux minutes avant que Willie, l'apprenti mécanicien qui lavait aussi les voitures, n'ouvre la porte. Julian avait donné au moins cinquante fois l'ordre de ne jamais faire attendre qui que ce soit et il se préparait à engueuler Willie, quand Willie lui cria :

« Joyeux Noël, patron ! J'espère que le vieux père Noël vous a gâté !

– Mouais… dit Julian.

– Merci de vos étrennes, continua Willie qui avait

touché une semaine de gages en gratification. Ces quinze dollars sont tombés au bon moment. »

Willie ferma la porte. Sa voix dominait le ronron du moteur et le bruit des mécaniciens à l'étage.

« J'ai dit à ma petite amie, je lui ai dit…

– Traverse de chaîne pétée sur la roue arrière gauche, dit Julian.

– Hein ! Quand ça ?

– Maintenant, 12e Rue.

– Sans blague ! Elle a bien tenu. Mieux que j'aurais cru. Vous vous souvenez, je vous l'avais dit merc'di. Je vous avais dit : "Devriez me laisser les réparer ces chaînes-là."

– Mouais… »

Julian dut reconnaître que Willie l'avait en effet prévenu. Il alla dans le bureau situé tout au fond du grand hall d'exposition au rez-de-chaussée.

« Bonjour, Mary, dit-il.

– Bonjour, dit Mary Klein, sa secrétaire.

– Quoi de nouveau ?

– C'est assez calme, répondit-elle en ajustant ses lunettes.

– Passé un bon Noël ?

– Dans l'ensemble, pas trop mauvais. Ma mère est descendue de sa chambre l'après-midi, mais je suppose que ça l'a trop agitée. Elle a eu une nouvelle crise vers cinq heures et quart, et nous avons dû faire venir le Dr Malloy.

– Rien de grave, j'espère, dit Julian.

– Oh ! je ne crois pas. Le docteur dit que non, mais ces docteurs, ils ne disent pas toujours la vérité. Je veux qu'elle aille à Philadelphie pour voir un spécialiste, mais nous redoutons de le dire au Dr Malloy. Vous savez comment il est. Si nous le lui disions, il dirait : “Très bien, ça va. Appelez ‘un autre médecin’.” Et nous avons tellement de dettes envers lui. Nous faisons de notre mieux, mais mon frère n’est pas près de trouver du travail apparemment, et ça n’est pas faute de chercher. Dieu sait qu’il ne coûte pas cher. Et ma mère, elle a *un peu* d’argent, mais il faut que je paie les assurances, les hypothèques, que j’entretienne la maison, et avec le prix de la nourriture qui ne cesse de monter, mon Dieu ! Mon Dieu ! »

Ce qui était pratique, quand Mary énumérait chaque matin ses malheurs, c’est qu’en général on pouvait l’interrompre n’importe quand sans qu’elle ne le prenne mal.

« On a tous nos problèmes, j’imagine », dit Julian.

Depuis que Mary travaillait pour lui, il prononçait cette phrase au moins trois fois par semaine, et à chaque fois, Mary réagissait comme s’il s’agissait d’une idée neuve et brillante.

« Oui, oui, sûrement ! En venant tout à l’heure, je lisais un article à propos de l’homme qui écrivait ces histoires comiques dans l’*Inquirer*, Abe Martin. Il est mort, dans l’Ouest, je ne sais où. Je croyais qu’il venait de Philadelphie, mais le journal disait Indiana. Indianapolis, je crois. Eh bien, voilà un homme…

– Salut, Julian ! »

C’était Lute Fliegler. Mary mit fin immédiatement à son discours. Elle détestait Lute parce qu’un jour, il l’avait surnommée « le plus grand petit moulin à paroles du coin ». Et il l’avait fait devant elle, par-dessus le marché.

« Salut, Lute ! dit Julian, qui lisait une lettre où un revendeur d’une autre partie de l’État lui faisait part de ses projets de réjouissances pour la semaine du Salon de l'automobile. Vous voulez y aller ? » dit-il, en lançant la lettre à Lute.

Lute lut rapidement :

« Je n'suis pas fou », dit-il.

Il s'assit et mit ses pieds sur le bureau de Julian :

« Écoutez-moi, il va falloir que nous fassions une fois de plus la danse du scalp autour de Mr. O'Buick.

– Est-ce qu'il recommence ? » dit Julian.

O'Buick était le surnom qu'ils donnaient à Larry O'Dowd, un des vendeurs de la société Buick de Gibbsville.

« Il recommence ! dit Lute. Je vais vous dire ce qui s'est passé ce matin. Je suis allé voir Pat Quilty, le croque-mort. Le mois dernier, je lui ai fait faire deux essais et il était partant. Du moins, il l'était. Il veut une voiture fermée sept places dont il puisse se servir pour sa famille aussi bien que pour les enterrements. Du moins, il la voulait. Moi, j'avais fait un calcul honnête, je m'étais dit : C'est le seul jour entre tous où le vieux ne s'attend pas à me voir surgir. Si je le prends par surprise, peut-être qu'il va signer aujourd'hui. Et il paiera rubis sur l'ongle, vous savez, Julian. Alors je suis donc allé le voir, je suis allé dans son bureau et j'ai commencé à faire l'idiot – ça l'amuse. Il trouve que ça le rajeunit. Mais j'ai remarqué que je ne lui arrachais pas un mot, alors j'ai arrêté de faire le guignol et je lui ai demandé ce qu'il avait. "Je peux bien vous le dirrre, Misterr Flieglerr, d'aprrès ce que j'entends rrraconter, la compagnie que vous trrravaillez avec, on m'a rrraconté qu'on y aime guèrrrre les gens de ma rrreligion !" Quoi ! lui ai-je dit. Mais la voiture Cadillac porte le nom d'un catholique. Le vieux duc de Cadillac était catholique !

“Je ne veux point parrrler de la Generrrral Motorrrs, Misterr Flieglerr. Je veux parrrler de Julian English. Voilà de qui je veux parrrler.” Voyons, Mr. Quilty, lui ai-je dit, vous vous trompez complètement. Et je lui ai cité le révérend père Creedon : quel bon ami c’était pour vous, le père Creedon, et que vous aviez fait ci et ça pour les sœurs, et ainsi de suite, mais il n’a rien voulu savoir. Il m’a dit que, d’ailleurs, il n’était pas toujours d’accord avec le révérend Creedon, mais que ce n’était pas la question. La question, a-t-il dit, c’était qu’il avait entendu l’histoire d’une bagarre entre vous et Harry Reilly. De quoi diable veut-il parler ?

– Je lui ai envoyé un whisky à la figure l’autre soir, dit Julian.

– Oh ça ! dit Lute. Oui, j’en ai entendu parler. Mais vous ne vous êtes pas battus à cause de la religion ?

– Non, jamais de la vie. J’étais soûl, et je lui ai simplement lancé le contenu de mon verre. Et puis ? Quoi d’autre sur O’Buick ?

– Eh bien, voilà le problème. Je ne peux rien en tirer. Le vieux Quilty n’a rien voulu me dire de plus que ce que je vous ai raconté, sauf qu’il a ajouté qu’il lui fallait un peu de temps pour réfléchir avant de savoir s’il allait oui ou non nous acheter quelque chose. J’ai bien peur qu’on ne place pas cette voiture, à moins que vous alliez vous-même l’entreprendre, Julian.

– Croyez-vous que ça servirait à quelque chose ?

– À vous parler bien honnêtement, je n’en sais rien du tout. Je suis dans le cirage. Quand un de ces salopards d’Irlandais se met dans la tête qu’on est contre leur Église, bon courage pour leur faire changer de chanson. Dans le cas qui nous occupe, la seule explication, c’est que ce jeune salaud de O’Dowd a appris que vous et Reilly, vous vous étiez bagarrés ou je ne sais quel ragot, et il est allé tout droit raconter l'histoire au vieux Quilty. Voilà ce que j'ai découvert. Oh ! j'aimerais bien lui en allonger un entre les deux yeux !

– Moi aussi.

– Eh bien, ne le faites pas. Sinon, d'ici quelques jours, même donner notre marchandise sera impossible. Autant que je vous dise toutes les mauvaises nouvelles pendant que j'y suis.

– Vous avez d'autres mauvaises nouvelles ? demanda Julian.

– C'est exactement ça, Julian. Je ne voudrais pas... Attendez une minute. Miss Klein, voudriez-vous être assez aimable pour passer dans le vestibule pendant que je parle à Mr. English ?

– Oh ! certainement. C'est demandé si courtoisement ! »

Mary Klein quitta le bureau.

« Écoutez, Julian, dit Lute, vos affaires privées ne regardent que vous. En plus, ici, vous êtes le patron, et tout ça. Mais j'ai dix ans de plus que vous, et vous et moi, ça a toujours collé sans un pli. Alors, ça vous dérange si je vous parle sans prendre de gants ?

– Allez-y.

– Eh bien, ne le prenez pas mal, et, si ça vous déplaît, vous pouvez me virer, mais vous vous êtes conduit comme un idiot hier soir, au Stage Coach. Nom de Dieu, je ne sais pas quoi vous dire. Vous n'auriez pas dû faire ça, emmener cette poule dehors, cette chanteuse de cabaret. Vous savez qui c'est, son type ? Ed Charney. Un de nos meilleurs amis en matière de business. Ce gars-là, un tas de gens ne veulent rien avoir à faire avec lui, et à mon avis, pas mal de vos amis pensent que vous

vous contaminez quand vous lui vendez une voiture. Mais, en attendant, Ludendorf vend des ribambelles de Packard à ces mêmes amis, donc ce qu'ils pensent n'a aucune espèce d'importance. Ed Charney est un type réglo, un gars net. Il paie ses factures recta, et je parle de grosses factures. Il vous apprécie personnellement. Il me l'a dit maintes et maintes fois. Il dit que, parmi ceux de la Route, vous êtes le seul qu'il considère comme vraiment chic. Et résultat ? Résultat, chaque fois qu'un bootlegger de ses copains cherche une automobile de luxe, Ed s'arrange pour nous procurer la vente. On ne voit jamais Ludendorf vendre des Packard aux copains d'Ed Charney.

« Et vous ? Vous, pour le remercier, vous couchez avec sa poule, et vous le faites cocu dans son propre établissement, sans compter que vous vous ridiculisez aux yeux de votre femme et de vos amis. Vous savez ce qui arriverait si un type de la bande d'Ed essayait de se livrer à ce genre d'acrobatie, n'est-ce pas ? Ça serait du suicide. Et, Julian, ce n'est pas parce que votre père est un gros bonnet par chez nous, que vous pouvez croire ne pas vous être fourré dans de sales draps. Je ne dis pas qu'Ed va ordonner à ses gorilles de vous jouer un petit air de moulin à café ou autre. Mais pourquoi ne pouvez-vous pas faire plus attention ? J'ai entendu dire, par hasard, qu'Ed est complètement remonté, et, nom de Dieu, je ne vais pas lui jeter la pierre. Il entretient cette gonzesse depuis plus de deux ans et tout le monde dit qu'il est fou d'elle. Et voilà que vous prenez une cuite et que vous la sortez pour la basculer cinq minutes, et vous démolissez tout sur votre passage. Tout de même, Julian !

– Vous vous trompez sur un point, dit Julian.

– Lequel ?

– Je n'ai pas couché avec cette fille. »

Lute hésita avant de répondre :

« Eh bien !... peut-être pas, mais tout le monde pense que si, donc ça revient au même. Elle est restée assez longtemps dans la voiture pour ça et, quand elle est rentrée, elle n'avait pas l'air de quelqu'un a écouté sagement le père Coughlin à la radio. Ce qui me surprend, c'est que vous ayez même posé les yeux sur elle. C'est pas à moi de dire ce genre de choses, mais vous m'avez toujours fait l'effet d'être le couple idéal, vous et Mrs. English, enfin, je veux dire Caroline. Irma est du même avis. Je sais bien que c'est la première fois que j'entends dire que vous courez après une poule. Sincèrement, Julian, je ne voudrais pas me mêler de ce qui ne me regarde pas, mais, si vous avez des querelles de ménage avec votre femme, faites ce que vous pouvez pour arranger tout ça. Votre femme est la plus chic, la plus formidable de toute la satanée tribu de Lantenengo Street, tout le monde en ville s'accorde sur ce point, et si vous voulez de mes conseils... rappelez-vous que j'ai dix ans de plus que vous... soyez raisonnable et raccommodez ce qui est cassé. Irma et moi, nous avons nos petits accrochages, mais je connais le lien qui existe entre nous, et je pense que vous devez avoir le même sentiment quant à Mrs. English.

« Voilà. J'en ai dégoisé plus long que prévu, mais je suis content de ne plus avoir tout ça sur le cœur. Si vous voulez me mettre à la porte, c'est votre droit, mais tout ce que je viens de vous dire est la pure vérité, et au fond du cœur, mon vieux, vous le savez. Si vous êtes le genre de type à me foutre dehors pour vous avoir dit ça, alors vous n'êtes pas le genre de type que je pensais et je ne souhaite plus travailler pour vous. Voilà ce qu'il en est. »

Lute se leva lentement.

« Asseyez-vous, Lute. »

Julian était incapable d'en dire davantage. Les deux hommes restèrent assis face à face l'espace de quelques minutes. Lute offrit une cigarette à Julian et Julian la prit. Julian donna du feu à Lute. Enfin, Julian dit :

« Que devrais-je faire selon vous, Lute ?

– Bon Dieu, je voudrais bien le savoir. Je crois que pour l'instant, il faut laisser courir. Vous étiez soûl, c'est une circonstance atténuante. Charney en tiendra peut-être compte. Quoi qu'il en soit, et même si le diable s'en est mêlé, ça se tassera. Ne le prenez pas trop à cœur. Je viendrai vous voir tantôt vers l'heure de la fermeture. Maintenant, il faut que j'aille à Collieryville, mais je m'arrangerai pour venir. Marché conclu ?

– D'accord ! » dit Julian.

Ils se serrèrent la main avec un sourire, Lute partit et Julian l'entendit dire à Mary Klein que tout avait été décidé : ils ne s'occuperaient plus d'automobiles à présent, mais d'avions.

« Ce n'est pas vrai, dites, Mr. English, ce que Luther Fliegler vient de me dire ?

– Que vous a-t-il dit ?

– Que nous allions arrêter de vendre des voitures pour vendre des avions. Je ne crois pas qu'il y ait un tel débouché pour les avions dans le coin, si ?

– Que ça ne vous empêche pas de dormir pendant deux ou trois ans, Mary, dit Julian. Vous connaissez Lute.

– Et comment ! » dit Mary.

C'était une de ces matinées où il pouvait se dire

qu'il avait du travail jusqu'au cou ou qu'il n'avait rien à faire, sans mentir pour autant dans les deux cas. Sa gueule de bois ne le dérangeait pas outre mesure. Il savait qu'il pouvait travailler malgré les répercussions de la nuit précédente. Il voulait travailler. La difficulté, c'était de s'y mettre. Il voulait travailler pour chasser les pensées de son esprit et il fit un effort consistant à sortir du papier et des crayons dans l'intention d'établir une sorte de tableau récapitulatif des affaires traitées dans l'année par la Compagnie des automobiles Cadillac de Gibbsville. C'était l'heure idéale pour ce travail : aucun vendeur ne viendrait le déranger et il n'avait pas grand-chose d'autre à faire. Mais les mots, les synthèses, les récapitulations le firent songer à Lute et à la façon dont il avait résumé et récapitulé sa conduite de la veille, en y ajoutant les conséquences. L'affaire Quilty… bon, il pensait savoir à quoi s'attendre de ce côté-là. O'Dowd n'avait probablement rien dit au vieux Quilty, mais au moment d'apprendre cette histoire de verre lancé dans la figure de Reilly, O'Dowd avait dû se précipiter chez Quilty pour conclure l'affaire. O'Dowd était un bon vendeur et savait profiter de ce genre de situation. Julian était doublement furieux de rater cette vente, parce que vendre une voiture à un croque-mort, ça vous fait une sacrée publicité quoi que disent les gens pour se moquer. Les croque-morts entretiennent leurs voitures mieux que personne, noires, propres, lustrées, impeccables. Cette idée, Julian la tenait de ses propres réactions ; il s'était souvent dit que, quitte à mourir, autant se diriger vers le cimetière dans le luxueux corbillard de Quilty, suivi des conduites intérieures si bien tenues de Quilty, des Studebaker. Chaque fois qu'il entendait l'air de Saint-James Infirmary, il pensait toujours au vieux Quilty. Et Quilty aurait payé comptant. Facile à prendre. D'autant plus pénible à perdre. Il se demanda si Harry Reilly avait déjà commencé à agir. Harry était un homme très riche et ses placements et autres conseils d'administration lui prenaient presque tout son temps, mais cela ne l'empêchait pas de se tenir au courant des affaires des autres, et il était homme à savoir que Quilty envisageait d'acheter une Cadillac. C'était exactement le genre d'informations qu'il pouvait connaître. Après tout, pourquoi l'ignorerait-il ? Il avait prêté à Julian vingt mille dollars l'été précédent et c'était une belle petite somme, quelle que soit la fortune de Harry. C'était une raison suffisante pour que Harry prenne un intérêt plus qu'ordinaire aux affaires de Julian.

Vingt mille dollars ! Pourquoi diable avait-il emprunté autant ? Il le savait pourtant fort bien. À cette époque, il n'avait besoin que de dix mille dollars, mais il s'était dit que tant qu'à faire, il pouvait aussi bien demander une somme plus importante. Les dix mille avaient fondu en un rien de temps : même en tenant compte de la main-d'œuvre bon marché et du prix bas des matériaux l'été précédent, environ huit mille dollars avaient été nécessaires pour construire un plan incliné conduisant au garage ; Julian avait calculé que cela constituerait en fin de compte une économie d'électricité conséquente car ils n'auraient plus besoin d'avoir systématiquement recours au monte-charge ; jusqu'à présent la différence avait été à peu près inexistante. En fait, Julian n'aurait pas protesté très longtemps si quelqu'un lui avait suggéré que ce projet de plan incliné était une erreur. Et puis qu'est-ce qu'il y avait encore ? Ah ! il y avait ces deux motocyclettes à trois roues. L'idée avait été qu'un mécano irait en motocyclette, disons, jusqu'au garage Davis, accrocherait une espèce de petit fourbi à la Cadillac de Davis et la remorquerait avec la motocyclette, jusqu'à la Compagnie des Cadillac de Gibbsville, pour entretien et réparations. Une autre idée destinée à réaliser des économies, mais les économies, Julian en était sûr, ne s'étaient pas encore concrétisées dans les livres de comptes. Et pourquoi *deux* motocyclettes ? Une suffisait amplement. C'était plus qu'assez. Et puis il y avait les arbres, ces beaux arbres si sveltes. Julian s'était forcé à ne jamais les regarder quand il passait à côté d'eux, mais maintenant il s'obligeait à les considérer. Ils se dressaient devant l'entrée, le long de la petite bande de gazon qui bordait le trottoir. Il y en avait là pour sept cent soixante-six dollars et quarante-cinq cents, transport et salaire du jardinier compris. Julian avait beau connaître leur prix au sou près, il n'était pas très sûr de savoir leur nom pour autant. Il les avait achetés sur un coup de tête et sous l'effet d'une frénésie naturaliste, conséquence d'un déjeuner à la Ligue pour l'urbanisme esthétique. Des arbres se dressaient autrefois là où s'élevait aujourd'hui la Compagnie des automobiles Cadillac de Gibbsville, et il s'en était dressé aussi le long du trottoir, mais on les avait abattus et puis, un jour, Julian s'était rendu à l'un de ces déjeuners de la Ligue pour l'urbanisme esthétique ; chaque invité se leva pour dire quelques mots sur les arbres et la beauté qu'ils ajoutent à un quartier résidentiel – le garage de Julian était au milieu d'un quartier résidentiel – et, par une curieuse coïncidence, un pépiniériste faisait partie des convives, alors Julian signa une commande. Et voilà ce qui entama fortement les autres dix mille dollars.

Le reste était parti en dépenses nécessaires, règlements de dettes, salaires, etc.

Lute avait raison sur un autre point : Ed Charney était un bon client. « Je suis un bon client d'Ed, se rappela Julian, et pourtant il me rapporte plus que je ne lui rapporte. » Il fallait faire quelque chose pour cette histoire avec Ed, mais Julian pensa que la meilleure solution pour le moment, c'était de rester tranquille et de voir venir. Oui, hier soir, il s'était mis dans un sacré pétrin. Ed Charney furieux contre lui, Caroline... Bon, mieux valait ne pas y penser pour l'instant ; il était à son poste de travail, et il essaierait se concentrer sur ce qui avait un impact sur ses affaires. Si Ed Charney se fâchait sérieusement... mais ça n'arrivait pas, il ne lancerait pas une grenade sur le garage. On était à Gibbsville, pas à Chicago. Et malgré tout, le nom des English signifiait quelque chose dans le coin. « Même si je n'y suis pour rien », se dit tout bas Julian.

« Ce qu'il est horripilant ! dit tout haut Mary Klein.

– Que se passe-t-il, Mary ?

– Luther Fliegler, dit-elle. Il fait ces petits bulletins quand il prend de l'essence, mais il écrit si mal ses chiffres qu'on ne peut jamais savoir s'il a voulu écrire dix gallons ou soixante-dix gallons.

– Vous savez, je ne pense pas qu'il ferait une note pour soixante-dix gallons. Une voiture ne peut pas contenir autant d'essence, dit Julian. En plus, ça n'est pas votre rayon. Laissez Bruce se débrouiller. »

Mary se retourna pour le regarder :

« Oui, mais vous oubliez un détail : vous avez permis à Bruce d'aller passer la fin de la semaine à Lebanon. »

Elle parlait avec la voix d'une femme qui supporte héroïquement toutes les injustices. Bruce Reichelderfer était le comptable et Julian lui avait accordé sa fin de semaine.

« Vous avez raison, dit-il. Montrez-moi ça. »

Elle lui passa le bulletin. Elle avait raison, comme toujours. Il était impossible de distinguer, d'après les chiffres, si Lute avait voulu écrire dix ou soixante-dix.

« Nous devrions adopter le sept français[1], dit-il, comme ça il n'y aurait aucun doute. Toutefois, je crois que nous pouvons supposer raisonnablement que c'est dix gallons. Il ne signerait pas pour soixante-dix d'un seul coup.

– Bien. Je voulais simplement m'en assurer. Soixante-dix gallons d'essence, ça représente beaucoup d'argent...

– Je sais, Mary, vous avez raison. »

Pour une raison inconnue, le ton qu'elle employait emplissait Julian de terreur, le genre de terreur qu'il ressentait quand il savait qu'il faisait quelque chose de mal. C'était une expérience qui remontait à loin, il y pensait encore en termes enfantins – « quand je fais quelque chose de mal ». Ce n'était pas uniquement la voix de Mary, c'était toute son attitude, et elle n'était pas récente, cette attitude. Cela faisait des semaines, et peut-être des mois, qu'elle se comportait comme une maîtresse d'école qui aurait l'intention de lui parler de son travail ou de sa conduite. Elle était dans le Vrai et lui dans le Faux. Elle arrivait à lui donner l'impression d'être un voleur, un débauché lubrique (et Dieu sait pourtant qu'il n'avait jamais essayé de la séduire), un ivrogne, un

1. Aux États-Unis et dans d'autres pays anglo-saxons, le chiffre 7 s'écrit sans barre centrale, ce qui explique qu'on puisse le confondre avec un 1.

bon à rien. Elle représentait très exactement la classe sociale d'où elle sortait : la classe moyenne luthérienne de la communauté allemande de Pennsylvanie, solide et respectable, et lorsque Julian pensait à elle, lorsqu'elle lui faisait sentir sa présence, lorsqu'elle symbolisait activement les valeurs en lesquelles elle croyait, il avait l'impression que le petit bureau se remplissait soudain d'une foule dense composée d'honnêtes bureaucrates, d'ouvriers spécialisés, de maîtresses d'école du dimanche, de veuves et d'orphelins, la race des gens de Christiana Street qui les détestaient secrètement, lui et tous les habitants de Lantenengo Street, il le savait bien. Ils pouvaient avoir leurs enfants illégitimes, leurs incestes, leur parésie, leur bestialité conjugale, leur cruauté envers les animaux, leurs enfants martyrs, et toutes les autres choses qu'on rencontre dans n'importe quelle famille isolée du groupe ; mais, collectivement, ils formaient le solide front d'une vraie communauté allemande de Pennsylvanie, avec tout ce que cela implique ou est supposé impliquer. Ils allaient à l'église le dimanche, ils épargnaient, ils traitaient leurs vieux parents avec bonté, leurs corps étaient propres, ils aimaient la musique, ils aimaient la paix, c'étaient de bons travailleurs. Et ils étaient assis là, le dos droit, bien cambré, leurs manches de lustrine protégeant leurs poignets, leur blouse fraîchement repassée aussi nette après avoir été portée cinq heures que la chemise de Julian au bout de deux. Et ils pensaient que c'était bien dommage, que cette merveilleuse affaire ne soit pas entre les mains d'un de leurs hommes au lieu d'être progressivement conduite à la ruine par un raté de Lantenengo Street. Et pourtant, Julian devait le reconnaître, Lute Fliegler était un descendant des Allemands de Pennsylvanie et un des types les plus chics qui aient jamais vécu. En y réfléchissant, Julian revint à sa vieille théorie : il était possible, après tout, que la mère de Lute se soit envoyé, rapidement, un Irlandais ou un Écossais. C'était ignoble d'imaginer cette vieille Mrs. Fliegler dans cette situation, elle qui faisait encore les meilleurs pâtés en croûte que Julian ait jamais goûtés.

De temps à autres, Julian notait sur le papier quelques chiffres à mesure qu'ils lui venaient à l'esprit. Il ne cessait d'avoir l'air très occupé et il espérait faire bonne impression sur Mary Klein. Les feuilles posées devant lui se couvraient de lettres et de nombres soigneusement tracés, à la façon dont écrivent les ingénieurs. Addition, soustraction, multiplication et division...

« Il l'a fait. À quoi sert d'essayer de me monter le coup ? Je sais qu'il l'a fait. Je sais qu'il l'a fait, et peu importe toutes les excuses que je lui trouve ou les efforts que je fais pour me convaincre du contraire, j'en reviens toujours à la même chose : il l'a fait. Je sais qu'il l'a fait. Et pour quoi ? Pour un sale petit frisson avec une femme qui... oh ! je croyais pourtant que ce n'était plus à l'ordre du jour pour lui. N'a-t-il pas eu le temps d'en profiter assez avant de m'épouser ? Croit-il être encore un étudiant potache ? Croit-il que je n'aurais pas pu moi aussi lui jouer le même tour, des douzaines de fois ? Ignore-t-il que... (oh ! naturellement, il ne le sait pas) que, de tous ses amis, Whit Hofman est le seul dont je puisse dire honnêtement qu'il n'a jamais essayé de me faire du gringue ? Le seul. Ah ! Julian, stupide, méprisable, mesquin, vil, méprisable salopard, comme je te hais ! Tu m'as fait ça à moi et tu sais très bien que c'est à moi que tu l'as fait ! Tu le sais. Tu l'as fait exprès. Pour quoi ? Ce n'était pas seulement pour qu'on soit quittes. Ce n'est pas seulement parce que j'ai refusé de t'accompagner dans la voiture. Es-tu si parfaitement idiot et aveugle pour ignorer qu'au bout de quatre ans et demi, il y a des moments où je n'ai pas du tout envie de toi ? Est-ce que j'ai besoin de te fournir une explication ? Une excuse ? Faudrait-il que je sois prête pour toi sur commande, à n'importe quelle heure sauf quand j'ai mes règles ? Si tu t'étais vraiment renseigné, tu saurais qu'en ces moments-là j'ai probablement plus envie de toi, plus qu'à n'importe quel moment. Mais tu t'enfiles quelques whiskies et tu veux être irrésistible. Tu ne l'es pas. J'espère que tu t'en es aperçu. Mais tu ne l'as pas compris. Et tu ne le comprendras jamais. Si je t'aime ? Oui, je t'aime. Je le dis comme je dirais que j'ai un cancer si j'avais un cancer. Aussi simplement. Sans hésitation… Grand séducteur, ah ! ah ! Tu es un grand garçon irrésistible, tu te sers de ton charme comme tu ouvrirais le robinet de la baignoire, tu te sers de ton charme comme tu ouvrirais le robinet de la baignoire ; tu te sers de ton charme, tu te sers de ton charr-me, tu te sers de ton charme comme tu ouvrirais le robinet de la baignoire. Je voudrais que tu meures.

« Je voudrais que tu meures parce que tu as tué en moi quelque chose de beau, oui m'sieur. Ah ! comme je voudrais que tu meures. Oui, m'sieur. Ah ! je voudrais que tu meures. Tu as tué en moi quelque chose de rudement beau, English, mon vieux, mon cher vieux, ma vieille branche. Ce que je veux dire, c'est : as-tu tué quelque chose de beau *en moi*, ou as-tu tué quelque chose de beau ? J'ai la nausée, je suis malade comme un chien, j'ai la nausée et je voudrais rendre mon petit déjeuner et ça me ferait bien plaisir de rendre mon petit déjeuner, mais, nom de Dieu, je n'ai pas envie de sortir du lit, et, si tu ne cesses pas d'être désagréable avec les domestiques…

« Oh ! je ferais mieux de me lever. Rester couchée comme ça à me morfondre ne servira à rien. Ça n'a rien de neuf, ni d'intéressant, ni d'original, ni de rare, ni de rien du tout. Je ne suis rien qu'une pauvre fille qui a envie de mourir parce que l'homme qu'elle aime lui a fait du mal. Je ne souffre même plus. Je n'éprouve plus aucune sensation. Du moins, il me semble. Non, je ne sens rien. Je ne sens absolument rien. Je ne suis qu'une femme qui s'appelle Caroline Walker, Caroline Walker English, Caroline W. English, Mrs. Walker English. Je suis cela, c'est tout. Trente et un ans. Blanche. Née ? Taille. Poids. Née ? Oui. Je trouve ça toujours drôle et ça ne changera pas. Je suis désolée, Julian, mais cela m'a toujours paru cocasse et, d'ailleurs, toi aussi, tu le pensais autrefois, il y a très longtemps, quand tu portais des cols rabattus et des cravates bouffantes, et que je t'aimais déjà. Je t'aimais alors, je t'aime maintenant. Je t'aime maintenant, je t'aimerai jusqu'à ma mort. Et je suppose que ce qui m'arrive, c'est ce qu'on appelle avoir le cœur brisé. Je crois que j'ai le cœur brisé, car il n'en reste plus rien. *Rien ne reste pour moi des jours qui sont passés : je vis dans le passé, avec mes souvenirs…* et ce que tu as fait, ce que tu as fait, c'est de prendre un couteau et de m'ouvrir de la gorge jusqu'en bas, et puis tu as ouvert la porte pour faire entrer une bourrasque d'air glacé, elle a soufflé en plein sur l'endroit où tu m'avais ouvert le corps ; jusqu'au jour de ta mort, j'espère que jamais, jamais tu ne sauras ce que c'est de se faire ouvrir le corps de haut en bas et de sentir entrer l'air glacé du dehors. J'espère que tu ne connaîtras jamais cette sensation, et je sais bien que tu ne la connaîtras jamais, mon cher amour, car il ne t'arrivera jamais rien de mal. Oh ! adorable Caroline, tes bras sont doux et chauds, l'agneau est dans le pré, la vache est dans l'enclos[1]... Non, je ne pense pas que je vais me lever tout de suite, encore un moment, Mrs. Grady. »

Inévitablement, chaque fois qu'Al Grecco entrait dans le garage où Ed Charney garait ses voitures personnelles, il pensait à une photo qu'un des types de l'Ouest avait montrée à tous les copains. Pas mal d'hommes – sans compter leurs femmes –, parmi ceux qui exerçaient le même métier qu'Al Grecco, avaient probablement la même pensée, inspirée par la même photo (cette photo avait été tirée à des milliers d'exemplaires), chaque fois qu'ils regardaient l'intérieur d'un garage particulièrement sinistre. La photo représentait un groupe d'hommes, tous morts mais possédant cet étrange semblant de vie qu'ont souvent les morts sur les photographies lorsqu'ils sont défigurés. C'était les victimes du massacre de la Saint-Valentin, à Chicago[2], où sept hommes avaient été exécutés, alignés à la mexicaine contre le mur intérieur d'un garage de la mafia.

« Ce mur-là ferait tout à fait l'affaire », dit Al en ouvrant la porte du garage.

1. Parodie d'une chanson enfantine.

2. En 1929, le jour de la Saint-Valentin, Al Capone abattit à la mitraillette sept hommes de la bande Moran, rivale de la sienne, alignés le long d'un mur.

Il monta à l'étage puis redescendit, traînant dans l'escalier une caisse de champagne. Puis il remonta et descendit une caisse de scotch, et il les embarqua toutes les deux dans une vieille conduite intérieure Hudson d'un noir terne qui servait pour les livraisons. Il fit reculer la voiture jusque dans Railroad Avenue, puis en sortit pour fermer les portes du garage. Il lança un dernier coup d'œil sur le mur nu avant de boucler complètement le garage.

« Ça, on peut le dire : voici un mur qui ferait rudement bien l'affaire », dit-il.

Aucun homme ne pouvait le traiter comme Ed Charney et s'en tirer indemne. Pas même Ed Charney. Il pensa à sa mère, avec ses petites boucles d'oreilles en or. Seigneur, il venait de se rappeler qu'elle ne possédait même pas un chapeau. Elle allait à l'église le dimanche avec une écharpe sur la tête. Dans un passé très lointain, il lui avait souvent reproché d'être une satanée paresseuse incapable d'apprendre l'anglais, mais à présent, quand il pensait à elle, il ne voyait plus qu'une brave petite femme qui avait été trop surchargée de besogne pour trouver le temps d'apprendre l'anglais. C'était une femme exceptionnelle et c'était sa mère, et si Ed Charney l'avait traité de fils de pute, très bien ; s'il l'avait traité de bâtard, très bien. Ce ne sont jamais que des insultes balancées à la tête d'un type qu'on veut mettre en colère ou, quand on est soi-même en colère contre lui. Ces noms n'avaient aucune portée véritable se disait Al, car même si votre mère est une putain, même si vous êtes un bâtard, à quoi bon se bagarrer pour ça ? Et si ce n'est pas vrai, c'est assez facile à prouver. À quoi bon se bagarrer pour ça ? Mais ce qu'Ed lui avait dit, c'était différent. Il lui avait dit :

« Écoute-moi bien, petit salopard, saleté de putain de crapule, si je t'ai envoyé là-bas hier soir, c'était pour surveiller Helen. Si tu ne voulais pas y aller, il fallait pas te forcer. Mais qu'est-ce que t'as fait, fils de pute ? T'as joué au faux frère. Je parie qu'English t'a refilé dix dollars pour l'emmener dehors et la sauter, et tranquillement, tu as accepté mes cinquante dollars parce que j'étais assez couillon pour croire que t'étais réglo. Mais non. Tu l'es pas. Pas du tout. Espèce de pâle escroc à la petite semaine. Crapule, bâtard, fils de pute... » et d'autres injures du même tonneau. Al avait essayé de s'expliquer dans la minute ; Helen avait dansé avec English, rien de plus ; elle n'était pas restée assez longtemps dehors pour avoir le temps de faire quoi que ce soit avec lui. « Tu mens, fumier. Foxie m'a dit qu'elle était sortie une demi-heure. » English était pinté, et il ne lui faisait pas du tout de gringue. « Me parle pas d'English ! Je ne lui reproche rien. C'est toi que j'engueule. Tu savais que la môme était à moi. English, non. » Et ainsi de suite. Au fond de lui, Al voulait dire toute la vérité à Ed ; que, s'il n'avait pas été réglo, il aurait facilement pu s'envoyer Helen lui-même. Mais rien de bon n'en sortirait, ça ferait même plus de mal que de bien. Ed était fou furieux. Il était tellement hors de lui que ces choses, il les avait hurlées à Al de chez lui, au téléphone, très probablement en présence de sa femme. Oh ! clairement au nez de sa femme, car si elle se trouvait dans la même maison, elle était bien forcée de l'entendre, vu comme il braillait dans l'appareil. Al, le récepteur à l'oreille, subit son engueulade sans à peine pouvoir y répondre. D'abord, il fut sonné par cette accusation de trahison : un faux jeton. Or, dans le négoce auquel se livraient Ed et Al, il n'est jamais prudent de traiter un associé de faux jeton. Si l'associé est coupable, ce qu'il convient de faire, c'est de le punir ; s'il ne l'est pas, ça lui met des idées en tête. Aussi, lorsqu'il se rappela les horribles insultes qu'Ed lui avait lancées, ce souvenir lui mit-il des idées en tête. Il n'avait pas encore décidé ce qu'il allait faire. Pas encore. Mais il lui faudrait nécessairement agir. « Ce sera lui ou moi », se dit-il en pensant à ce mur.

Mais, en attendant, il devait faire son travail. Des petites bricoles par-ci par-là. Besognes banales, la routine quotidienne. Ed était tellement furieux, tellement déchaîné qu'il en avait oublié de virer Al, et malgré tout ce qu'il avait dit, il n'avait pas laissé entendre qu'il en avait l'intention. Dans leur genre de travail, on pouvait se bagarrer, s'engueuler ou se fâcher pendant un jour ou deux avec un associé. Mais flanquer un type à la porte, c'était une autre paire de manches. On ne peut pas flanquer quelqu'un à la porte comme *ça* (claquement de doigts). Pas même à Gibbsville, qui n'était pas Chicago.

En un sens, c'était dommage. Pourtant, peut-être valait-il mieux que Gibbsville ne soit pas Chicago, parce que là-bas, les gars n'avaient même pas besoin de se bagarrer autour d'une femme pour se descendre les uns les autres. Mais d'un autre côté, Al regrettait que ce ne soit pas Chicago. À Gibbsville, il n'y avait jamais eu de guerre entre gangsters, tout simplement parce qu'Ed Charney n'avait aucune concurrence. Tandis qu'à Chicago, ils en avaient, des règlements de comptes. Ils avaient l'habitude. À Chicago, on pourrait s'en tirer. À Gibbsville, ça serait un meurtre, et pas autre chose. Il y aurait arrestation, jugement, la totale, et les jurés du coin étaient de telles carnes qu'ils étaient capables d'envoyer un type à la chaise électrique. « Je ne tiens pas à courir ce risque », se dit Al.

Et maintenant, il lui restait un gentil petit bout de besogne à faire. Une bricole. Il devait livrer ce champagne et ce whisky là où habitait English. English, le ballot à l'origine de tous ces problèmes. Et pourtant, derrière le volant, Al n'arrivait pas à détester English très profondément parce qu'à dire vrai, si l'on voulait trouver qui était responsable, ce n'était pas English, ce n'était même pas cette Helen qui avait le feu au derrière. C'était Ed Charney lui-même, un homme marié, avec un gosse, et jaloux comme un tigre d'une femme qui n'était pas la sienne. C'était ça, le problème. Il lui faut tout, à Ed. Eh bien, c'est en ça qu'il se trompe, comme dirait l'éléphant.

« Ce métier est indigne de moi », dit Al en soulevant une caisse, puis l'autre.

Il les sortit de la Hudson et les posa sur les marches de l'entrée de service de la résidence English. Il sonna.

« C'est combien ? dit la vieille femme.

– Pas besoin de me payer, dit Al qui savait qu'English avait du crédit auprès d'Ed.

– J'ai demandé combien c'est ? répéta la vieille femme. La cuisinière, pensa-t-il.

– Cent soixante-quinze. Cent pour le champagne, soixante-quinze pour le scotch. »

La femme lui ferma la porte au nez et revint au bout de quelques minutes. Elle lui tendit un chèque et un billet de cinq dollars.

« Le billet est pour vous. Pourboire, dit-elle.

– Mettez-le-vous…

– Ne me parlez pas sur ce ton, espèce de sale macaroni ! dit la vieille femme, j'ai deux garçons qui vous apprendront à causer. Si vous ne voulez pas de cet argent, rendez-le-moi.

– Compte dessus », dit Al.

« Oh ! Mon Dieu, mon Dieu ! où partez-vous donc, ma belle dame ? Vous allez en villégiature ? dit Foxie Lebrix.

– Économise ta salive, dit Helen Holman. Veux-tu téléphoner à Taqua et m'appeler un taxi ? Je te paierai la communication.

– Oh ! mais je suis désolé de vous voir partir. Je pensais que vous et moi…

– Je le sais bien, ce que tu pensais. Eh bien, non, tu vois. Si tu ne veux pas m'appeler un taxi, dis-le, j'irai à pied.

– Avec tous ces paquets ?

– Et comment ! Plus vite je sortirai de cette taule, mieux je me sentirai. Et alors, ce taxi ?

– Vous savez bien que je ne voudrais pas vous voir marcher dans la neige. Nous nous retrouverons peut-être à New York, un jour, et peut-être que vous irez me chercher un taxi quand je partirai de chez vous, n'est-ce pas ? Oui, oui, ça va, j'appelle un taxi. »

VIII

Mary Klein était rentrée chez elle pour déjeuner et Julian restait seul au bureau, devant un petit déploiement de feuilles de papier noircies de rangées de chiffres, de noms, de mots techniques. Total des voitures vendues en 1930, remises sur les ventes de voitures neuves, bénéfice sur huile et essence 1930, bénéfices pneus et accessoires 1930, bénéfices sur vente de voitures acceptées en reprise, autres bénéfices, assurances immeubles, assurances matériel, assurances matériel roulant, intérêts des immeubles, impôts publicités, pots-de-vin, frais généraux, lumière, autres débours électricité, chaleur, licences, renouvellement outillage, mobilier bureau, papeterie commerciale, accidents du travail, sociétés d'entraide, téléphone, créances douteuses, timbres, pertes sur reprises vieilles voitures, honoraires avocat et agents comptables, réparations immeubles, pertes non couvertes par assurances, amortissement équipement, pertes sur reprises, pertes sur voitures neuves immobilisées, œuvres de charité, avances à moi-même, notes dues à la banque, argent liquide pour paiement salaires… En conclusion de tout cet alignement de chiffres, Julian déclara à la pièce vide :

« Il me faut cinq mille dollars. »

Il se leva :

« Je viens de dire, il me faut cinq mille dollars et je ne sais pas où les trouver… Si, je sais. Nulle part. »

Il savait qu'il se mentait à lui-même, qu'il n'avait pas besoin de cinq mille dollars. Il avait besoin d'argent et il en avait besoin bientôt, mais pas cinq mille dollars. Deux mille suffiraient, et avec un peu de veine au début de l'année, après les salons de Philadelphie et de New-York (qui sont fréquentés par un nombre surprenant d'enthousiastes amateurs d'automobiles venus de Gibbsville), il pourrait très bien se remettre sur pied. Mais après réflexion, il est tout aussi difficile de se procurer deux mille dollars que cinq et cinq mille que deux. Il est même plus facile d'en trouver cinq, se dit-il. Et comme il se l'était démontré moins d'une année auparavant, quand il était allé demander un prêt à Harry Reilly, il pouvait aussi bien, tant qu'à faire, demander une somme ronde, compacte, commode. La question semblait être : à qui s'adresser ?

À Gibbsville, on a meilleur caractère en été qu'en hiver ; l'été précédent, la vie de Julian avait été très occupée par Harry Reilly ; Harry était quelqu'un dont on se débarrassait facilement. Quand vous n'aviez pas envie de jouer au golf avec lui, vous disiez que vous aviez promis à Caroline une compétition redoutable en tête à tête, ce qui supprimait toute nécessité d'inviter Harry à se joindre à vous. D'autre part, il n'était pas désagréable de boire avec Harry parmi des convives en bras de chemise, dans le vestiaire, et Harry avait une gentille petite voix de ténor, il savait même un tas de chansons d'étudiants. Bien sûr, Harry se trompait quelquefois dans les paroles, mais Julian n'était pas un puriste en la matière, et il n'aurait pas découragé les efforts d'un agréable ténor, qui était même un bon ténor. Non, c'était même un bon ténor, pour un chanteur de vestiaire.

Il pensa à tout cela. Harry avait dû changer depuis, avait dû devenir antipathique, ou autres. Le Harry de maintenant n'aurait jamais accepté d'investir autant d'argent dans son affaire, se dit English. L'hiver y était peut-être pour quelque chose. On allait déjeuner au Gibbsville Club, Harry s'y trouvait. On allait au club sportif pour jouer au squash sur le court privé de Whit Hofman, et Harry était dans les parages. On allait aux beuveries du samedi soir, et Harry aussi était là ; il était inévitable, il était partout. Carter Davis aussi, tout comme Whit et Froggy Ogden. Mais, eux, c'était différent. Ce nouvel et mauvais aspect de Harry ne s'était pas amélioré. La fin de l'automne et l'hiver semblaient avoir été empoisonnés de rencontre en rencontre, par Harry Reilly. En été, on peut sortir se promener, mais, même si les promenades sont aussi possibles en hiver, l'hiver n'est pas fait pour ça. Tôt ou tard, on est forcé de rentrer, et l'on ne peut vivre qu'à l'intérieur d'une pièce. Surtout à Gibbsville, qui n'est elle-même qu'une très petite pièce.

Eh bien, inutile d'essayer de recréer maintenant un Harry Reilly semblable à ce qu'il avait été l'été précédent, c'est-à-dire un chic type. L'été dernier, Julian avait eu besoin d'argent, et Harry Reilly avait de l'argent : Julian en avait demandé à Harry. Et Harry lui avait dit :

« Mon Dieu, je n'ai pas autant d'argent liquide à l'instant où je vous parle. En avez-vous besoin tout de suite ? »

Julian avait répondu qu'il était assez pressé.

« Eh bien, je ne vois pas comment je pourrais vous procurer cette somme avant demain… Oh ! mais si, je m'arrangerai, bon Dieu ! »

Julian avait failli lui rire au nez : en une minute, son inquiétude – Harry voulait-il un mois pour réfléchir et réunir cette somme ? – était venue, puis repartie. Julian avait eu bien plus de difficultés pour emprunter, enfant, quarante-quatre cents pour aller au cinéma… À ce moment-là, Harry n'était pas différent du Harry qu'il connaissait à présent. Autant s'y résigner. Quant à la question Caroline, Julian avait foi en un procédé mental qui consistait à s'élever d'avance contre une chose, à l'anticiper (que ce soit la crainte de se couper en se rasant ou celle de voir prendre sa femme par un autre homme). Si l'on y réussit, le danger est écarté. Mais personne ne peut le savoir, personne sauf Dieu. Seul Dieu connaît l'avenir ; et, si vous avez un fort pressentiment, il sera détrompé, parce que Dieu est Dieu et qu'il n'offrira certainement pas un de ses plus grands pouvoirs à Julian McHenry English. Ainsi Julian pensait et repensait à Caroline et à Harry, il dirigeait sa pensée *contre* eux, contre l'attirance sexuelle qu'ils pouvaient avoir l'un pour l'autre, ce qui était le grand détail à prendre en compte.

« Je le jure devant Dieu, personne d'autre ne la mettra dans un lit », dit-il au bureau vide.

Et immédiatement lui vint la crainte la plus affreuse qu'il ait jamais connue. La crainte qu'aujourd'hui, en ce moment, cette semaine, l'année prochaine, un jour ou l'autre, Caroline ne s'ouvre à un autre homme et ne se referme sur lui. Oh ! si elle le faisait, ce serait irréversible.

Julian fouilla dans le deuxième tiroir du bureau et en sortit un Colt 25 automatique. Il se leva et alla à la salle de bains. L'excitation lui coupait le souffle et il sentait, comme toujours, ses yeux s'agrandir sous le coup de l'exaltation, sa vue devenir plus perçante. Il s'assit sur les toilettes et il comprit que ce n'est pas comme ça qu'il s'y prendrait, mais il voulait s'asseoir et regarder le revolver. Il le regarda Dieu sait combien de temps, puis se reprit brusquement sans changer sa posture le moins du monde. Il se mit le canon du Colt dans la bouche, un peu d'huile toucha l'intérieur de sa lèvre inférieure. Il fit un son : Gueu… et inspira profondément. Ensuite, il remit le revolver dans sa poche, se leva et se lava la bouche à l'eau froide, se déshabilla jusqu'à la taille en ne gardant que son tricot, et se lava la tête, le visage et les bras jusqu'au coude. Quatre serviettes furent nécessaires pour qu'il se sèche. Puis il remit ses vêtements, essuya quelques gouttes d'eau qui avaient giclé sur ses chaussures, retourna dans le bureau et alluma une cigarette. Il se rappela qu'il avait une bouteille de whisky dans un de ses tiroirs et, s'en étant versé un plein verre, il but une longue rasade.

« Oh ! comment ai-je pu ? », dit-il.

Et, posant ses bras sur sa table et sa tête sur ses bras, il se mit à pleurer :

« Pauvre type, dit-il, tu me fais pitié. »

Il entendit les premiers bruits que firent les mécanos au retour du déjeuner : les chocs étouffés d'une balle dans un gant de base-ball. Cela voulait dire que les ouvriers avaient fini de déjeuner, car l'un d'eux lançait dans une équipe de base-ball semi-professionnelle et tout l'hiver, il entretenait sa forme. Julian leva la tête, le téléphone sonna :

« Allô ! dit-il.

– Je t'ai cherché au club. Où as-tu déjeuné ? »

C'était Caroline.
« Nulle part.
– Bon. Je suppose que tu n'avais pas très faim. Écoute-moi, Julian, je te téléphone pour une raison précise. Si tu reparles ne serait-ce qu'une seule fois à Mrs. Grady comme tu l'as fait ce matin, c'est fini entre toi et moi. Entends-tu ?
– Oui.
– Je ne plaisante pas, cette fois. Je n'accepterai pas que tu fasses supporter tes gueules de bois aux domestiques. Mrs. Grady aurait dû t'envoyer une gifle.
– Oh ! tout de même…
– Il serait grand temps que quelqu'un t'envoie une gifle. Et écoute-moi bien, mon vieux. Si tu rentres soûl à la maison tout à l'heure et que tu te mets à faire du grabuge, je te préviens que je téléphonerai à tous nos invités et je décommanderai la soirée.
– Tu me préviens ? ouh !
– Oh ! boucle-la », dit-elle.
Et elle raccrocha.
« Elle me prévient, dit-il en s'adressant au récepteur qu'il replaça très doucement sur son appui. Elle me prévient. »
Il se leva et mit son chapeau. Il s'arrêta pour se demander, très brièvement, s'il allait laisser un mot à Mary Klein.
« Je me fous de Mary Klein. »
Il enfila son pardessus et prit sa voiture pour aller au Gibbsville Club.
La bande habituelle n'y était pas.
« Salut ! Straight, dit Julian au maître d'hôtel.
– Bonsoir, Mr. English. Vous avez passé un joyeux Noël, j'espère. Hum ! nous tenons à vous remercier,

heuh… pour votre souscription à la collecte destinée au Noël du personnel. Hum… »

Le vieux Straight parlait toujours comme s'il venait de renifler de l'ammoniaque.

« Je vous en prie, n'en parlons pas, dit Julian. Avez-vous passé de bonnes fêtes ?

– Très agréables. Naturellement, euh… bien, naturellement, je n'ai pas de famille que l'on, euh… que l'on puisse appeler vraiment, euh… famille. Un neveu en Afrique du Sud, il…

– Mr. Davis est au club ? Qui est là ? Ne vous dérangez pas. Je vais regarder.

– Très peu de membres aujourd'hui. Le lendemain, euh… le lende…

– Je sais », dit Julian.

Il entra dans la salle à manger qui, au premier coup d'œil, semblait n'être occupée que par Jess, le serveur noir. Mais dans un coin se trouvait une petite table qui, par accord tacite ou domaine éminent, était la table des avocats. Quelques hommes de loi y étaient assis, tous des hommes mûrs et pas tous citoyens de Gibbsville ; ils habitaient les petites villes des environs et venaient au siège du comté lorsqu'ils y étaient appelés. Il n'était pas nécessaire de parler aux avocats. En fait, certains des types assis à cette table ne se parlaient même pas les uns aux autres. Julian avait espéré que Carter Davis serait encore au club, mais il ne vit aucun signe de lui. Il s'assit à une table de deux personnes et à peine avait-il passé sa commande que Froggy Ogden vint se joindre à lui.

« Assieds-toi là et déjeune avec moi. Je viens de commander. Jess prendra ta commande et l'apportera en même temps que la mienne, si tu veux.

– Je ne veux pas.
– Eh bien, alors, assieds-toi et déballe ce que tu as sur le cœur.
– Tu me parais de bien mauvais poil, aujourd'hui, dit Froggy en s'asseyant.
– "De mauvais poil", ce n'est pas ce que je dirais. Cigarette ?
– Non, merci. Écoute, Julian, je ne suis pas venu pour bavarder amicalement.
– Ah non ?
– Non », dit Froggy.
Sa colère montait, c'était évident.
« Eh bien, vas-y. Toute la matinée, on m'a joué aux oreilles le chœur des marteaux sur l'enclume, tu peux aussi bien y joindre ta voix. Quelle sorte de dent as-tu contre moi, toi ?
– Écoute, Julian. Je suis plus âgé que toi…
– Oh ! encore cette vieille rengaine ! Oui, et tu prends à cœur tous mes intérêts, tu parles pour mon bien, cette rengaine ! Mon Dieu, épargne-moi tout ça !
– Certainement pas. Je suis ton aîné de bien des manières et…
– Ce que tu vas me dire, c'est que tu as perdu un bras à la guerre. Veux-tu que je te le fasse, ton discours ? Tu as perdu un bras à la guerre et tu as souffert et la souffrance t'a donné une maturité que je n'ai pas, et, si tu avais tes deux bras, je suis sûr que tu me cognerais à me laisser à moitié mort. »
Froggy le regarda fixement et pendant quelques secondes, ils entendirent le tic-tac de la pendule.
« Oui, et j'ai bien envie de t'en coller une à l'instant. Enfoiré de salopard, Caroline est ma cousine, et même si elle n'était pas ma cousine, c'est une des filles les

plus formidables qui soient. Tu sais quoi ? Quand elle m'a dit qu'elle allait t'épouser, j'ai fait tout ce que j'ai pu pour l'en empêcher. Je t'ai toujours détesté. Je te détestais de toutes mes forces quand tu étais gamin et je te hais maintenant. Tu n'as jamais rien valu. Tu t'es planqué pendant la guerre, oh ! je sais très bien l'âge que tu avais. Tu aurais pu t'engager, si tu l'avais voulu. Tu avais les foies quand tu étais petit, et, en grandissant, tu n'as pas cessé de les avoir. Tu as couru après cette Polonaise jusqu'à l'obliger à quitter la ville parce que son père l'aurait tuée. Et puis tu as fait ton numéro à Caroline et, Dieu la protège, elle s'y est laissé prendre. J'ai essayé de l'arrêter, rien à faire. Elle m'a dit que tu n'étais plus le même. Je...

– Sale enflure de manchot, je voudrais bien que tu l'aies encore, ce bras...

– Je n'en ai pas besoin, dit Froggy qui, prenant le verre plein, lança l'eau à la figure de Julian. Viens dehors, je me battrai avec un seul bras. »

Tremblant de fureur, Julian se leva et sentit ses jambes se dérober. Il savait qu'il n'avait pas peur, mais il savait qu'il ne pouvait pas se battre avec Froggy. D'abord, il éprouvait encore de l'amitié pour lui ; ensuite, il ne se voyait pas en train de se battre avec un homme à qui il manquait un bras.

« Allez. Choisis l'endroit », dit Froggy.

Julian s'essuya la figure avec une serviette.

« Je ne veux pas me battre contre toi. »

Il se demanda si les types assis à la table des juristes avaient remarqué l'incident, mais il ne tourna pas la tête pour s'en assurer. Il entendit des enfants jouer dans la rue et il se rappela d'horribles matinées passées le samedi chez le dentiste, quand il était enfant et où il entendait le fouet sur les chevaux, les jeux des gamins dans la rue et le timbre du tramway de Collieryville.

« Allons, décide-toi. N'hésite surtout pas parce que je n'ai qu'un bras. C'est mon problème, pas le tien.

– Va-t'en, dit Julian, fous-moi le camp. Tout ça, c'est du chiqué. Tu sais très bien que je ne peux pas me battre contre toi.

– Sortons ou, je le jure devant Dieu, je te flanque une raclée ici même.

– Non, tu ne me toucheras pas. Je ne te laisserai pas me flanquer une raclée, monsieur le héros, et je ne sortirai pas me colleter avec toi. Tu crois que j'irai donner aux gens l'occasion de parler de moi ! Tu déraillles. Allez, fous-moi le camp, mon général. La guerre est finie.

– Ah oui ? C'est toi qui le dis. Tu as raison. Je savais bien que tu ne te battrais pas. Tu n'as rien dans le froc. Je savais que tu refuserais. Tu n'as plus rien du tout dans le froc, si jamais il y a eu quelque chose.

– Allez, débine-toi, mon cousin. Retourne chez toi compter tes médailles. »

Froggy se jeta sur lui et Julian avança la main, paume en avant. Le coup fit un petit bruit sec et Julian sentit que son poignet était atteint.

« Messieurs, messieurs !...

– Ne te conduis pas comme un imbécile, dit Julian.

– Dans ce cas, sortons.

– Messieurs, vous connaissez les règles de ce club ? »

C'était Straight. Il était debout devant Froggy, lui tournant le dos, en face de Julian. Il donnait l'impression de protéger Froggy contre une agression de Julian. À ce moment-là, les avocats s'intéressèrent à la querelle, cela ne faisait aucun doute. Ils regardaient tous et deux d'entre eux s'étaient levés. Julian en entendit un dire quelque chose comme « Regardez à qui il s'attaque... un manchot ! » Il savait que leur attitude était exactement celle de tous les gens qui entendraient parler de l'affaire ; ils partiraient du principe que c'était lui qui avait cogné Froggy. Un gros bonhomme, que Julian ne connaissait que comme un avocat gravitant autour du palais de justice et des restaurants de Gibbsville en périodes de procès, vint vers eux et mit la main sur l'épaule de Froggy.

« Vous a-t-il frappé, capitaine Ogden ? »

Julian s'esclaffa :

« Capitaine Ogden !

– Nous avons entendu parler de lui en Virginie, dit le gros bonhomme.

– Seriez-vous par hasard membre de ce club ? dit Julian.

– Oui monsieur, membre, et j'ajouterai que vous n'avez jamais vu mon nom affiché au tableau, dit l'homme. Ne vous inquiétez pas, je suis membre du club. »

Bon. Gagné. C'était un camouflet pour Julian dont le nom avait été affiché deux ou trois fois mais aussi pour Froggy, Carter, Bobby Herrmann et presque tous les autres. Avoir son nom affiché n'avait rien d'exceptionnel au Gibbsville Club ; quelquefois, ça voulait dire qu'on n'avait pas payé sa cotisation six jours après présentation du relevé.

« Cet homme est vraiment membre, Straight ? demanda Julian.

– Oh ! oui, Mr. Luck est membre du cercle.

– Luck ? Lukashinsky, si je ne me trompe.

– Quelle importance cela a-t-il ? Ceci est une affaire entre toi et moi, dit Froggy.

– Non, ce n'est plus uniquement ça. Non, capitaine, c'est entre moi, tout seul, d'un côté, et toi, les vétérans polonais de la guerre et les tenanciers de bordels de l'autre côté. Je reste où je suis.

– Hé ! dites donc, cria l'avocat.

– Oh !... » dit Julian, trop lassé à la fin, dégoûté de tout le monde et de lui-même.

Il recula d'un pas, se mit en position et allongea un coup de poing à l'avocat en pleine mâchoire. L'homme recula en chancelant, étouffa, enfonça ses doigts dans sa bouche pour ne pas s'étrangler en avalant son dentier. Un autre des avocats s'avança, un autre Polonais dont Julian n'avait jamais pu retenir le nom. Il tenait une bouteille d'eau gazeuse à la main.

« Attention ! cria Froggy. Il a une bouteille ! »

Il en saisit une lui-même et Julian attrapa une carafe. Pendant tout ce temps, Straight ne cessait de dire :

« Messieurs, messieurs, messieurs ! »

Et il se tenait à l'écart.

« Avancez un peu », dit Julian à l'homme à la bouteille.

L'homme vit la carafe et hésita. Les autres avocats lui enlevèrent la bouteille sans avoir à lutter outre mesure. L'homme ne pouvait détacher ses yeux de Froggy. Il ne comprenait pas pourquoi Froggy avait averti Julian.

« Allez chercher un mandat, Stiney », cria l'avocat que Julian avait cogné.

Julian lui donna un autre coup. Il frappa sur les mains qui couvraient la bouche endolorie. Il lui cogna aussi sur l'oreille. Froggy s'agrippa à l'épaule de Julian pour l'éloigner, et Julian dégagea son épaule si brusquement qu'elle heurta Froggy au menton. L'avocat s'effondra et ne se releva pas pendant un moment, alors Julian se rua sur Froggy et le roua de coups dans les côtes et le ventre, et Froggy perdit l'équilibre et tomba sur une chaise. Julian ramassa de nouveau la carafe et la lança à toute volée sur le type qui l'avait menacé d'une bouteille puis, sans attendre de voir le résultat, il courut hors de la pièce, attrapant au passage son pardessus et son chapeau au portemanteau. Il se précipita vers sa voiture.

« Salut, vieux ! »

Quelqu'un l'appelait. Julian, le pied sur le démarreur, reconnut l'homme qui le saluait : Whit Hofman. Bon. Whit, lui aussi, était un salopard. Whit le détestait probablement, et ce depuis des années sans doute, comme Froggy. La voiture bondit hors de la neige et Julian prit, en conduisant aussi vite que possible, la route la plus courte pour sortir de Gibbsville. Le pire, c'est que le reflet aveuglant du soleil sur la neige le faisait sourire malgré lui.

Votre foyer est au centre de nombreuses zones. La première zone est votre maison, la deuxième peut contenir les maisons qui vous entourent et qui vous sont à peine moins familières que votre propre foyer. Dans la deuxième zone, vous savez où les gouttières ont taché les pierres des murs ; vous savez où se trouve le bouton de la sonnette ; vous savez qu'une partie d'un lit est visible par la fenêtre du premier étage ; la longueur de chaîne détendue où pend la balançoire du porche ; les fissures sur le trottoir ; les taches grasses que les bidons d'huile ont laissées devant le garage ; le morceau de charbon que vous n'avez pas oublié depuis la fois où on a négligé de le balayer, et ses métamorphoses successives, de jour en jour, de plus en plus écrasé jusqu'à se transformer en petits débris, puis en poussière, et enfin en une tache noire ; vous vous réjouissez de voir qu'il est enfin complètement écrasé, qu'il n'est plus là pour vous reprocher vos inquiétudes quant à la paresse du voisin. Et ainsi de suite.

La zone suivante, ce sont les habitations et les immeubles devant lesquels vous passez tous les jours sur le chemin du travail. Les enseignes métalliques des petites boutiques, les arbres à l'écorce rongée par les chevaux, la corde à la grille et les très vieux poids, l'endroit où la rue aurait besoin d'être réparée, la tour du beffroi qu'on aperçoit entre deux maisons l'espace d'une demi-seconde. Et ainsi de suite.

Et d'autres zones. Zones où plus vous vous éloignez du centre, plus les repères familiers sont distants les uns des autres. Dans une de ces zones, une centaine de mètres sur l'autoroute vous seront familiers, tandis que, dans une autre, les espaces familiers se comptent en centimètres. Dans les zones familières, on se souvient sans effort. Une zone est étrangère quand votre cerveau commence à vous dire où vous devriez tourner, où vous devriez filer tout droit, où vous devriez vous servir du klaxon ou ralentir à un croisement. Quand il reprit ses esprits, Julian se trouvait dans une zone étrangère, au sud-ouest de Gibbsville, dans la région agricole où était installée la colonie allemande de Pennsylvanie. D'abord, il eut conscience d'avoir conduit, à en juger par la distance, depuis une demi-heure au moins ; puis il s'aperçut qu'il était nu-tête. Il allongea le bras et ramassa le chapeau à côté de lui, mais ses doigts ne reconnurent pas les bosses du fond et il l'examina. Le bord ne descendait pas devant. C'était un Stetson, et Julian portait des feutres Herbert Johnson de chez Brooks et frères. Mais il n'aimait pas voir un homme conduire sans chapeau dans une voiture fermée ; cela faisait trop Juif de New York qui se promène dans sa voiture de ville, l'intérieur éclairé. Il mit le chapeau sur l'arrière de son crâne et baissa sa vitre. Le premier souffle d'air lui donna presque immédiatement envie d'une cigarette et il ralentit pour en allumer une à l'allumeur du tableau de bord.

La route était à lui. Il avait envie de conduire à gauche, de zigzaguer comme un convoi militaire et de flâner à quatre miles à l'heure. Mais une fois, il avait cru que la route lui appartenait et il avait fait tout cela, et il avait fini par se faire arrêter pour conduite en état d'ivresse par un agent de police qui patrouillait et qui l'avait suivi depuis le départ. « On dirait vraiment que la route vous appartient », avait dit le patrouilleur ; et Julian n'avait pu que lui répondre que c'était exactement la pensée qu'il avait eue.

Tant que la machine avait travaillé pour lui, il s'était senti en sécurité ; mais lorsqu'il fit cette découverte au sujet de sa voiture – à savoir que la conduite lui occupait l'esprit et le détournait des événements de l'heure précédente, des deux heures, vingt-quatre heures, quarante-huit heures précédentes, même si cela ne faisait pas quarante-huit heures qu'il avait aspergé de whisky-soda la figure de Harry Reilly –, son regard, sous le coup de la révélation, fut obligé de se diriger vers l'horloge. Elle marquait trois heures onze. Il était trois heures onze là-bas, au garage, et il devait rentrer pour voir Lute Fliegler. Il ralentit, s'arrêta juste après un petit chemin de traverse, s'engagea en marche arrière dans le sentier, et le radiateur était à présent dirigé vers Gibbsville au lieu de lui tourner le dos. Plus il conduisait vite, moins il aimait les zones qu'il traversait.

Il aurait aimé continuer sa route, et ne pas faire demi-tour. Continuer jusqu'à dépenser tout son argent, faire un chèque à Harrisburg, un autre à Pittsburgh jusqu'à vider son compte en banque ; ensuite, il aurait vendu sa voiture et aurait acheté une Ford d'occasion, vendu son pardessus, vendu sa montre, puis vendu la Ford et trouvé du travail dans une scierie, ou ailleurs – mais il serait incapable de tenir ne serait-ce qu'un jour, ou une minute. Une pulsion excellente, une bénédiction l'avait poussé à quitter le club, à monter dans sa voiture et à partir vers l'inconnu, mais quelque chose l'avait néanmoins retenu et ramené en arrière. Personne ne peut échapper à ce vers quoi il retournait et, quelle que fût cette chose, il devait l'affronter. Son sens pratique lui rappela que le fait de s'enfuir, de signer des chèques, de vendre sa voiture, et ainsi de suite, finirait par se retourner contre lui. Il enfreindrait probablement une loi. Oh, ou plus que ça ! Étant donné l'état dans lequel se trouvaient les affaires du garage, il n'avait pas le droit de vendre cette voiture, ni même de s'enfuir. Il était trop grand pour s'enfuir. On le repèrerait.

Aussi garda-t-il le pied bien appuyé sur l'accélérateur pour rentrer au plus vite à Gibbsville. La cigarette, consumée, commençait à brûler son gant – il ne se rappelait pas avoir mis ses gants – et une légère puanteur se répandit. Il jeta la cigarette et bâilla. Quand le sommeil le surprenait au volant, il allumait toujours une cigarette, et elle le ranimait, mais en ce moment, il avait sommeil et ne voulait pas être ranimé. Même le petit combat qui se livrait en lui l'agaçait. Il n'avait pas envie de combattre et il n'avait pas envie de rester éveillé.

Vous verriez Mrs. Waldo Wallace Walker, vêtue d'un chandail marron serré par une étroite ceinture de cuir, d'une jupe de tweed de chez Mann et Dilks, de chaussures robustes en peau grenue à languettes terminées par des franges, et coiffée d'un chapeau tricorne. Vous reconnaîtriez en elle tout ce qu'elle est : une femme qui siège aux comités républicains, parce que feu son mari était républicain. Ce serait une bonne joueuse de bridge, une femme qui connaît les deux premières phrases de beaucoup de chansons, une femme qui parcourt allègrement tous les livres qui viennent de sortir, sans se laisser pincer, chatouiller, choquer ou légèrement roussir par une ligne ou un chapitre. Quand elle venait de faire quelque chose et s'apprêtait à en faire une autre, elle claquait légèrement des mains, frottait ses doigts purs autrefois beaux dans le but d'y faire revenir un peu chaleur, et vous faisait penser qu'elle allait vous gratifier d'une maxime bienvenue et pleine de sagesse. Mais ce qu'elle dirait, ce serait : « Oh bigre ! Il faut que je donne mes bagues à nettoyer ! »

Un étranger, durant la première heure qu'il passerait auprès d'elle, regarderait ses vêtements et penserait à toutes les malles de costumes, de chapeaux, de robes jadis très à la mode qu'elle devait posséder – et elle les possédait. Elle était, à Gibbsville, la plus jolie femme de son âge et même si elle l'ignorait et ne l'aurait sans doute pas accepté, son coiffeur se serait fait un plaisir de s'occuper d'elle gratuitement : elle constituait une excellente publicité. Elle aurait aussi été la meilleure publicité pour un vendeur de lunettes ; mais elle aurait également été une publicité efficace pour enjoindre les gens à boire une tasse d'eau chaude tous les matins. Ne vous souciez de rien, faites la sieste l'après-midi, marchez un kilomètre par jour (règle incontournable), prenez rendez-vous deux fois l'an chez le dentiste, et tous les autres codes que son temps libre et sa fortune lui permettaient de respecter.

Le juge Walker n'avait pas laissé une fortune gigantesque, mais il y avait de l'argent dans la famille. Mrs. Walker donnait deux cent cinquante dollars à telle œuvre, quinze dollars à une autre et ne chassait jamais elle-même un homme qui avait faim et se présentait à la porte de sa cuisine. Quand Caroline était étudiante à Bryn Mawr, Mrs. Walker, aux dire de Caroline, fut élue présidente honoraire du collège et dans les années qui suivirent, Caroline avait toujours beaucoup de mal à empêcher sa mère de rendre visite au Dr Marion chaque fois qu'elles traversaient la ville. Quelqu'un dit un jour à Mrs. Walker que Caroline avait un esprit très indépendant, ce qui la ravit et l'incita à laisser Caroline autant que possible sans aide ; toute l'indépendance d'esprit que possédait Caroline s'était développée sans aucune aide, et Mrs. Walker en fit une philosophie, mais Mrs. Walker rendit du moins les choses plus faciles pour sa fille, tandis que Caroline facilitait à sa mère la tâche de se développer, elle aussi, sans aide. À partir du moment où Caroline avait commencé à prendre son bain toute seule, il n'y avait plus rien eu entre elles, sinon une affection placide. C'était une relation tranquille, troublée seulement – et encore ! – par le fait que, depuis ses treize ans et la conversation nécessaire qui s'était ensuivie, Caroline voyait sa mère comme quelqu'un capable de parler du « pubis » et de la « matrice » sans laisser penser, même par allusion, que cette partie du corps puisse être sujette à l'excitation. Au début de l'histoire d'amour qui l'unissait à Julian, Caroline avait parfois pitié de sa mère, comme elle avait pitié de toutes les femmes qu'elle appréciait, parce que ces femmes ne savaient pas ce qu'elles rataient, mais au bout d'un an ou deux, elle se demanda si, après tout, il n'était pas possible que sa mère ait simplement oublié ses propres heures de passion. Julian disait que le charme d'une jolie femme s'expliquait par une chose, la passion – et Mrs. Walker était une très jolie femme. Julian avait pour la mère de sa femme une grande affection, une affection incomplète pour la seule raison qu'il ignorait si elle l'appréciait en retour. Mais Mrs. Walker donnait cette impression à tous ceux qui la connaissaient bien ; la vérité, c'est qu'en faisant sa commande d'épicerie, Mrs. Walker avait autant de tendresse pour Joe Machamer, le garçon de chez Scott, qu'elle en avait pour le reste du monde, exception faite de sa fille, du respect dû à la mémoire de son époux, et d'Abraham Lincoln.

Mrs. Walker tournait les pages d'un livre de Noël, *Mr. Currier and Mr. Ives*, quand elle entendit ouvrir et refermer la porte d'entrée :

« Qui est là ? dit-elle d'une voix chantante.

– Moi. »

Caroline ôta ses gants, son manteau, son chapeau, et sa mère étendit la main comme pour se protéger contre un baiser trop tendre (c'est l'impression qu'elle donnait), mais lorsque sa fille pencha la tête pour l'embrasser, Mrs. Walker prit le menton de Caroline dans le creux de sa paume.

« Chérie, dit-elle, as-tu passé un joyeux Noël ? Tu ne m'as même pas téléphoné, n'est-ce pas ?

– Si, je t'ai appelée, mais tu étais sortie.

– C'est vrai. Je suis allée chez l'oncle Sam. Tu as très bonne mine, chérie.

– Je ne me sens pas bien. Je me sens on ne peut plus mal. Maman, qu'est-ce que...

– Oui, je vois, un peu de fatigue. Un peu de surmenage. Pourquoi ne demandes-tu pas à Julian de t'emmener à... ?

– Quelle serait ta réaction si je divorçais ?

– ... Divorcer ? Oh ! voyons, Caroline. Au bout de quatre ans, presque cinq... Divorcer ?

– C'est ce que je pensais », dit Caroline.

Elle se détendit.

« Je te demande pardon. J'étais venue ici uniquement parce qu'il fallait que je parle à quelqu'un et je ne voulais pas parler à quelqu'un qui s'en irait tout raconter ailleurs.

– Es-tu sérieuse ?

– Oui, maman.

– Mais est-ce vrai ? Tu ne plaisantes pas, Caroline ? C'est une chose très grave que de se mettre à parler de divorce. Nous n'avons jamais eu de divorce dans la famille, et je ne crois pas non plus qu'il y en ait jamais eu dans la famille de Julian. Que se passe- t-il ?

– J'en ai assez. Je suis écœurée, fatiguée et malheureuse. Je suis tellement à bout et malheureuse... si malheureuse, maman, que ça me serait bien égal de mourir.

– Mourir, chérie ? Est-ce que tu es enceinte ? Dis-moi, chérie ? Tu te trompes peut-être, tu sais. C'est peut-être simplement le surmenage de Noël. »

Elle se leva et vint s'asseoir à côté de sa fille.

« Viens ici, chérie. Raconte-moi tout. Maman veut tout savoir.

– Caroline a envie de pleurer, dit Caroline avant d'éclater de rire.

– Oh ! mais alors c'est vraiment *sérieux* ! Mon Dieu, mon Dieu ! As-tu beaucoup de retard, ma chérie ?

– Tellement que quelqu'un a pris ma place ! Oh ! maman, je t'en prie. Je ne suis pas enceinte. Ce n'est pas ça.

– En es-tu sûre, mon petit ?

– Certaine. Je t'en prie, ne te fais pas de souci pour ça. Ce n'est pas ça du tout. Ce n'est pas ça. J'aime mieux ne pas en parler, je crois, dit Caroline. Je vais te dire ce qu'il y a. Autant te le dire. C'est fini avec Julian. Je veux partir, divorcer, et ne plus entendre son nom avant longtemps. Nous pourrions aller en France, veux-tu ? Peux-tu ?

– Oui, sûrement. Cette année, il faudra que nous fassions un peu plus attention. C'est Mr. Chadwick qui l'a dit, et Carter. Carter n'est pas très optimiste. Mais, si nous le devions, nous le pourrions. Aller en Europe, je veux dire. Sept, vingt-cinq, cent… oh ! nous pourrions. Tu n'auras pas envie d'acheter quantité de choses, n'est-ce pas ?

– Je ne veux rien acheter du tout. J'ai envie de divorcer. Je veux ne plus être avec Julian English et ne plus mener cette vie. Tout ce que j'ai, c'est de la fatigue. Rien de plus. Je suis fatiguée et j'en ai assez. Je suis lessivée et je veux partir très loin. Je veux dormir ici ce soir, et toutes les autres nuits aussi. Je veux oublier Julian, je veux parler à quelqu'un et partir. Je veux parler à quelqu'un qui ait l'accent anglais. Oh ! je ne sais pas, je te demande pardon.

– C'est sérieux. Raconte-moi tout, si tu en as envie. Naturellement, si tu aimes mieux garder pour toi…

– Je suis incohérente, n'est-ce pas ?

– Vous vous êtes disputés ? Suis-je bête, bien sûr que vous vous êtes disputés !

– Eh bien, étrangement, non. Ce n'est pas ce qu'on appelle une dispute. Je veux dire, pas de scène de ménage, ni rien de ce style. Ce n'est pas aussi simple que ça. Si c'était le cas, une réconciliation serait possible.

– Eh bien, alors, quoi ? Julian est tombé amoureux d'une autre ? Je ne peux pas le croire, je ne sais pourquoi. Je ne prétends pas connaître grand-chose de Julian ou des hommes en général, d'ailleurs, mais si Julian est amoureux d'une autre femme, alors je n'y connais absolument rien. S'il s'agit simplement d'une passade, ma chérie, ne te ruine pas la santé pour ça. Ne démolis pas ta vie entière. Les hommes ne sont pas comme nous. Une femme dépourvue de scrupules peut amener un homme…

– Point final.

– Tu dis, ma chérie ?

– Rien.

– Donc, comme je le disais, ma chérie. Je t'en prie, écoute-moi. Une femme dépourvue de scrupules… et c'est peut-être quelqu'un que nous connaissons. Je ne sais rien de cette autre femme, mais il y a des femmes sans scrupules dans toutes les couches de la société.

– Maman ?

– Oui, ma chérie ?

– Maman, qu'as-tu fait de tous les vieux disques ?

– Quels vieux disques, Caroline ? Tu veux parler des disques Victrola ?

– Oui. Qu'est-ce que tu en as fait ?

– Oh ! tu ne te rappelles pas ? Je les ai donnés au camp de vacances de la YMCA, il y a trois ans.

À l'époque, tu disais que tu ne voulais pas les garder. Sauf quelques-uns. Tu en as pris quelques-uns.

– Ah ! oui, c'est vrai.

– Si tu en désires un en particulier, nous pourrons l'envoyer chercher. Mr. Peters se ferait un plaisir de nous l'avoir, j'en suis sûre. Il voudrait me faire acheter un appareil autophonique et me racheter ce phono, ce Victrola. Mais je ne me servirai jamais de l'autophonique. Je ne me sers jamais de celui-ci.

– Orthophonique, maman.

– Orthophonique ? On aurait bien dit que c'était autophonique. Tu es sûre ? Mr. Peters, je suis certaine qu'il a dit autophonique. Oh ! Caroline, tu vois ?

– Quoi, maman ?

– Tu vois, c'est fini, n'est-ce pas ? Ta mauvaise passe. Nous sommes là, toutes les deux, à nous chamailler comme toujours sur des mots. Tu ne lui as pas laissé une petite lettre idiote, j'espère, chérie ?

– Oh ! mon Dieu, non. Je n'y ai même pas songé. Maman, crois-tu vraiment que je viendrais me jeter dans tes bras pour une petite querelle stupide de cinq minutes ?

– Non, mais tout de même, tu n'es plus inquiète, si ?

– Crois-tu vraiment que je ne le sois plus ?

– Oui, je le crois. Je crois fermement que le pire est passé, disparu. Ton père et moi, nous avions aussi nos disputes.

– Quand il est mort, tu as dit que vous ne vous étiez jamais disputés.

– Je n'ai jamais dit ça. Du moins, je n'ai jamais essayé de laisser croire que nous n'avions jamais eu nos différends. Ce serait faux. Les gens un peu nerveux, les gens amoureux connaissent tous des querelles.

En réalité, Caroline, j'ai réfléchi, et quelque chose me dit qu'il n'y a pas de quoi fouetter un chat. Je partage tes états d'âme, et tu sais qu'il n'est rien au monde que je ne ferais pour te voir heureuse, mais je ne veux pas que tu te conduises comme une gamine idiote, que tu regrettes un jour tes actes et tes paroles. Divorcer ! Mais cette idée en soi est… c'est mal, Caroline, et je ne vois pas comment tu peux prononcer ce genre de choses. Retourne vers Julian, ou reste ici quelques jours pour le punir, mais cesse de parler ainsi de divorce. Comprends-moi. Je ne défends pas Julian, mais je pense qu'après tout ce temps, tu devrais savoir comment le prendre. Flatte-le, utilise ta séduction féminine. Tu es une jolie fille, et il t'aime. Crois-moi, Caroline, quand une femme n'arrive pas à retenir son mari, et qu'elle n'a pas de rivale, cette femme ferait mieux de réfléchir un peu et voir ce qui lui manque à elle. Oh, Seigneur ! cela ressemble tellement à la première fois que nous nous sommes disputés, ton père et moi !

– C'était à quel sujet, cette première dispute ?… quoique, chez moi, ce ne soit pas la première… mais continue, maman. Raconte- moi. Caroline veut tout savoir.

– Oh ! ce n'était pas grand-chose. C'était personnel. Entre ton père et moi, ma chérie.

– Rapports sexuels ?

– Caroline ! Oui, en un sens. Est-ce que… est-ce… toi et Julian. Est-ce qu'il veut te faire faire quelque chose… quelque chose que tu… »

Si elle connaissait Julian, pensa Caroline, et si elle me connaissait !…

« Non, maman chérie. Pour ça, Julian a toujours été très gentil.

– Très souvent, les hommes ne comprennent pas. De nombreuses jeunes femmes ont vu leur vie complètement ruinée parce que les hommes ne comprennent pas les sentiments des jeunes filles. Mais ne parlons pas de ça. Quand tu t'es mariée, je t'ai dit que, sur certains points, il fallait que tu imposes ta volonté.

– Seulement, tu ne m'as pas dit sur quels points.

– Voyons, chérie, ta délicatesse de jeune fille. Je ne pouvais pas vraiment te parler de certaines choses avant l'heure. Visiblement, cette heure n'a jamais sonné ou bien tu serais venue me voir, j'en suis sûre. Malgré tout, tu es encore très jeune, Caroline, et si jamais tu as des ennuis de ce côté-là, ce genre d'ennuis, je t'en prie, viens me voir au lieu d'aller chercher conseil auprès d'une amie de ton âge. Je trouve que ces choses-là doivent se discuter de mère à fille et pas avec des étrangers. J'ai fini par savoir m'y prendre avec ton père mais mon expérience ne vaudra rien, rien du tout, si je ne peux pas la transmettre, m'en servir pour t'aider. Mais n'en parlons plus, sauf si tu le souhaites.

– Parle-moi encore de papa, dit Caroline.

– Non, non. Ce sujet est sacré. Ton père ne m'a jamais causé d'inquiétudes à cause d'une autre femme, même avant notre mariage. Julian, je crois qu'il est possible que Julian… remarque, ceci n'est pas une critique, parce qu'il était déjà adulte quand il est tombé amoureux de toi… mais je ne pense pas que tu aies été la première femme de sa vie. J'y ai souvent pensé. Cela vaut peut-être mieux dans certains cas, je ne sais pas.

– Maman, n'en parle pas, si tu n'en as pas envie. Excuse-moi.

– Il ne sort rien de bon de ce genre de conversation, Caroline. Je préfère continuer, mener ma pauvre vie inutile et aimer ton père pour ce qu'il était, un brave et honnête homme, plutôt que d'exhumer des chapitres de notre vie commune. Les hommes sont faibles, ma chérie. Entre les mains d'une femme, même l'homme le plus fort du monde est faible. Aussi, ne va pas avoir une opinion plus mauvaise de Julian, de ton père, ou de n'importe quel homme, s'il a eu un moment de faiblesse... Oh ! regarde-moi, à parler de quelque chose dont je n'ai pas la moindre idée. Mais te voici mieux disposée à l'égard de Julian, n'est-ce pas ? Si oui, c'est tout ce qui compte.

– Je suis désolée d'avoir manqué de tact.

– Oh ! tu n'as pas manqué de tact. Tu en serais incapable. Tu étais curieuse, tout simplement, ce qui prouve que tu es encore une petite fille. Veux-tu du chewing-gum ?

– Volontiers.

– C'est vraiment très bon pour la digestion et je trouve que les muscles de la mâchoire ont besoin de cet exercice. Comment vont tes dents, Caroline ?

– Je vais me faire arracher une dent de sagesse. Le Dr Patterson l'a décidé.

– Eh bien, j'imagine qu'il connaît son métier. Moi, je continue à préférer le Dr Baldwin.

– Mais pas après le déjeuner, maman.

– Comment ? Pourquoi ?

– Il doit avaler trop vite ou il mange trop, je n'en sais rien. Son estomac gargouille.

– Je n'ai jamais remarqué ça du temps où il me soignait, dit Mrs. Walker. Tu es sûre ?

– Oh oui ! Jamais je n'inventerais une chose pareille.

– Veux-tu rester ici, cette nuit ? N'y a-t-il pas un bal, ce soir ?

– Il y en a un à Reading. Non, je ferais mieux de ne pas coucher ici. En fait, nous donnons une soirée.

– Ah ! je ne savais pas. Une grande fête ? Qui est invité ?

– Toujours les mêmes. Les jeunes, quelques couples, des très jeunes, nos amis intimes. Et ça me rappelle…

– As-tu besoin de quelque chose ?

– Non, mais il faut que je parte. J'étais décidée à les décommander au moment de venir, mais autant les supporter. Alors j'ai quelques courses à faire, des petites bricoles. Je viendrai te voir demain ou après-demain. Donne-moi un bon petit baiser parfumé au chewing-gum. Au revoir.

– Au revoir, ma chérie. Tu es une gentille fille.

– C'est toi, maman, qui es adorable », dit Caroline.

Elle se rhabilla dans le vestibule, sachant pertinemment que sa mère était debout devant la fenêtre et attendait de la saluer d'un signe de la main. Enfin, au moins, Caroline avait fait comme une concession à la tradition : elle s'était précipitée chez sa mère. La visite avait été un fiasco, mais en un sens, elle en était contente – contente que cela ait été un fiasco de ce genre, mais désolée si ce fiasco avait pour conséquence de réveiller chez sa mère des souvenirs perturbants, quels qu'ils soient.

Elle descendit les marches quatre à quatre, se retourna pour saluer sa mère avant de monter dans sa voiture. Sa mère lui répondit par un signe de la main puis les rideaux tombèrent et Mrs. Walker disparut. Puis Caroline entendit le son traînant d'un klaxon de Cadillac et vit Julian au volant de sa voiture, cinq ou six maisons plus loin, de l'autre côté de la rue. Il attendait.

Caroline amena sa voiture près de celle de Julian, sans changer de trottoir, et s'arrêta. Il descendit et vint à elle. Il avait une figure de déterré.

« Alors ? dit-elle.

– Tu es restée dans cette maison pas mal de temps. Pourquoi avais-tu tant besoin de la voir ?

– Écoute, Julian. Est-ce que c'est raisonnable, ce que tu dis là ?

– Est-ce que c'est raisonnable de ta part de venir ici en ce moment ? Qu'est-ce que ça signifie ? J'imagine que tu as défait ton chignon et pleuré un bon coup, hein ? »

Pas de réponse.

« Oh ! oui, c'est ça. Tu as joué la grande scène de la pauvre victime, n'est-ce pas ? Jeune épouse va trouver maman parce que son jeune mari n'aime pas ses petits plats. Miséricorde ! Mais, nom de Dieu, j'ai pourtant essayé de... Qu'est-ce que tu as été lui raconter ? Allons, dis, qu'est-ce que tu lui as raconté ?

– L'endroit n'est pas bien choisi pour faire une scène.

– Cet endroit n'est pas plus mauvais qu'un autre. Meilleur, en fait. Tu y cours moins de risques, parce qu'ici, je ne ferai probablement pas ce que j'ai envie de faire.

– Me filer une rouste, je suppose.

– Comment diable as-tu deviné ?

– Enlève ton pied du marchepied, je voudrais m'en aller.

– Sans doute sais-tu déjà ce qui s'est passé au club ?

– Non. Quel club ? Qu'est-ce que tu veux dire, au club ? Le club t'a exclu à cause de l'autre soir ?

– Ah ! maintenant, ça l'intéresse ! Non, le club ne

m'a pas exclu, pas que je sache. C'est un autre club, cette fois-ci.

– Le Gibbsville Club ?

– Le Gibbsville Club, pas moins.

– Que s'est-il passé ? Qu'est-ce que tu as fait ?

– J'ai eu un petit accrochage avec Mr. Ogden, le capitaine Ogden, héros de la guerre, merveille à un bras et mouchard *extraordinaire**.

– Que veux-tu dire ?

– Tu le sauras bientôt. Tu le sauras même bien assez tôt. Tu parlais de t'en aller, il y a une minute. Je ne te retiens pas.

– Je ne veux pas m'en aller sans savoir de quoi tu parles. Encore des problèmes. Mon Dieu ! J'en ai tellement assez. »

Sa voix se brisa et elle se mit à pleurer.

« Pas de scènes dans la rue, ma cocotte. Pas de scènes dans la rue. Pas de scènes de rue, s'il te plaît. C'est toi qui l'as dit. On ne peut pas se permettre ça en public.

– Oh ! Julian, qu'as-tu fait ? Mon Dieu ! » Elle pleurait pour de bon à présent. Le son de sa voix était celui, lointain, de la douleur profonde, celle qui terrassait les femmes dans des chambres au fond des couloirs d'hôpital, celle qui faisait hurler les femmes à l'entrée d'une mine qui vient de s'écrouler.

« Écoute. Veux-tu que nous partions ensemble ? Maintenant. À la minute. Veux-tu ? Veux-tu ? Veux-tu partir avec moi ?

– Non, non, non, non, non. Qu'est-ce que tu as fait ? Dis-moi ce que tu as fait ? Qu'est-ce que tu as fait à Froggy ?

– Je ne peux pas te parler comme ça. Rentrons à la maison.

– Oh ! non. Je ne veux pas rentrer à la maison. Tu me feras rester avec toi. Oh ! va-t'en, Julian. Je t'en prie, laisse-moi. »

Un coup de klaxon, et un petit coupé passa. Caroline fit bonjour de la main. Julian fit bonjour de la main. C'était Wilhelmina Hall et Gould, le type de New York, qui leur rendait visite.

« Ils s'arrêtent ? demanda Caroline.

– Non, ils filent. Moi aussi, dit Julian.

– Non. Qu'est-ce que tu as fait ? Dis-le-moi. Allons tous les deux chez maman. Elle sait que nous nous sommes disputés. Elle nous laissera tranquilles.

– Plutôt crever. Hors de question que j'entre dans cette maison. Je m'en vais.

– Si tu pars, je décommande la soirée et je reste ici. Sois raisonnable, Julian. Dis-moi ce qui s'est passé.

– Non. Viens avec moi à la maison et je te le dirai. C'est l'occasion idéale pour me soutenir.

– Je ne peux pas te soutenir si tu ne me dis pas de quoi il s'agit.

– Aveuglément, sans savoir, voilà comment tu devrais me soutenir. C'est ce que tu ferais si tu étais vraiment ma femme. Mais qu'est-ce que tu es ?

– Où vas-tu ? Te soûler, je suppose.

– Probablement. Probablement.

– Julian, si tu me quittes maintenant, ce sera pour de bon. Pour toujours. Je ne me remettrai plus avec toi, quoi qu'il arrive. Je ne coucherai plus jamais avec toi, je ne te reverrai plus, non, je jure de ne plus jamais te revoir.

– Oh ! mais si, tu me reverras, mais si, mais si.

– Tu es sûr de toi, n'est-ce pas ! Mais cette fois-ci, tu te trompes. Rien à faire.

– Ce n'est pas ce que je voulais dire. Je ne voulais pas dire que je suis sûr de moi, pas du tout. Ce que je voulais dire, c'est que tu me reverras. Tu ne pourras pas y échapper.

– Pourquoi te reverrais-je ?

– Pour savourer ta vengeance. Si tu ne m'aimes plus du tout, ce sera pour savourer ta vengeance. Si tu m'aimes encore, ce sera pour me regarder.

– Tu te trompes tellement que ce n'est même pas drôle.

– Même pas drôle ! Seigneur tout-puissant. Qu'est-ce qu'il te faut ! Livraison franco, emballage en sus. N'accepte pas de boutons de culotte à la place de sous. Je m'en vais, cette fois.

– Oh ! oui, va-t'en, mais rappelle-toi que je ne serai pas à la maison ce soir. Jamais de la vie. Je vais décommander la fête, à moins que tu ne t'y opposes. Dans tous les cas, moi, je n'y serai pas.

– Parfait. On s'amusera d'une autre façon, c'est tout.

– Oh ! tu n'avais pas besoin de me le dire. Mais tu devrais faire attention, avec ta chanteuse de cabaret. Elle s'y entend à faire marcher les pauvres types comme toi.

– Que tu es mignonne ! Tu es un amour. Je savais que tu prendrais ça en bonne copine. Je l'ai su dès le début.

– Oh ! fous-moi la paix avec tes sarcasmes bon marché.

– Pas étonnant que les types du club disent que c'est toi qui portes la culotte », dit Julian.

À peine avait-il prononcé cette phrase qu'il la regretta. « Club » n'était pas un mot qu'il souhaitait utiliser en ce moment.

« Tu t'occuperas de tous les détails de la soirée, tu téléphoneras aux invités pour leur dire que je viens de me casser la jambe, n'est-ce pas ?

– Bien sûr. À moins que tu ne veuilles t'en charger personnellement et prétendre que c'est moi qui me suis cassé la jambe.

– Parfait ! Quand je dis "parfait", je ne parle pas de l'idée que tu te casses une jambe. Mais c'est tellement plus heureux que nous tombions d'accord pour faire une mise en scène et des simagrées. Tu vois ce que je veux dire.

– Ça, pour les simagrées, tu es imbattable, mais oui, je vois très bien ce que tu veux dire. J'ai compris.

– Tant mieux, baronne. À la bonne nôtre, je veux dire à la bonne tienne, Étienne.

– Désopilant. Tu es vraiment impayable. »

Et Julian partit.

IX

Gibbsville était passée du rang de bourg à celui de ville de troisième classe en 1911 mais, en 1930 la ville comptait toujours moins de 25 000 habitants (recensement de 1930, basé sur le nombre de carnets de chèques envoyés par les banques de Gibbsville à leurs clients). À Gibbsville, une soirée mondaine devient une institution à partir du moment où la maîtresse de maison en évoque le projet devant quelqu'un, et où seule la mort ou toute autre intervention divine peut justifier son ajournement une fois les invitations lancées. Aux yeux des personnes qui y furent éventuellement invitées, et pour celles qui finirent par y être invitées, et aux yeux de celles qui auraient bien voulu l'être, la soirée des English fut catégorisée comme une institution un jour ou deux après le match de football Lafayette-Lehigh. En revenant de Easton, Caroline et Julian décidèrent de donner une soirée « un de ces quatre pendant les vacances ». Ils se trouvaient alors dans la vieille voiture de Whit Hofman, en compagnie de Whit et Kitty, et Kitty répliqua instantanément que c'était une idée formidable et se mit à énumérer les soirs où la petite fête ne pourrait avoir lieu en raison de fêtes concurrentes.

Elle ne pouvait pas se tenir les soirs des bals de Gibbsville, ni l'après-midi où les thés dansants étaient organisés. Ce fut finalement Kitty Hofman qui arrêta la date. « Il y a le bal de l'Association des jeunes, à Reading le soir du lendemain de Noël, dit-elle, mais j'en ai plein le dos d'aller à Reading. Qu'ils viennent un peu ici, pour changer. C'est toujours nous qui allons là-bas, et nous dépensons notre argent dans leurs minables petites soirées de jeunes, mais si jamais nous nous avisions de monter une association de jeunes à Gibbsville, nous ne recevrions aucun appui de Reading ! »

Indiscutable.

« Alors, cette année, ils peuvent bien venir à nos fêtes, continua Kitty. Le Grand Bal. C'est de l'argent qui va aux bonnes œuvres, n'est-ce pas, Whit ?

– En théorie, oui, répondit Whit.

– En général, Whit se retrouve toujours à payer les frais du Grand Bal, dit Julian.

– N'oublie pas que tu paies ta part, dit Whit. Nous y participons tous. Mais ils viennent parfois au Grand Bal. Parfois.

– Bon, bon. Ils n'auront qu'à revenir. N'allons pas à leur bal de l'Association des jeunes. Qu'ils apportent de l'argent à nos bonnes œuvres. Caroline, donne ta soirée ce jour-là. Le 26.

– Qu'en penses-tu, Ju ? Ça te va, n'est-ce pas ?

– C'est absolument parfait. Je viens de gagner cent dollars au match. Non, deux cents. En tout cas, il y en a cent que je toucherai. Bobby Herrmann me doit les cent autres.

– Très bien, dans ce cas, c'est décidé. Nous donnerons notre soirée le 26. Notre groupe habituel, et puis les gamins de l'université, ceux qui sont en âge de boire. Pas Johnny Dibble, ni aucun môme de cet âge. Un peu plus vieux, dit Caroline.

– Oh ! Mon Dieu ! dit Julian, Seigneur Jésus, miséricorde ! Il nous faut absolument Johnny. On ne peut pas se passer de Johnny. Pourquoi ne veux-tu pas inviter Johnny, Caroline ? C'est un gentil gamin… Enfin, plus ou moins.

– D'accord, d'accord, on l'invitera, si tu insistes. Il boit aussi bien que toi, en tout cas. Qui donc met-on sur liste noire ? »

Caroline et Kitty travaillèrent à la liste, et la semaine suivante le nom des invités paraissait dans la chronique de Gwen Gibbs, au milieu de la rubrique mondaine du *Standard.* La chronique de Gwen Gibbs était le dépotoir de tous les cancans mondains. Naturellement, miss Gibbs n'existait pas. Mais une certaine Alice Cartwright existait, licenciée de l'école de journalisme de l'université du Missouri et fille de l'actuel pasteur baptiste. Miss Cartwright connaissait peu les gens de Lantenengo Street et, sauf pour le bal de Purim et le défilé des Chevaliers de Colomb, n'apparaissait sur aucune liste d'invitations. Elle n'avait jamais espéré, même une seconde, être inscrite parmi les invités de la réception English. Et elle n'y figurait pas. Pourtant, le soir de cette réception, elle fut la seule à se présenter à la porte de la charmante demeure du jeune et brillant homme d'affaires et de l'élégante jeune femme qui donnaient le ton au groupe des jeunes ménages : nous voulons parler de Mr. et Mrs. English.

Julian redouta quelque chose dès qu'il laissa Caroline pour monter dans sa voiture. Il ne lui jeta pas un regard supplémentaire après l'avoir quittée. Il traita sa voiture avec beaucoup plus de considération. Il poursuivit son chemin, s'engagea à une allure modérée dans le quartier des affaires, extrêmement soucieux des droits des autres automobilistes et des piétons, et décida que, puisqu'il avait déjà un quart d'heure de retard à son rendez-vous avec Lute Fliegler, il manquerait le rendez-vous pour de bon et sans explication. Il avait la conscience tranquille, car il venait de conclure un marché avec lui-même : il acceptait par avance la fureur infernale qu'il devrait affronter quand son père, Harry Reilly et les actionnaires moins importants de la compagnie auraient à le sauver de la faillite, mais en échange, il se faisait à lui-même cadeau du reste de cette journée. S'il y avait un type dans le pétrin jusqu'au cou, c'était lui, à coup sûr. Recevoir un coup de poing ou se retrouver en première ligne d'une bataille était moins impressionnant que de devoir affronter ces gens, surtout son père. Personne n'aurait le cran de raconter à son père ce qui s'était passé au Stage Coach, car son père était le genre d'homme à exiger une descente de police au Stage Coach pour moins que ça. Mais inévitablement, quelqu'un lui raconterait que Julian avait balancé le contenu de son verre à la figure de Reilly. Une de ces histoires que les hommes de Gibbsville, leur identité masquée sous des serviettes chaudes, entendraient souvent chez le barbier au cours des deux semaines suivantes. Et encore, ce n'était pas aussi grave que le bazar qu'il avait causé au Gibbsville Club. Les avocats polonais allaient tout raconter à… Nom de Dieu ! Les avocats polonais sont catholiques ! C'était la première fois qu'il y songeait. Puis il se souvint qu'il avait vu, au revers du veston de l'homme qu'il avait assommé, l'insigne de l'Ordre des Élans (Aide et bonté). « Y a-t-il une seule gaffe que je n'aie pas commise ? Une seule personne que je n'aie pas insultée, directement ou indirectement ? » Il essaya d'examiner en toute honnêteté ses activités des trois ou quatre derniers jours sous leur plus mauvais angle pour y découvrir, par contraste, une source de réconfort. Il pensa à la manière affreuse dont il avait traité Caroline : il avait fait en sorte de la forcer à accepter l'impopularité, comme avec ce verre lancé à la figure de Harry Reilly ; fait en sorte de l'humilier personnellement, publiquement et sans équivoque en quittant le bal avec Helen Holman. Son attitude le matin même envers Mrs. Grady… une attitude contre laquelle Caroline protestait toujours (et parfois avec exagération). Et puis, sans qu'il y soit encore tout à fait préparé, il pensa à une chose plus grave, en un sens, que les difficultés auxquelles il faisait face avec Caroline : la découverte inacceptable, inoubliable, que tout ce temps, Froggy Ogden avait été son ennemi. C'était pire que tout ce qu'il avait pu faire à sa femme, parce que c'était quelque chose qui l'atteignait, lui. Cette découverte le transforma quelque peu, et nous ne devons pas nous transformer, pas trop. Nous sommes capables de supporter un nombre déterminé – et restreint – de transformations. Apprendre que des gens qu'il avait considérés comme des amis, de bons amis, n'avaient jamais été que ses ennemis, voilà qui allait faire un changement, il le savait. De quand datait sa dernière transformation intime ? Il réfléchit, longtemps, rejeta des événements qui ne constituaient pas un changement, mais des suppressions ou des améliorations. Il réfléchit à nouveau. La dernière fois qu'une transformation avait eu lieu, c'était le jour où il avait découvert que lui, Julian English, qui s'était toujours vu comme un enfant, prenait soudain le contrôle de sa propre passion ; qu'il pouvait se dominer, et utiliser sa détermination pour donner du plaisir à une femme, lui donner un moment bref et joyeux de défaillance. Il ne parvint pas à se rappeler qui avait été cette femme ; l'oubli où il l'avait reléguée n'était qu'une simple manifestation de son ego ; la partie capitale de sa découverte – la métamorphose – lui appartenait en propre, c'était son moment à lui. Mais il vit combien cette découverte, cette transformation, devenait profonde, permanente. Elle était presque aussi importante, et sans aucun doute aussi permanente, que la simple découverte de sa virilité aux autres. Et une fois encore, c'était la métamorphose qui était durable et grave, et non pas l'acte qui l'avait provoquée ; car il ne pouvait se rappeler précisément les circonstances de la découverte en question.

Comme il était plus supportable à présent de découvrir qu'il existe des gens qui se donnent le mal de le haïr. Pourquoi donc se donnaient-ils ce mal ? Ils le faisaient pourtant. Et il y avait aussi des gens pour l'aimer. Ainsi l'on n'est pas surpris de s'apercevoir, par exemple, qu'une jeune fille vous aime depuis longtemps sans qu'on le sache. Une partie de nous s'attend à ce que les gens, les jeunes filles en particulier, nous aiment, et ce n'est pas un choc, ce n'est jamais qu'un petit compliment qui vient appuyer ce que vous pensiez, lorsqu'une jeune fille vous dit : « Mon chéri, il y a si longtemps que je t'aime, bien plus longtemps que toi. » Les jeunes filles trouvent aisément leur place dans l'image qu'elles se font, et que vous vous faites, de l'expression « mourir d'amour ». Si elles se dérobaient avant même que vous soyez prêt, c'était très bien aussi ; leur dérobade état souvent un rappel nécessaire prouvant que l'intrigue était parvenue à son terme. Elle vous rappelait aussi que tout ce qu'une nature de femme contient de réalisme, l'habile expert qui est présent en elle le pousse à supporter une perte et à se retirer de l'affaire avant de se retrouver – pour filer la comparaison – totalement en faillite.

Julian avait souvent éprouvé ce soupçon : il soupçonnait qu'un homme bon avec les femmes, aussi bon qu'il l'avait été, n'obtient pas toute la confiance des autres hommes, ni leur sympathie. Par le passé, il s'était souvent fait cette réflexion mais il évitait de s'en appliquer à lui-même les conclusions. Les hommes aimaient l'inviter pour un poker, une partie de golf, un déjeuner (le Lions Club avait fini par l'avoir, bien qu'il ait habilement échappé aux supplices du Rotary et du Kiwanis). Mais à présent, il se demandait s'il pouvait prêter la moindre signification à leur souhait de l'inclure dans ces événements sociaux. Non, il ne fallait pas chercher de signification flatteuse, c'était seulement la coutume. En pénétrant dans le garage aménagé sur le côté de sa maison, il commença à y voir clair. Froggy Ogden, en confessant orgueilleusement sa traîtrise et sa très ancienne haine, avait semblé fier du travail qu'il avait accompli pour que Julian ne doute jamais de son amitié. Ogden n'était peut-être pas le seul. Il avait été un de ses meilleurs amis. Et Carter ? Et Whit ? Bob Herrmann (un imbécile, mais qui avait une vie et la menait comme il se doit) ? Et les épouses de tous ces hommes qu'il appréciait ? Ces hommes, dont beaucoup avaient dû le haïr, et le haïssaient probablement, en avaient sûrement parlé à leurs épouses. Jean Ogden par exemple. Elle avait su depuis le début que Froggy le détestait mais n'avait jamais donné le moindre signe d'avertissement à Julian. Et si les impolitesses de Kitty Hofman venaient de ce qu'elle savait pertinemment combien Whit le détestait ? Et si seulement ce n'avait été que de la haine ! La haine aurait été bien préférable à cette antipathie, à ce mépris. Il se remit à penser aux femmes ; ses camarades hommes, ceux qui le connaissaient le mieux, l'avaient mis en boîte au sujet de sa Polonaise. Mais, tout en le mettant en boîte, ils défendaient la vertu, et, tout en défendant la vertu, ils auraient tous secrètement bien voulu posséder Mary. Mais Mary était à lui. Il ferma la porte du garage. Mary avait été à lui et il eut brusquement la sensation qu'il la regardait. Pendant une brève seconde, cette sensation lui revint, la gêne qui l'avait envahi tant de fois, quand il désirait regarder son beau corps et que ses yeux étaient retenus par le tranquille et lumineux sourire de Mary, jusqu'au moment où elle abaissait les yeux vers ses seins, puis ramenait vers lui son regard, et que le sourire s'était effacé. Il était sûr à présent de ce qu'il avait alors refusé de voir : Mary l'avait aimé et n'aimerait jamais plus personne de la même manière. Il la chassa de ses pensées, entra dans la maison et s'assit, puis s'allongea sur le canapé devant le feu. Oh, il s'endormit, avec le désir d'en savoir davantage.

Il faisait noir et l'une des aiguilles de l'horloge indiquait dix, mais Julian ne parvenait pas à savoir s'il s'agissait de la grande ou de la petite, et il était trop bien installé pour changer de position et regarder sa montre. Alors il comprit pourquoi il s'était réveillé. On sonnait à la porte. Il se leva, se passa les doigts dans les cheveux, tira sur son gilet et son veston et arrangea sa cravate. Ça pouvait très bien être Caroline. La femme faisait à peu près la même taille. Mais, en s'approchant, Julian vit qu'elle portait des lunettes. Il ouvrit la porte. Le courant d'air lui fit du bien.

« Oh ! bonsoir, Mr. English. Je suis miss Cartwright, du *Standard*. Je suis désolée de vous déranger. Je croyais que vous donniez une fête.

– Elle a été ajournée. Voulez-vous entrer ?

– Oh ! je ne devrais pas entrer. C'est inutile. Mais c'est une étonnante nouvelle. »

Le sourire de Julian la troubla.

« Je ne veux pas dire que l'étonnante nouvelle, c'est que je n'entre pas.

– Mais si, entrez, vous boirez bien quelque chose », dit-il.

Dieu seul sait pourquoi il voulait lui parler

« Une minute, alors. Je veux dire que l'étonnante nouvelle, c'est que votre soirée n'ait pas lieu. Est-elle remise à plus tard ? Quelqu'un de malade chez vous ? Mrs. English ne se sent pas bien ?

– Non, non. D'ailleurs vous pouvez téléphoner à Mrs. English chez Mrs. Walker, elle vous dira ce qu'il en est.

– Oh ! mon Dieu, dit miss Cartwright en allumant une cigarette, du coup, je vais être forcée de trouver autre chose pour ma chronique. J'imagine que je ne pourrai pas écrire que vous recevrez le... avez-vous reporté la réception ? Est-elle reportée *sine die* ?

– Oui, je crois. Voulez-vous du whisky ? Préférez-vous une Bénédictine ou une autre liqueur de ce genre ?

– Whisky et eau gazeuse, si vous en avez.

– C'est votre voiture, dehors ?

– Celle de mon frère. Enfin elle appartient à mon frère et à un autre garçon. Ce n'est qu'un vieux tacot qui tient à peine sur ses pattes, mais elle m'économise pas mal de pas et de billets de tramway quand mon frère est à la maison ; seulement, il l'emmène avec lui à l'université. Il est à Brown.

– Ah ! Brown.

– Oui. Providence, Rhode Island.

– Je sais. J'y suis allé.

– Oh ! vous étiez à Brown, Mr. English ? Il n'y a pas beaucoup d'anciens élèves de Brown dans le coin.

– Non. Moi, j'étais à Lafayette. Mais je suis déjà allé à Brown pour visiter.

– Vous ne buvez pas ?

– Si, je crois que je vais vous imiter.

– Je déteste boire seule. On dit que quand les gens boivent seuls, c'est un signe de folie.

– Les tenanciers de bars sont sûrement à l'origine de cette rumeur. Vous savez, comme l'histoire de l'allumette capable d'allumer trois cigarettes, qui a été lancée par le trust des allumettes suédoises.

– Oh ! comme c'est intéressant ! Je n'en avais jamais entendu parler. Ah si, maintenant que j'y pense, j'étais au courant.

– Vous ne voulez pas ôter votre manteau ?

– Je ne devrais pas. Je ne peux rester qu'une minute, pour mon article. Euh… ajournée. Auriez-vous l'amabilité de me dire, Mr. English, pourquoi votre réception a été remise à plus tard ?

– Mrs. English vous le dirait beaucoup mieux que moi. À mon avis, vous devriez le lui demander parce que, en réalité, c'est *elle* qui recevait. J'aime mieux ne rien dire à la presse, car après tout c'est sa soirée à elle.

– Oh ! je vois, dit miss Cartwright. Oh ! ne le pendez pas. Posez-le sur une chaise, n'importe où. Mon Dieu, que c'est fort ! Je n'ai pas l'habitude de boire. Je crois qu'en moyenne, je ne dépasse pas un verre par semaine, sur l'ensemble de l'année.

– Je vais vous ajouter un peu d'eau gazeuse.

– Cette maison est ravissante. Mrs. English l'a arrangée elle-même ?

– Oui.

– Elle a un goût formidable. Oh ! Foujita ! *J'adore* Foujita. Est-ce un vrai Foujita ou une copie ? Je veux dire…

– C'est une reproduction. Vous n'avez pas la même tête sans lunettes.

– Je suis forcée de les porter pour conduire, ou pour marcher. Je ne pouvais pas obtenir mon permis sans lunettes et, si je conduis sans, je risque une amende ou de me faire retirer mon permis. Vous voulez essayer une Spud ?

– Non, merci. Je n'arrive pas à m'y habituer.

– Moi aussi je pensais cela, mais j'y suis arrivée et maintenant je ne peux plus fumer d'autres cigarettes. J'espère que je ne vous empêche pas de vaquer à vos occupations, Mr. English ?

– Loin de là. Je suis content que vous soyez venue.

– Je n'aurais pas dû venir, mais il me fallait absolument la liste exacte des invités. Les gens sont tellement susceptibles. Je ne dis pas ça pour Mrs. English. Elle est très aimable et, croyez-moi, c'est beaucoup. Mais, ces derniers temps, je me suis trompée sur les invités de telle ou telle soirée, et certaines matrones de

Gibbsville sont venues au journal faire un foin de tous les diables. Alors, comme je n'ai que cette liste que nous avons imprimée il y a un mois dans la chronique, je venais voir s'il y avait eu des changements. Des gens en plus, ce genre de choses.

– C'est un boulot pénible, hein ?

– Oh ! vous croyez ? Non, on ne peut pas dire ça. Pas tout le temps. Mais, une fois par-ci par-là, on soulève une espèce de vague d'indignation. Des femmes téléphonent pour nous engueuler parce qu'on a oublié des noms, ou parce qu'on n'a pas donné à leur soirée l'importance qu'elles estimaient mériter. Et, naturellement, c'est toujours moi qui prends, les autres me mettent tout sur le dos. Des gens qui s'appellent Bromberg, des Juifs, ils ont failli me faire renvoyer la semaine dernière. Ils ont retiré leur publicité simplement parce que je n'avais pas fait passer une histoire qu'ils m'avaient envoyée au sujet d'une voiture d'enfant qu'ils avaient fait venir spécialement d'Angleterre pour leur bébé. Vous auriez vu cette histoire ! Jamais je n'aurais pu m'en servir. Ça aurait couvert le journal de ridicule, mais croyez-vous qu'ils m'aient soutenue ? Jamais de la vie. Finalement, il a fallu que j'en fasse une demi-colonne, mais j'ai coupé tous leurs commentaires dégoulinants, et les Bromberg ont remis leurs annonces. Voilà comment il faut que je lèche les bottes de tout le monde et que je fasse des salamalecs à tous ceux qui ont leur nom dans la page des mondanités. Pas Mrs. English, mais je n'en dirais pas autant de quelques-uns de vos amis. Bien, merci beaucoup pour ce verre et tous mes regrets que votre fête n'ait pas lieu. Je suis ravie de vous avoir rencontré. Je vous vois souvent conduire en ville de belles Cadillac. Quand nous sommes arrivés à Gibbsville, je me demandais qui vous étiez... Mon Dieu, pourquoi est-ce que je vous raconte tout ça ?

– Prenez un autre verre avant de partir. Restez et dites m'en plus.

– Oh ! oui, oh ! mon Dieu, oui. Je reste. Vous le voyez bien. Non, il vaut mieux que je m'en aille, tant que tout se passe bien. Oh ! ce n'est pas exactement ça que je voulais dire, Mr. English, mais les gens sont si mauvaise langue dans cette ville. »

Julian se souvint brusquement d'une histoire sur la fille du pasteur de l'église baptiste qui se promenait sans bas. Sans y penser, il regarda ses jambes et elle surprit son regard.

« Ça y est, dit-elle, même vous, on vous l'a dit. On n'oubliera jamais que je me suis promenée sans bas. C'est très bien devant la reine Mary, mais pas à Gibbsville. Bref, merci encore. On se reverra bientôt.

– Ne partez pas », dit-il.

C'était inconcevable, mais elle lui plaisait. Qui plus est, il ne voulait pas qu'elle remette ses lunettes. Elle n'était pas laide. Elle n'était pas jolie. Mais elle n'était pas laide. Et elle avait un corps intéressant ; pas sensationnel, non, mais il y avait moyen de s'amuser. Julian se détestait, mais il éprouvait un immense désir de découvrir cette fille.

« Quelle heure est-il ? demanda-t-elle.

– Même pas dix heures. On est encore dans les neuf. Neuf heures trente-cinq, neuf heures trente-sept, quelque chose comme ça. Il est très tôt.

– Alors, encore un petit verre, même si je me demande vraiment pourquoi vous tenez à ce que je reste. J'ai une de ces têtes ! Je ne suis même pas rentrée chez moi après le bureau. »

Elle balaya la pièce du regard, s'apprêtant à s'asseoir, puis dit :

« Mr. English, je me sentirais mille fois plus à l'aise si vous me laissiez aller me laver les mains.

– Oh ! je vous demande pardon. Laissez-moi vous accompagner.

– Dites-moi simplement où c'est. Je trouverai toute seule.

– Il vaut mieux que je vous accompagne. Je crois qu'il n'y a pas de lumière.

– C'est très gênant. Du moins, ça le serait si vous n'étiez pas si gentil. Je me sens toujours plus à l'aise avec un homme marié. Pour tout vous dire, j'ai trop bu, je déborde. »

Il était choqué et réjoui de remarquer qu'il faisait trop noir pour qu'elle puisse voir son visage. Soit cet unique verre d'alcool avait produit un effet inhabituel, soit la petite miss Cartwright (qui n'était pas petite, mais plutôt grêle) allait se révéler amusante. Il alluma la lumière, redescendit et se servit à boire. Il l'entendit. Puis il la vit descendre les escaliers, lentement cette fois, marche après marche, très à l'aise. Ses pas mesurés pouvaient être un signe de confiance en soi, auquel cas cela déplaisait à Julian et elle-même lui déplaisait. Il voulait séduire cette fille, mais il voulait que ce soit le résultat de sa vieille expérience et de ses connaissances supérieures ; il n'attendait rien d'elle, sinon son acquiescement. Tout de même, elle était myope ou voyait mal. Ce qui pouvait expliquer sa démarche.

« Whisky, eau gazeuse, dit-il.

– Volontiers », dit-elle.

Elle s'assit ; il était certain à présent qu'elle avait confiance en elle. Il faillit lui rire au nez. Elle n'avait rien de la fille qu'on inclut dans la liste des séduisantes demoiselles, mais à cet instant précis, elle avait autant d'aplomb que Norma Shearer, Peggy Joyce ou une femme de ce genre. Il avait maintenant la certitude qu'elle n'était pas vierge, quoi qu'il ait pu croire une demi-heure auparavant ; et, tout en lui préparant sa boisson, il imaginait une scène grotesque impliquant un étudiant, probablement en médecine vétérinaire – lequel portait à son veston cinq ou six insignes d'écoles ou d'associations –, l'instinct vital lancé vers miss Cartwright et le retrait rapide. Il se demanda quel âge elle avait et il lui posa la question en lui tendant son verre.

« L'âge de raison. » Puis elle ajouta : « J'ai vingt-trois ans. Pourquoi voulez-vous le savoir ? Par curiosité ou pour un autre motif ? »

L'assurance des grandes vedettes.

« Oh ! ça doit être… Je n'en sais rien. J'essayais de deviner. Je n'arrivais pas tout seul à choisir un chiffre exact, alors je vous l'ai demandé.

– Au moins, vous êtes franc. Et vous, quel âge avez-vous ?

– Trente ans.

– C'est bien ce que je pensais. J'aurais dit dans les vingt-huit ans, mais vous frayez avec tellement de gens plus âgés que j'aurais pensé, dans une ville comme celle-ci… oh ! je ne sais pas ce que j'aurais pensé, ça n'a pas la moindre importance. Ce verre est *beaucoup* plus fort. Je suppose que vous êtes au courant.

– Oui. Je l'ai fait exactement comme le mien. Pour tout dire, j'en ai bu un en rab pendant que vous étiez là-haut. Où avez-vous fait vos études ?

– Université du Missouri.

– Oh ! vraiment ? À une certaine époque, j'avais eu l'idée d'aller dans une de ces écoles de la Conférence de l'Ouest.

– Vous ne seriez pas allé à l'université du Missouri. Elle ne fait pas partie de la Conférence.

– Ah ? je croyais que si.

– Non, dit-elle. J'avais commencé Missouri avant que nous ne venions nous installer à Gibbsville. J'avais envisagé de transférer mon dossier à Columbia, pour économiser les frais de voyage, mais j'ai décidé de rester là-bas. J'ai étudié le journalisme.

– Oh ! je vois », dit-il.

Elle avait de petits seins. Pratiquement inexistants sous sa robe, mais ils devaient bien se tenir.

« En un sens, je regrette de ne pas avoir changé d'université, parce que j'aurais aimé passer un an ou deux à New York. Le *World* est un journal où j'aurais bien aimé travailler, mais c'est terriblement difficile d'y entrer. De nos jours, c'est terriblement difficile de trouver du travail où que ce soit, partout, mais surtout dans le journalisme. J'ai un de mes amis au *Post Dispatch*, à Saint-Louis, c'est un de leurs meilleurs reporters, et il a un salaire faramineux. Il est allé à New York pour les vacances, et il est passé à l'un des journaux rien que pour jeter un œil. Eh bien, savez-vous ce qu'on lui a offert ?

– Combien ?

– Quarante dollars par semaine. Bon Dieu ! Moi j'en gagne vingt, et je ne sais absolument rien comparé à lui, mais quarante dollars par semaine ! C'était leur maximum. Je vous laisse imaginer ce qu'il leur a répondu. »

Elle secoua la tête et ses yeux s'emplirent de souvenirs. Elle ne regardait pas Julian. Ainsi, elle se sentait plus à l'aise avec les hommes mariés.

« Comment diable un homme pourrait-il faire vivre sa famille avec quarante dollars par semaine ? Oh ! certains y arrivent, je sais. Mais, quand on travaille dans un journal, je suppose qu'il faut s'habiller convenablement, n'est-ce pas ? demanda Julian.

– C'est exactement ce que m'a dit cet ami. Il a une femme et un enfant. Il n'aurait pas les moyens de s'installer à New York. Ses amis disent tout le temps : "Pourquoi ne va-t-il pas à New York ?" Eh bien, voilà la réponse. »

C'était clairement une raison valable, se dit Julian. C'était la meilleure raison. Ainsi, c'était un type avec une femme et un enfant ? Ce qui voulait dire que la chose avait été faite avec plus d'adresse – et de régularité – que par un étudiant.

« On boit ? demanda-t-il.

– Oh ! Allez, d'accord ! » dit-elle.

Il mélangea les alcools et revint vers elle, un verre dans chaque main. Mais, au lieu de lui tendre le sien, il posa les deux verres l'un à côté de l'autre sur la petite table et s'assit à côté d'elle. Il mit sa main sous le menton de miss Cartwright, qui tourna la tête. Sa bouche s'était ouverte avant de toucher celle de Julian. Elle remonta un genou et s'étendit de toute sa longueur sur le divan, en lui tenant la tête, ses deux mains posées sur les oreilles.

« Embrassez-moi, dit-elle, mais elle glissa sa main sous son veston et ouvrit son gilet et sa chemise. Non, dit-elle, contenez-vous de m'embrasser. »

Elle était d'une force effrayante. Elle s'éloigna soudain de lui brutalement.

« Pfiou ! Respirons ! » dit-elle.

Il la détesta comme personne n'avait jamais détesté quelqu'un.

« On boit ? dit-il.
– Non, je ne pense pas. Je dois y aller.
– Ne partez pas. »
Il avait envie de la traiter de tous les noms, comme une putain.
« Maintenant, c'est le bon moment », dit-elle.
Mais elle ne se leva pas.
« Comme vous voudrez, dit-il.
– Écoutez, Julian. (Elle minaudait en prononçant son nom.) Si je reste, vous savez ce qui va arriver.
– Ça me va.
– Ce ne serait pas très bien du tout. Vous êtes marié à une femme formidable. Je ne la connais pas du tout, mais je sais qu'elle est formidable, et vous vous foutez pas mal de moi. Oh ! je ne veux pas en discuter ; j'avoue que j'ai très envie de vous. Mais… mais, malgré ça, je pars. Au revoir. »
Elle refusa qu'il l'aide à mettre son manteau. Il entendit le vroum-vroum du démarreur de sa voiture, mais il ne pensait déjà plus à elle. Il pensait à toutes les fois qu'il allait entendre ces mots à l'avenir : « Vous êtes marié à une femme formidable. Je ne la connais pas du tout (ou bien : « Caroline est une de mes meilleures amies »)… J'ai très envie de vous, mais, malgré ça, je pars. » Miss Cartwright était déjà reléguée très loin dans le passé, dans la partie moisie du passé, mais ses paroles sortaient désormais de la bouche de toutes les filles qu'il avait envie de connaître. Les dames du téléphone, les employées des grands magasins, les secrétaires, les épouses de ses amis, les étudiantes de l'université, les infirmières – toutes les jolies filles de Gibbsville, essayant de lui faire croire qu'elles aimaient toutes Caroline. C'est à ce moment-là que la rupture

avec Caroline cessa de ressembler à un début de vacances. Dorénavant, cela semblait pire que tout, car il savait que de nombreuses filles feraient n'importe quoi avec un homme marié tant qu'il était marié, mais qu'à Gibbsville, il serait jusqu'à la fin de ses jours le mari de Caroline. Ils pourraient divorcer. Dans ce cas, Caroline se remarierait, mais aucune fille à Gibbsville – parmi celles qui en valaient la peine – ne risquerait de perdre sa réputation, ce qui serait le châtiment pour s'être compromise avec lui. Il se rappela un dicton argotique datant de ses années estudiantines et qui n'avait jamais eu aucun sens : « Ne pas lessiver le système, on risque d'encrasser les rouages. »

Il ne voulait pas retourner en arrière et rompre encore plus définitivement avec Caroline. Il ne souhaitait aucun retour en arrière, et à partir de là, il se demanda où il voulait aller. Trente ans. « Elle n'a que vingt ans et il en a trente. Elle n'a que vingt-deux ans et il en a trente. Elle n'a que dix-huit ans et il en a trente, et il a déjà été marié. On ne peut pas dire qu'il soit jeune. Il a au moins trente ans. Ah ! non, on ne l'invite pas. Il fait partie du groupe des vieux. Julian English devrait essayer de se comporter comme quelqu'un de son âge. Il invite les jeunes filles à danser. Même les gens de son milieu n'en veulent pas. Il devrait vraiment démissionner du club. Écoutez, si vous ne lui dites pas de ne plus vous inviter à danser, c'est moi qui ne vous inviterai plus. Non, merci, Julian, j'aime mieux aller à pied. Non, merci Mr. English, je suis presque rendue. Écoutez, English, je vais vous parler franchement. Julian, ça fait des années que je suis l'amie de votre famille. Julian, pourriez-vous me téléphoner un peu moins souvent ? Ça rend mon père furieux. Vous me déposerez au coin de la rue, parce que si le paternel... Dites donc, voulez-vous laisser ma sœur tranquille ! Oh ! salut, mon mignon, tu attends Annette ? Elle a un client pour le moment, elle descendra bientôt. Pas d'alcool, pas de viande, pas de café, buvez beaucoup d'eau, privez-vous autant que possible de nourriture et nous vous aurons remis d'aplomb dans un an, peut-être avant. » Il prit un verre. Il en prit un autre, puis il se leva et ôta son veston, son gilet, sa cravate, il but encore, apporta le whisky près du divan et posa la bouteille debout sur le plancher ; ensuite il sortit ses disques préférés, qui étaient rangés dans trois albums. Il posa les albums sur le plancher. Il se les passerait une fois soûl, il allait se les jouer, mais il voulait les avoir dès maitenant à côté de lui. Il s'allongea, puis se releva et apporta l'eau de seltz et le seau à glace, qu'il plaça près du whisky. Il examina la bouteille de whisky et s'aperçut qu'il n'en restait plus que la moitié ; alors, il alla dans la salle à manger, en sortit une autre bouteille, l'ouvrit et la reboucha. Il but en marchant de long en large, ce qui lui fit découvrir à quel point le volume d'un verre était insuffisant. Il lui vint une idée brillante. Il enleva les fleurs et vida l'eau d'un vase dans lequel il se fabriqua le plus énorme whisky-soda qu'on ait jamais vu. Lequel ne dura pas longtemps. Il se leva une fois encore et alla chercher une assiette de hors-d'œuvre à la cuisine. Ils lui donnèrent soif. Il descendit ses bretelles et se sentit beaucoup mieux.

« Je crois, si ça ne vous dérange pas, que nous allons jouer un petit air », dit-il tout haut.

Il mit la version de Paul Whiteman de *Stairway to Paradise*, et, quand le disque arriva au « parlé », Julian vibrait avec le jazz à en hurler. Le phono s'arrêta tout seul, mais Julian se leva et changea le disque. Il mit un air beaucoup plus récent, l'orchestre de Jean Goldkette qui jouait *Sunny Disposish.* Il étala une kyrielle de disques sur le tapis, sans regarder les titres. Il faisait tourner une cuiller et, quand elle s'arrêtait, il mettait le disque qu'elle désignait. Il ne joua que trois disques de cette manière, parce qu'en trépignant pour battre la mesure avec ses pieds il brisa l'un de ses favoris, *Lady of the Evening*, exécuté par Whiteman, précieux parce qu'il avait le final le plus astucieux de tous les finals de disques. Julian aurait voulu pleurer, mais il n'y réussit pas. Il voulait ramasser les morceaux. Il allongea le bras pour les ramasser, mais perdit l'équilibre et tomba assis sur un autre disque, qu'il écrasa avec un bruit qui n'avait rien de musical. Il ne se donna pas la peine d'en regarder le titre. Tout ce qu'il savait, c'est que c'était un Brunswick, c'est-à-dire un des meilleurs et des plus anciens. Il but dans le verre. Il se servait du vase pour boire assis et du verre pour boire en marchant. Comme ça, il ne renversait pas le récipient le plus plein en se promenant, et il pouvait remplir le verre sans se lever ou se rasseoir. Sans penser à ce qu'il faisait, il s'allongea.

« Je suis maintenant, dit-il, soûl, voûl, foûl, moûl. »

Il allongea la main comme un aveugle vers la bouteille intacte et, avec des yeux qu'il savait n'être pas ivres, il se regarda se verser à boire.

« Pas de glace, ça soûle pivite. »

« Plus vite », corrigea-t-il tout haut.

En son for intérieur, il se dit : « Je dois avoir une de ces tronches, maintenant. » Il s'aperçut qu'il avait allumé deux cigarettes, une qui se consumait dans le cendrier posé par terre, l'autre qui s'enfonçait graduellement dans le vernis, au bord de la caisse du gramophone. Il commença à inventer un mensonge pour expliquer comment le bois avait été brûlé, puis, pour la première fois, il sentit que plus rien n'avait d'importance.

Il se leva et se dirigea vers l'escalier.

« Y'a quelqu'un ? » cria-t-il.

« Y'a quelqu'un ? »

« Y'a quel-*qu'un* ! »

Il secoua la tête :

« Non, non. Personne. On éveillerait un mort en criant comme ça », dit-il.

Il ramassa un paquet de cigarettes sur la table et prit une nouvelle bouteille de whisky. Il aurait bien aimé avoir le temps de jeter un coup d'œil pour voir si tout était en ordre dans la pièce, pas de cigarettes allumées ou rien de ce genre, mais il n'avait pas le temps. Il n'avait pas le temps d'éteindre les lumières, de ramasser les objets ou de rajuster les tapis. Pas même le temps de mettre un veston, de relever ses bretelles ou quoi que ce soit d'autre. Il sortit, descendit le perron, ouvrit la porte du garage et la referma derrière lui. Il frissonna un peu sous la morsure du froid ; il faisait très froid dans le garage, ce qui l'obligea à se hâter. Il dut s'occuper des fenêtres. Il fallait les fermer hermétiquement. Le ventilateur du toit était bloqué pour l'hiver.

Il grimpa sur le siège avant et mit le contact. Le moteur se mit à tourner avec un ronron joyeux et puissant, prêt à partir.

« Tenez, crapules », dit Julian en écrasant l'horloge de la voiture avec le cul de la bouteille pour leur fournir une heure approximative. Il était dix heures quarante et une.

Il ne lui restait plus qu'à attendre. Il fuma un peu, fredonna pendant une minute ou deux, but trois petites rasades et commençait la quatrième lorsqu'il retomba en arrière et s'effondra sur la banquette. À dix heures cinquante, d'après l'horloge du siège arrière, il essaya de se lever. Il chercha un appui, mais les forces lui manquèrent et à onze heures dix personne n'aurait pu lui être d'aucun secours, personne au monde.

X

Notre histoire est sans fin.

Vous dégoupillez une grenade et quelques secondes plus tard elle explose ; dans un rayon restreint, des hommes sont tués ou blessés. Résultat : cadavres à enterrer, malades à soigner. Veuves, enfants sans pères, parents privés de leurs enfants. Cela déclenche aussi le mécanisme des pensions et développe l'esprit pacifiste chez les uns, une haine durable chez les autres. Au même moment, un homme, hors de la zone de danger constate le carnage causé par la grenade et se tire un coup de fusil dans le pied. Un autre homme se trouvait là deux minutes avant l'explosion et se met désormais à croire en Dieu ou prend pour fétiche une patte de lapin. Un autre homme voit pour la première fois de la cervelle humaine et met cette vision sous scellés jusqu'à un certain soir plusieurs années après où il se met à décrire ce qu'il a vu, et où l'horreur de sa description éloigne sa femme de lui...

Herbert Harley déclara avoir cru entendre une voiture vers dix heures. On aurait dit une Ford démarrant devant la maison des English, mais il avait pu se tromper. Ou, comme le remarqua le médecin légiste, le

Dr Moskowitz, ce bruit pouvait être celui d'une voiture quelconque qui se serait arrêtée par hasard devant la maison English. Le Dr Moskowitz voulait une enquête consciencieuse et souhaitait ne négliger aucun détail, aussi espérait-il que le conducteur de cette voiture se fît connaître ; mais il se faisait guère d'illusions ; ce quartier de la ville était peu fréquenté ; à vrai dire, il servait souvent de lieu de promenade à des couples d'amoureux. Aussi, cette voiture renfermait-elle sans doute des amoureux en plein batifolage, conclut le Dr Moskowitz ; d'ailleurs, il s'agissait d'un cas indiscutable de suicide par intoxication à l'oxyde de carbone. C'était le premier cas de ce genre dans toute l'histoire du comté (« Et c'est une façon rudement propre et efficace de s'expédier dans l'autre monde », ajouta-t-il en post-scriptum.) Voici, selon ses reconstitutions, ce qui s'était passé : Mr. English avait eu un différend avec Mrs. English. Il était rentré chez lui, s'était soûlé et, sous le coup du dérangement mental causé par l'alcool et le chagrin, connaissant bien les effets de l'oxyde de carbone puisqu'il travaillait dans les automobiles, eh bien ! il s'était suicidé. Aucun doute, il était dérangé, temporairement s'entend, car d'après les disques Victrola brisés dans le salon, et la pendule de la voiture écrasée, le défunt avait manifestement traversé une crise de délire alcoolique, et par conséquent n'avait conservé aucune lucidité. Selon toute apparence, sa veuve, Caroline W. English, était la dernière personne à l'avoir vu vivant, et ceci vers quatre heures de l'après-midi. Mrs. English avait téléphoné aux deux domestiques de la maison pour les avertir qu'une fête prévue pour le même soir était reportée et qu'elles pouvaient rentrer chez elles – ce qu'elles avaient fait.

Par chance, le défunt avait donné libre cours à sa fureur en écrasant l'horloge du tableau de bord, ce qui avait permis aux instructeurs de l'affaire de fixer le moment de la mort à environ vingt-trois heures, la nuit du 26 décembre, en l'an de grâce mille neuf cent trente. On pourra donc constater que sept heures s'écoulèrent entre le moment où pour la dernière fois Caroline W. English vit son mari, et la mort de ce dernier. Cela a été corroboré par Mrs. Walker, mère de Caroline W. English, chez laquelle Mrs. English a élu domicile depuis le moment où elle a vu le défunt pour la dernière fois jusqu'à celui où elle fut informée de sa mort.

La nouvelle lui en a été portée par le Dr William D. English, chef du personnel de l'hôpital de Gibbsville, également père du défunt, premier médecin appelé après la découverte du corps.

Le corps a été découvert par Herbert G. Harley, voisin immédiat du défunt. Mr. Harley est ingénieur-électricien, employé par la société des Usines de débourbage Midas, opérant pour les compagnies Midas, Black Run et Horse Cave. Mr. Harley était chez lui, occupé à lire, le soir de la mort de Mr. English. Mrs. Harley était allée se coucher de bonne heure, très fatiguée, car c'était le lendemain de Noël et, avec des enfants dans la maison, ma foi, le lendemain de Noël, vous savez ce qu'il en est. Donc, Mr. Harley lisait un livre de Rockwell Kent. Il se rappelait ce détail parce qu'il lui était arrivé de rencontrer Mr. Kent un jour qu'il était allé à New York ; il l'avait vu au Princeton Club. Et c'est pourquoi il se rappelait le nom de l'auteur. Il était en train de lire ce livre, ou plutôt, pour être exact, il en étudiait les illustrations, quand il entendit le moteur se mettre en marche dans le garage de Mr. English. L'heure ? Il pensait que ce devait être, dans la mesure où il avait pu s'en rendre compte, vers dix heures et demie du soir. Vingt-deux heures trente. Il n'y avait pas fait attention sur le moment. Lui et Mr. English allaient et venaient et se rencontraient toujours cordialement, en bons voisins, mais on ne pouvait pas dire qu'ils étaient amis ; car Mr. English fréquentait, mon Dieu, des gens différents de ceux que fréquentait Mr. Harley. Il connaissait Mr. English depuis quatre ans à peu près et le voyait en moyenne, en général, une fois par jour.

Bon. Donc il avait continué de lire son livre, mais tout à coup, pour une raison qu'il ne saurait expliquer, il fut saisi d'une sorte de pressentiment. Ce n'était pas exactement un pressentiment, mais plutôt la sensation qu'on a quand on *sait* que quelqu'un se trouve dans une pièce avant même de *voir* cette personne. C'est la sensation qu'il eut, et Mr. Harley voulait que ses interlocuteurs comprennent bien qu'il ne croyait pas aux théories spiritualistes ni à rien de ce genre, car il avait fait des études scientifiques et n'accordait aucune foi à toutes ces balivernes. C'est très bien pour certaines gens, qu'ils croient ce qu'ils veulent. Mais Mr. Harley n'était pas partisan de cette école de pensée et, pour le prouver, il avait une explication, ce qui peut s'appeler une explication, scientifique, à la sensation qu'il avait eue. L'explication, la voilà : il y avait une demi-heure ou à peu près qu'il était assis là et qu'un je-ne-sais-quoi lui disait que quelque chose clochait. En une minute il comprit ce que c'était : c'était le moteur qui tournait.

Durant tout ce temps, le moteur n'avait cessé de tourner dans la voiture de Mr. English. Sa vibration sourde et son ronron lointain étaient perceptibles. Pas très fort, le bruit ; et les vibrations étaient faibles. Mais, dans ce quartier résidentiel, on finit par connaître les moindres bruits, et il était très inhabituel de laisser tourner un moteur aussi longtemps. Mr. Harley avait longuement hésité, et puis il avait décidé d'aller tout de même jeter un coup d'œil et voir ce qui se tramait. Peut-être Mr. English a-t-il des ennuis avec sa voiture, pensa-t-il, et il allait lui offrir son aide.

Pourtant, à peine avait-il posé le pied sur le perron de l'entrée, qu'il avait compris qu'il se passait quelque chose de grave. Le moteur tournait, mais le garage était plongé dans le noir. Il s'approcha du garage et regarda par une fenêtre – celle qui se trouve dans la cloison ouest –, mais tout ce qu'il pouvait voir, c'était la voiture. Les lampes de tablier étaient les seules lumières allumées dans le garage. Il fallait prévenir Mr. English, pensa-t-il, lui dire qu'il avait laissé son moteur en marche, et le mettre en garde contre les dangers de rester trop longtemps dans le garage. Naturellement, Mr. Harley connaissait les dangers de l'oxyde de carbone et, au cours de sa carrière d'ingénieur, il avait vu deux ou trois cas d'intoxication dûs à ce gaz. Il alla sonner à la porte des English, puis ouvrit et appela, mais personne ne lui répondit. Alors il retourna à toute vitesse au garage. Il en ouvrit la grande porte et les fenêtres pour créer un courant d'air, puis il ouvrit la portière avant de la voiture et trouva Mr. English.

Il était affaissé comme une masse, il avait glissé et son corps avait à moitié quitté la banquette. Mr. Harley eut du mal, car Mr. English n'était pas petit, mais il réussit enfin à le saisir et à l'emporter, à la façon des pompiers, hors du garage. Il l'étendit sur l'allée. Il écouta le cœur de Mr. English, il ne battait plus ;

il prit son pouls : plus de pouls. Il essaya de lui faire du bouche-à-bouche, parce qu'il savait l'importance de la respiration artificielle dans ce genre d'accident, et appela sa femme à grands cris et, quand Mrs. Harley passa la tête par la fenêtre de leur chambre à coucher, il lui dit de téléphoner au Dr English.

Il continua le bouche-à-bouche jusqu'à l'arrivée du Dr English, mais le Dr English examina son fils et constata le décès. Ils portèrent le corps dans la maison, et alors le Dr English remercia Mr. Harley, et Mr. Harley alla tranquilliser Mrs. Harley qui, à ce moment-là, était complètement affolée, car elle ne comprenait pas ce qui se passait.

Si les souvenirs de Mr. Harley étaient exacts, Mr. English était vêtu d'un pantalon gris foncé, d'une chemise blanche sans cravate, de souliers noirs, et toute sa personne exhalait une forte odeur de whisky. Ses yeux étaient ouverts, sa figure était rosée ou plutôt pâle et légèrement teintée de rose. Mr. Harley se permit d'ajouter qu'à son avis, à en juger par la position du corps et d'après ce qu'il connaissait de cas semblables, Mr. English avait dû avoir l'intention de se suicider au moment d'entrer dans la voiture, mais il avait changé d'avis juste avant de perdre connaissance sans avoir trouvé la force de sortir du véhicule.

Très bien, mais pour le Dr Moskowitz tout cela ne changeait rien à l'affaire. Tous leurs indices prouvaient, de manière assez concluante, que le défunt avait attenté à ses jours, quelles que soient les pensées qui avaient pu lui traverser l'esprit. Le jury conclut donc à un suicide.

Le Dr English pensa qu'il valait mieux ne pas influencer les conclusions du jury. En l'occurrence, cela voulait dire laisser le Dr Moskowitz, ce médicastre youpin, se venger, et le Dr English savait très bien que c'est ce qu'il faisait. Le Dr English savait que Moskowitz se régalait du moindre témoignage faisant croire au suicide : c'était l'occasion qu'il avait cherchée depuis le jour où le Dr English avait donné un dîner à la County Medical Society sans l'inviter. Le Dr English estimait avoir de bonnes raisons à cela : le dîner était donné au Country Club et les Juifs n'y étaient pas admis ; le Dr English ne voyait pas pourquoi il aurait enfreint la règle traditionnelle du club en y faisant entrer un Juif comme invité. De toute façon, il méprisait Moskowitz parce qu'un jour Moskowitz lui avait dit : « Mais, mon cher docteur, vous savez probablement que le serment d'Hippocrate n'est jamais que de la crotte. Je suis sûr que votre femme se sert d'une poire à lavements. Ou qu'elle s'en servait. La mienne l'a toujours fait et elle continue… » Que Moskowitz se venge ; le Dr English aurait ensuite son mot à dire auprès du coroner, qui choisissait les légistes à missionner. Sans cette activité, Moskowitz ne pouvait gagner sa vie.

Le Dr English s'imagina qu'il était anéanti par la mort de Julian. Il savait que les gens comprendraient cela : anéanti. Sa femme, de son côté, en devint un peu idiote, comme égarée. Elle pleura, mais il n'eut pas l'impression de percevoir une douleur véritable dans ses larmes. Le docteur pensa qu'il fallait s'attendre à une dépression nerveuse quand elle mesurerait l'énormité de sa perte, et il commença immédiatement à faire des projets : une croisière en Méditerranée, par exemple, qu'ils pourraient entreprendre tous les deux, dès que les affaires de Julian seraient en ordre. Julian n'était mort que depuis douze heures quand cette pensée lui traversa l'esprit, mais il est excellent d'avoir un but vers lequel tendre quand vous êtes brisé par une perte si tragique. Il conseillerait à Mrs. Walker d'en faire autant, et offrirait de payer à Caroline les frais du voyage. Non pas que Mrs. Walker avait besoin de cette aide, ni qu'elle l'accepterait, mais il la lui proposerait quand même.

Le Dr English ne redoutait pas les commentaires auxquels les gens, à coup sûr, se livreraient – des gens à la mémoire longue. On se rappelait la mort du grand-père de Julian, c'était certain. Il était inévitable que l'on constate que cette tendance au suicide avait manifestement sauté une génération.

C'est une douleur vive, cocasse, mordante, légère, piquante, hilarante, qui vous fait frissonner, grelotter jusqu'à l'effondrement complet. Ensuite, cela devient un interminable tunnel noir qu'il faut suivre, suivre le tunnel, suivre le tunnel, suivre le tunnel, suivre le tunnel, suivre le tunnel. Pas de coup de sifflet. Mais il faut suivre le tunnel, suivre le tunnel, suivre le tunnel. Sifflet ?… Suivre le tunnel noir, le tunnel noir, le tunnel noir, le tunnel noir. Pas de coup de sifflet ? suivre le tunnel, suivre le tunnel, suivre le tunnel…

« Caroline, ma chérie, bois ceci. Je t'en prie. Dormir te fera le plus grand bien, disait sa mère.

– Ma petite maman, je vais très bien. Je ne veux rien prendre pour dormir. Je dormirai parfaitement ce soir.

– Mais le Dr English m'a donné ce médicament pour toi. Tu n'as pas fermé l'œil depuis une heure du matin.

– Mais si, mais si, j'ai dormi un peu.

– Non. Pas un véritable sommeil.

– Mais je n'ai pas envie de dormir pour l'instant. J'ai envie de ne pas dormir.

– Oh ! mon Dieu, mais alors qu'est-ce que je vais faire ? demanda Mrs. Walker.

– Ma pauvre maman ! » dit Caroline.

Et elle tendit les bras vers sa mère.

Elle était désolée pour sa mère, que cette histoire ne chagrinait pas beaucoup : sa seule tristesse était le reflet de la douleur éprouvée par sa fille. Sa mère n'était, pour ainsi dire, qu'en visite, prête à fournir la dose de tristesse nécessaire pour partager activement la douleur de Caroline.

Ce premier jour, Caroline essaya de ne pas penser à Julian mais à quoi d'autre aurait-elle pu penser ? Elle revivait le moment où sa mère était entrée bien avant l'aube dans sa chambre de jeune fille pour lui apprendre que le père de Julian était au rez-de-chaussée et voulait lui parler. Quelquefois, en y repensant, elle se disait : « J'ai su tout de suite ce qui était arrivé. J'ai compris immédiatement », mais aussitôt, par souci d'honnêteté, elle admettait que non, elle n'avait pas compris tout de suite. Quelque chose clochait, elle en avait conscience, mais la vérité, c'est qu'elle avait presque refusé de descendre. Elle savait qu'il s'agissait de Julian, et elle ne voulait plus entendre parler de lui, mais sa raison, et *non* son instinct, l'avertit au fond de son bon lit chaud, que le père de Julian était le dernier homme au monde capable de vous réveiller au milieu de la nuit – presque une heure du matin – sans raison valable. Il lui dit qu'il lui apportait de terribles nouvelles – et c'était comme si on lui avait raconté une histoire dont le début serait : « Vous n'avez jamais rien entendu d'aussi drôle » ou bien « Ceci va vous tuer ». Rien de ce que put dire ensuite le Dr English n'arriva au niveau de cette phrase préliminaire. Mais c'était un homme plein de tact : il révéla toute l'histoire d'un coup sans attendre qu'elle lui pose de questions.

« Mr. Harley a trouvé Julian recroquevillé dans sa voiture, au milieu du garage. Il était déjà mort, bien que Mr. Harley ne l'ait pas compris tout de suite. Il avait été tué par l'oxyde de carbone, un gaz toxique qui sort du moteur d'une automobile. Le moteur tournait. »

Puis, après un silence :

« Caroline, cela ressemble à un suicide. Vous n'aviez pas reçu de lettre ou rien de ce genre, dites-moi ?

– Mon Dieu non, croyez-vous que je serais restée ici, si j'avais reçu quelque chose ?

– Je ne voulais rien sous-entendre, dit le docteur. Je désirais seulement m'en assurer. C'est le genre de questions que vous posera le coroner en charge de l'enquête. Je ne vois pas comment nous pourrions éviter un verdict de suicide, mais je vais essayer. Je vais voir ce que je peux faire. »

Il parlait comme un politicien ne voulant pas reconnaître qu'il n'a pas pu obtenir la création d'un nouveau bureau de poste.

« Pourquoi vous donneriez-vous ce mal ? Naturellement, il s'est tué, dit Caroline.

– Caroline, ma chérie ! s'écria sa mère, tu ne dois pas dire cela avant d'en être sûre. C'est une chose terrible, qu'il ne faut pas dire.

– Pourquoi ? Mais pourquoi donc ? Qui l'a décidé ? Le diable vous emporte, allez-vous faire foutre, tous ! S'il a eu envie de se tuer, qui diable est-ce que ça regarde, sinon lui ?

– Elle fait une crise d'hystérie, murmura sa mère. Ma chérie…

– Ah ! va-t'en. C'est toi qui l'as tué. Toi qui ne l'aimes pas. Et vous aussi, vous, vieux bonhomme solennel.

– Oh ! Caroline, comment peux-tu parler ainsi ?

– Où est-il ? Dites-moi où il est ? Où l'avez-vous emporté ? Est-ce que vous êtes sûr qu'il est mort, vous ? Comment le sauriez-vous ? Je ne pense pas que vous soyez capable de reconnaître qu'un homme est mort.

– C'est mon fils, Caroline. Souvenez-vous-en, je vous en prie. Mon fils unique.

– Ah !… oui. Votre fils unique ! Eh bien, il ne vous a jamais aimé. Je suppose que vous le savez, n'est-ce pas ? Vous, si hautain, dominateur, désagréable avec lui quand nous sommes allés chez vous à Noël. Ne croyez pas qu'il ne s'en soit pas aperçu. C'est vous qui l'avez mené là où il est, pas moi.

– Il vaut mieux que je m'en aille, Ella. Si vous avez besoin de moi, je serai à la maison.

– Très bien, Will, dit Mrs. Walker.

– Pourquoi avez-vous appelé maman en premier ? Pourquoi ne me l'avez-vous pas dit d'abord ?

– Allons, allons, chérie. Bonsoir, Will. Je ne vous raccompagne pas.

– Vous n'allez pas m'emmener auprès de lui ? Qu'est-ce qui se passe ? Il est carbonisé, en bouillie ou quoi ?

– Oh ! je t'en prie, chérie, dit Mrs. Walker. Will, qu'en pensez-vous, rien qu'une minute ?

– Oui, pourquoi pas ? J'avais simplement pensé que ce serait trop dur pour elle après le choc de la nouvelle.

– Eh bien, si vraiment tu désires le voir ce soir, mon petit, dit Mrs. Walker.

– Oh ! mon Dieu ! Je viens de me rappeler. Je ne peux pas. Je lui ai promis de ne pas le voir, dit Caroline.

– Vous lui avez promis ! Qu'est-ce que ça signifie ? De quoi parlez-vous ? Vous saviez donc qu'il allait se tuer ? »

Maintenant, le docteur était en colère.

« Non, non, non. Ne vous agitez pas. Calmez-vous, vieille... », un des mots favoris de Julian lui était venu aux lèvres, mais elle avait suffisamment scandalisé sa mère pour le moment.

Elle se tourna vers elle.

« Nous nous étions fait une promesse quand nous nous sommes mariés. Nous nous étions promis de ne jamais regarder celui de nous deux qui mourrait le premier. S'il mourait le premier, je... Oh ! tu as compris. »

Elle se mit à pleurer.

« Allez-vous-en, docteur. Je ne veux plus vous voir. Maman. »

Elles restèrent là très longtemps, Caroline et sa mère. « Ça va passer, ça va passer », disait Mrs. Walker sans arrêt, tout en s'empêchant de pleurer, retenue par les bruits que faisait Caroline. C'était étrange et presque nouveau d'entendre Caroline pleurer, mêmes tressaillements, mêmes arrêts du souffle, mais d'une voix plus ferme. C'est cela qui rendait ces pleurs insolites, cette voix plus ferme, ce côté adulte. Cette petite fille en vêtements de femme, qui jamais plus ne pourrait porter de robes de petite fille. Cette belle, charmante fille. Qu'une chose semblable lui arrive. C'était comme si Julian n'avait jamais existé. Seule, Caroline existait maintenant pour la douleur et pour l'angoisse. Pauvre petite. Elle avait sûrement froid aux pieds. Elles montèrent après un moment. La mère se prépara à une longue veille ; mais elle n'avait pas l'habitude des veilles et ce fut le sommeil qui triompha.

Caroline ne ferma pas l'œil de la nuit. Le jour était levé depuis longtemps et elle gardait encore les yeux ouverts, écoutait le bruit des gens indifférents en route pour le travail et dont la vie continuait, inchangée. Chose étrange, le temps était beau. Un temps délicieux. Le temps approfondit sa fatigue, et elle s'endormit dans le courant de la matinée, jusqu'à presque midi. Elle s'éveilla, prit un bain, but du thé, mangea une tartine grillée et alluma une cigarette. Elle se sentit un peu mieux lorsqu'elle se rappela qu'elle avait toute une journée devant elle, malgré les heures qu'elle avait usées à dormir. Elle voulait se rendre auprès de Julian, mais justement, c'est dans cette chambre que Julian était le plus présent ; et plus encore dans la rue où, la veille, il s'était éloigné de la voiture de Caroline d'un air si furibond, et bien, bien davantage dans la pièce du rez-de-chaussée, où jadis elle s'était donnée à lui ; il était plus présent qu'à l'endroit où gisait cette chose censée être lui. Elle regarda par la fenêtre, dans la rue ; elle ne s'attendait pas à ce qu'il ait laissé des empreintes sur son passage, mais si les empreintes avaient été là, elle n'en aurait pas été surprise. La rue résonnait, comme s'apprêtant à renvoyer l'écho de ses talons. Il faisait toujours mettre de petits V de métal sous ses talons, et jamais plus elle ne pourrait entendre ce bruit, ce bruit d'élève de grande école, sans… oh ! oui, évidemment, elle l'entendrait sans pleurer, mais il lui donnerait toujours envie de pleurer.

Pendant tout le reste de sa vie, ce qui lui paraissait long, même si elle mourait dans une heure, la pensée de Julian lui donnerait toujours envie de pleurer. Elle ne pleurerait pas pour lui. Il était très bien maintenant, mais *à cause* de lui, parce qu'il l'avait quittée et qu'elle n'entendrait plus le son des petits V de métal sur un sol dur, qu'elle ne sentirait plus son odeur, l'odeur des chemises blanches bien propres et des cigarettes, et parfois du whisky. Ils allaient dire qu'il était soûl, mais il n'était pas soûl. Si, il l'était. Il était soûl, mais c'était Julian, soûl ou pas soûl, et Julian comptait plus que n'importe qui au monde. Il était ce que tous les autres n'étaient pas. Il était comme quelqu'un qui est mort à la guerre, un jeune officier avec le bonnet de police du corps expéditionnaire, baudrier et ceinturon, et une de ces tuniques qui se boutonnent jusqu'au cou, mais dont vous ne pouvez pas voir les boutons, et des ailes d'aviateur sur la poitrine, à l'endroit où il devrait y avoir une poche, et de hautes bottes lacées, bien luisantes, avec un peu de boue sur les semelles, une cigarette dans une main et le bras passé sous celui d'un américain en uniforme français. Pour elle, Julian avait cet air de bravoure qui n'a rien à voir avec les batailles, qui vient de l'attitude et des manières. Un geste de la main tenant une cigarette, sa façon de siffler, de fredonner en se faisant des réussites ou en balançant un club de golf, d'avant en arrière, d'avant en arrière ; sa façon de donner à Caroline une tape sur le derrière, un peu trop fort, en disant : « Mon Dieu, Mrs. English, c'est vous ! », mais en même temps, sachant qu'il avait frappé trop fort, il avait toujours un peu peur qu'elle ne soit fâchée. Oh ! voilà. Elle ne pourrait jamais plus se fâcher contre lui. Cette pensée la priva de ses forces, et Julian devint un mort. Déjà, elle avait commencé, suivant son habitude, à discuter avec lui : « Mais pourquoi as-tu fait cela ? Pourquoi m'as-tu quittée ? Tout se serait arrangé si tu avais attendu. Je serais rentrée cet après-midi. » Mais, cette fois-ci, elle savait bien qu'elle ne serait pas rentrée cet après-midi, et lui aussi le savait, et que Dieu nous protège, il avait eu raison. Il était temps que Julian meure. Il n'aurait rien trouvé à faire aujourd'hui, il n'aurait rien trouvé à faire aujourd'hui... là, voici la question réglée. Maintenant, il faut que tout recommence.

« Kitty Hofman est en bas, dit sa mère. As-tu envie de la voir ?

– Non. Mais je vais la voir », dit Caroline.

Dans la nouvelle salle de rédaction du *Standard* de Gibbsville. « N'oubliez pas, tout le monde. C'est samedi, aujourd'hui. On ferme de bonne heure. La première édition sort à une heure dix. Ne filez pas pour déjeuner. » Cela faisait plus de vingt ans que Sam Dougherty, le directeur du *Standard*, avait les mêmes paroles à la bouche tous les samedis. Ces phrases faisaient partie de son personnage, au même titre que sa visière, sa pipe de maïs et ses hémorroïdes. En tant que secrétaire de rédaction, il devait également lire la copie et rédiger les titres de la une.

« Dites donc, Alice, dit-il en posant son crayon et interrompant sa lecture.

– Quoi ? demanda-t-elle.

– Qu'est-ce que vous savez sur ce suicide d'English ? Est-ce qu'un de vos types vous a raconté quelque chose ?

– Non, dit-elle.

– Avez-vous interrogé qui que ce soit ? dit-il.
– Non », dit-elle.
Puis elle ajouta :
« J'ai entendu le patron vous dire d'étouffer la chose. »
Il secoua la tête.
« Vous voyez ? dit-il. C'est dans ces cas-là que vous n'êtes pas à la hauteur, Alice. Un bon reporter doit savoir environ dix fois plus de choses qu'il n'en imprime. C'est le genre de trucs que vous devriez ramasser. Tous les détails périphériques. Les dessous. Vous devriez toujours connaître les dessous de toutes les histoires importantes, même quand on ne peut pas les imprimer. Vous ne savez jamais si ça ne servira pas un jour, vous voyez ce que je veux dire ? »

Harry Reilly passa à son hôtel pour faire un brin de toilette avant de retrouver le type avec qui il devait déjeuner. Un message l'attendait et, de sa chambre, il demanda la communication avec Mrs. Gorman, à Gibbsville, onze, dix, huit, Gibbsville, Pennsylvanie.
« Allô ?
– Allô !
– Allô ? Allô ! c'est toi, Harry ?
– Oui, qu'est-ce que tu veux ?
– Écoute, Harry. Julian English s'est tué hier soir.
– Quoi ?
– Il s'est suicidé. Il a bu je ne sais quel poison dans son garage. De l'acide carbonique.
– Quoi ? Tu veux peut-être dire oxyde de carbone ?
– Oui, c'est ça. C'est un poison.
– Je sais que c'est un poison. Mais il ne l'a pas bu. Ça sort du moteur.

– Ah ! oui ? Eh bien, je ne le savais pas. Je savais seulement que c'était du poison et qu'il l'a pris dans son garage.

– Quand ? Qui te l'a dit ?

– Hier soir. Tout le monde en ville le sait à l'heure qu'il est. Je l'ai appris par quatre ou cinq personnes différentes, et je n'ai pas quitté la maison de toute la matinée. Je suis allée à la messe de sept heures, mais, à part ça…

– Comment sais-tu que c'est un suicide ? Qui l'a dit ? Ça peut arriver à tout le monde. Était-il soûl ?

– Oui.

– Eh bien, alors, il a pu s'endormir…

– Pas du tout. Il est entré dans le garage et il a refermé la porte. Il avait pris une bouteille d'alcool avec lui, à ce qu'on m'a dit. D'après ce que je sais, Caroline allait le quitter. Elle était chez sa mère.

– Oh !…

– C'est pourquoi je t'ai appelé, Harry. Tu n'es pas du tout responsable, n'est-ce pas ?

– Mon Dieu, non !

– Tu sais comment sont les gens…

– Je sais comment tu es, toi !

– Garde tes injures pour le moment. J'essaie de te rendre service. Tu sais ce que les gens vont raconter. Ils diront que tu y es pour quelque chose parce qu'English t'a envoyé ce whisky à la figure, l'autre soir. Ils feront le lien.

– De quoi parles-tu ?

– Es-tu idiot ou sourd ? Ils diront qu'il était furieux contre toi parce que tu faisais du gringue à Caroline.

– Oh ! qu'est-ce que tu vas chercher là, pour l'amour de Dieu, ma vieille ! English est venu hier dans mon bureau. Il est venu me voir. Il était dans mon bureau, il y a vingt-quatre heures, et je lui ai parlé.

– Qu'est-ce que vous vous êtes dit ?

– Je n'avais pas beaucoup de temps pour bavarder. J'étais en retard pour attraper le train de New York. Tu cherches des complications là où il n'y en a pas. C'est tout ce que tu as à me raconter ?

– Ça ne te suffit pas ? Tu voulais des détails sur English, n'est-ce pas ?

– Simplement pour aller commander des fleurs et les faire envoyer. J'aimais bien English, et lui aussi il m'aimait bien, sans ça il ne m'aurait pas emprunté d'argent. Je connais ce genre de type. Il ne m'aurait pas emprunté deux sous si je ne lui avais pas été sympathique. Calme-toi, ma belle. Tu t'excites à propos de rien. C'est ta maladie. Ta seule occupation, c'est de rester à la maison à t'inquiéter. Qu'est-ce que tu veux que je te rapporte de New York ?

– Je ne veux rien. À moins que tu ne passes près de Barclay Street. J'ai remarqué ce matin que Monseigneur a besoin d'une barrette neuve ; ça serait une gentille surprise à lui faire. Mais, rappelle-toi, il faut qu'elle soit violette, c'est pour un monseigneur.

– Tu te figures que je ne le sais pas ? Ça va, je vais en acheter une et je la lui ferai envoyer en ton nom. Rien d'autre ? Parce que j'ai rendez-vous pour déjeuner. Et je vais bientôt être en retard.

– Non, je crois que c'est tout.

– Tout le reste va bien ?

– Oui, tout va bien. Allons, je vais raccrocher ; au revoir, Harry.

– Au revoir. »

Il raccrocha lentement.

« C'était un vrai gentleman. Pourquoi, au nom de Dieu, est-il allé faire une chose pareille ? »

Puis il reprit le téléphone :

« Passez-moi la fleuriste. C'est pour une commande », dit-il.

La femme attendit que l'homme mette son manteau et son chapeau au vestiaire. Elle était grande et belle et on lui avait dit plusieurs fois qu'elle ressemblait à ces masques peints par Benda. L'homme était grand lui aussi, les épaules voûtées et il portait des vêtements de marque. Il la guida, la main posée sur son coude jusqu'à une petite table à l'autre bout de la pièce, à l'opposé du bar. Ils s'assirent.

Un jeune homme qui semblait travailler dans l'établissement s'arrêta et les salua ; l'homme lui répondit : « Salut Mac, je suis content de vous revoir. Mary, voici Mac, Mac, je vous présente Miss Manners. » Ils se sourirent poliment avant que Mac ne tourne les talons et l'homme expliqua à Mary, tout en lui demandant si elle voulait boire un Martini, que Mac était le frère de l'un des tenanciers du bar.

« Un Martini sera parfait.

– Deux, dit l'homme au serveur qui s'en fut préparer la commande. »

Ils allumèrent une cigarette. « Bien, dit l'homme, comment vous-sentez-vous ?

– Humm, répondit-elle avec un sourire.

– Vous êtes adorable, dit-il. D'où venez-vous ?

– À l'origine, je suis de Pennsylvanie.

– Ah, moi aussi. D'où exactement ? Je suis de Scranton.

– Scranton ? Je ne viens pas de ce coin-là, répondit-elle.

Je vis dans une petite ville dont vous n'avez jamais entendu parler.

– De quel côté de l'état ?

– Eh bien, avez-vous déjà entendu parler de Gibbsville ?

– Bien sûr que j'en ai entendu parler. J'y suis allé souvent. Vous êtes de Gibbsville ?

– Pas de Gibbsville même, mais de Ridgeville, ce n'est pas loin.

– J'y suis déjà allé. Enfin, traversé la ville au volant serait plus juste. Qui connaissez-vous à Gibbsville ? Connaissez-vous Caroline Walker ? Enfin je veux dire Caroline English, puisqu'elle est mariée à Julian English. Les connaissez-vous ?

– Je le connais, dit-elle.

– Et connaissez-vous Caroline ?

– Non, je ne l'ai jamais rencontrée. Je connaissais Julian, c'est tout.

– Je ne le connaissais pas très bien. Ça fait des années que je ne les ai pas vus. Donc, vous êtes originaire de Pennsylvanie.

– Oui, oui.

– Mary Manners, dit-il, vous êtes la plus belle fille que j'ai vue de ma vie.

– Merci, vous êtes gentil, répondit-elle. Vous n'êtes pas mal non plus, Ross Campbell.

– Je suis même bien, figurez-vous. Et je le serais tout à fait si vous acceptiez de passer l'après-midi avec moi.

– Non, pas aujourd'hui, pas ce week-end, je ne peux pas.

– Mais le week-end prochain, je n'aurai pas la voiture d'Ed.

– Vous pourriez en louer une. Non, je dois être prudente. Nous ne devrions pas venir ici, Ross. Rifkin vient ici quelque fois, ses amis aussi, et beaucoup de gens du cinéma. Ils viennent tous ici.

– Allez venez, tant que j'ai encore la voiture.

– Non, le sujet est clos. Pas ce week-end.

« Lute, donne-moi cinq dollars. Je veux payer l'éboueur. »

Lute Fliegler était allongé sur le canapé, les mains derrière la tête, son veston et son gilet posés sur le dossier d'une chaise à côté de lui. Il enfonça sa main dans sa poche de pantalon et tira d'un petit rouleau un billet de cinq dollars. Ses yeux rencontrèrent ceux de sa femme au moment où l'argent apparut, et elle lui fut reconnaissante de ce que son regard n'exprime pas ce que tous deux pensaient : qu'ils devraient peut-être dépenser leur argent un peu plus prudemment en attendant de savoir comment les choses allaient tourner. Elle s'en alla dans la cuisine, paya l'homme qui ramassait les ordures, puis revint dans le salon.

« Est-ce que je peux te faire un sandwich ? Lute. Tu devrais manger quelque chose.

– Non, ça va, je n'ai pas très faim.

– Ne te tourmente pas. Je t'en prie, ne te tourmente pas. Ils vont te nommer directeur. Il n'y a personne qui connaisse l'affaire aussi bien que toi, et tu as toujours été digne de confiance. Le Dr English le sait bien.

– Oui... mais est-ce qu'il le sait vraiment ? Ce qui me fait peur, c'est qu'il va penser que nous ne sommes qu'une bande d'ivrognes. Je ne dis pas ça pour critiquer Julian, mais tu sais...

– Je sais », dit-elle.

S'il avait été admis de s'embrasser en plein jour, elle l'aurait embrassé tout de suite.

Les meubles, les gamins, elle-même, voilà ce qui tracassait Lute. Elle sentit qu'elle allait se mettre à pleurer, alors elle sourit.

« Viens, dit-il.

– Oh ! Lute », dit-elle.

Elle s'agenouilla à côté de lui, pleura un peu et l'embrassa.

« Je suis navrée, navrée pour Caroline. Toi, moi…

– Ne t'inquiète pas, lui dit-il, je continue à recevoir le chèque du gouvernement, et je peux toujours trouver du travail… »

Il toussa pour s'éclaircir la gorge…

« C'est même ce qui me gêne le plus. Je le disais à Alfred P. Sloan, pas plus tard que l'autre jour. Il m'a téléphoné. J'avais l'intention de te le raconter, mais ça ne m'a pas paru très important. Donc, j'ai dit à Al…

– Qui est-ce, Alfred P. Sloan ?

– Mon Dieu, c'est bien la peine que je vende… c'est le président de la Société des General Motors.

– Ah ! je vois. Et alors qu'est-ce que tu lui as dit ? » demanda Irma.

Du même auteur

Rendez-vous à Samarra
Éditions de l'Olivier, 2019

L'enfer commence avec elle
Éditions de l'Olivier, 2020

La Fille sur le coffre à bagages
Éditions de l'Olivier, 2022

RÉALISATION : NORD COMPO À VILLENEUVE-D'ASCQ
ACHEVÉ D'IMPRIMER SUR ROTO-PAGE
PAR L'IMPRIMERIE FLOCH À MAYENNE
DÉPÔT LÉGAL : JUIN 2022. N° 1947 (100400)
IMPRIMÉ EN FRANCE